스토리 창작자를 위한
빌런 작법서

스토리 창작자를 위한
빌런 작법서

지은이 차무진
펴낸이 한기호

책임편집 도은숙 유태선
편집 정안나 염경원 김미향 김민지
마케팅 윤수연
디자인 스튜디오 프랙탈
경영지원 국순근

1판 1쇄 인쇄
2020년 11월 16일
1판 5쇄 발행
2023년 9월 5일

펴낸곳 요다
출판등록 2017년 9월 5일 제2017-000238호
주소 04029 서울시 마포구 동교로 12안길 14 삼성빌딩 A동 2층
전화 02-336-5675
팩스 02-337-5347
이메일 kpm@kpm21.co.kr

ISBN 979-11-90749-10-7 (03800)

스토리 창작자를 위한
빌런 작법서

당신의 이야기를 빛내줄
악당 키워드
17

차무진 지음

요다

일러두기

— 외래어는 되도록 국립국어원의 외래어표기법에 준해 표기했기에
　작품 내의 표기와 다를 수 있습니다. 영화, 드라마, 애니메이션, 게임,
　도서의 외래어 제목은 국내에서 발표한 그대로 표기했습니다.

— 작품의 발표 연도는 해당 국가에서의 출시일에 준했습니다.
　시리즈 작품은 1편의 출시일을 기준으로 발표 연도를 표기했습니다.

— 영화, 드라마, 게임, 음악의 작품명은 홑화살괄호(〈 〉)로, 도서명은
　겹낫표(『 』)로, 단편 소설과 시의 제목은 홑낫표(「 」)로 묶어 구분했습니다.

괴물과 싸우는 사람은 그 싸움 속에서 스스로 괴물이 되지 않
도록 조심해야 한다. 그리고 괴물의 심연을 오랫동안 들여다보
면 그 심연 또한 우리를 들여다보게 될 것이다.

＊ 프리드리히 니체, 『선악을 넘어서』 중에서

세계 4대 피겨스케이팅 대회가 있다. 올림픽, 세계선수권
대회, 4대륙선수권, 그랑프리 파이널이 바로 그것이다. 그
네 개의 대회를 전부 제패한 선수가 있다. 김연아이다. 김연
아는 여성 피겨 선수로서는 최초로 200점을 돌파해서 '여
왕'이라는 칭호를 받았다. 2014년 소치 동계올림픽에서 은
퇴할 때까지 명실공히 최고의 피겨스케이팅 선수였으며 은
퇴한 지금도 세계인에게 사랑받는 스포츠 영웅이다. 그녀는
연기는 물론이고 기술력, 체력, 예술성, 정신력까지 전부가
완벽했다고 평가받는다.

김연아에게는 적수가 없었다. 늘 큰 점수 차로 경쟁 선수들의 기를 죽였지만 우리는 그녀가 빙판 위에 설 때마다 조마조마했다. 해외 언론들이 '토털 패키지', '무결점의 선수'라는 칭호를 붙였던 그녀를 물가에 내놓은 아이처럼 걱정한 것이다. 왜 그랬을까? 그녀를 방해하는 환경이 있음을 알기 때문이다.

쿵쾅거리는 심장을 주체하지 못해 혹, 넘어지면 어쩌지? 점프를 하다가 스케이트 날이 빙판에 걸리면 어쩌지? 관중들의 환호가 혹 그녀의 긴장을 불러일으키면 어쩌지? 김연아가 선택한 배경음악이 갑자기 원음에서 이탈이라도 하면 어쩌지? 심사가 꼬인 강대국의 한 심사위원이 잘못된 점수를 줘버리면 어쩌지? 그렇다. 김연아는 무적이었지만 지켜보는 우리는 그녀를 위협하는 존재들을 의식한다.

다르게 생각해보자. 음악도 없고, 마오나 소트니코바도 없고, 심사 꼬인 심사위원도 없고 긴장을 불러일으키는 관중들의 환호도 없고, 노심초사 지켜보는 부담 어린 국민 시선도 없이 김연아 혼자 빙판에서 스케이팅했다면 어땠을까? 답은 당연하다. 그녀는 완벽했을 것이다. 그것이 있든 없든 그녀가 이룩한 점수를 받았을 것이다. 하지만 우리는 조마조마하지 않았을지도 모른다. 우리가 '흥, 연아는 천재니까 뭐, 더 볼 필요도 없어'라고 생각하지 않는 것은 주변의 장애물 때문이다. 어쩌면 우리가 김연아에게 열광하는 것은 그녀의 능력이 아니라 그녀를 둘러싼 그것들 때문일지도 모른다. 김연아의 춤이 완벽하게 보이는 것은 음악 때문이며, 경쟁자 때문이며, 빙판의 컨디션 때문이며, 바라보는 사람들의 부담 어린 시선을 극복했기 때문이 아닐까.

이야기도 그렇다. 주인공은 늘 이기지만 우리는 주인공을 조마조마하게 바라본다. 주인공에게는 골치 아픈 요소들이 존재하기 때문이다. 주인공은 반드시 무언가를 타파해야 하는 숙명을 지녔으며 시련에 맞서기 위해 단련하고 강해져야만 한다. 주인공이 시련에 접어들기 위해서는 필수 불가결한 여러 장애물을 만나야 하는데 그것을 우리는 '갈등의 총체'라고 말한다. 그 속에는 파티에 가지 못하게 하는 엄마, 교통사고, 불량배, 심지어 뒷산까지 내려온 늑대, 동굴에 살았다던 전설의 몬스터나 근원을 알 수 없는 우주 괴물도 있다. 갈등의 총체를 극복하면 주인공은 시련을 이긴 것이다. 시련을 이겼다면 결론에서 보이는 주인공의 눈빛은 시작 부분의 그것과는 달라져 있을 것이다. 성장한 것이니까. 장애물이란, 주인공의 진행을 방해하여 내적 시련을 높이는 요소이다.

장애물을 흔히 빌런이라고 한다. 빌런villan은 악당, 악인이라는 뜻이다. 빌런이라는 단어는 라틴어 빌라누스villanus

에서 유래되었다. 마을village에 사는 농민이다. 농장villa에서 일하는 노동자가 빌런이었다. 중세 봉건 사회의 주축은 왕과 성직자, 귀족이었다. 그들은 문화를 장악하고 자본과 문물을 차지했다. 그들은 자신의 영지에 사는 농민들을 어떻게 바라볼까? 농민들은 그들에게 굽실거리며 비루하게 흙을 파먹고 살지만, 실상은 무서운 존재다. 그들이 한번 봉기하면 걷잡을 수 없을 재앙이 일어난다. 몇 차례의 농민 봉기는 유럽을 뒤흔들었고 사회 구조를 바꿔버렸다. 또 이들은 단발적으로도 무서운 존재가 되기도 한다. 가뭄이 들거나 세금을 낼 수 없게 되면 땅을 버리고 사라졌다. 그렇게 사라진 자들은 도적이 되고 해적이 되었다. 약하지만 무서운 존재가 바로 농민, 서민이다. 봉건 영토를 가진 귀족, 성직자는 농민을 적당히 먹고 입히며 사나운 짐승이 되지 않도록 관리해야 했다. 언제든 악당이 될 수 있는 것이 농민과 서민이었다. 빌라누스, 즉 빌런이란 고용주의 차별과 압제에 시달리다가도 결국 항거하는 무서운 존재들임을 지배층의 시선에서 본 단어이다. 빌런이 무서운 악당, 악인이라는 개념은 여기서 출발했다.

주인공과 빌런은 자석의 양극이다. 서로 밀어내고 서로 끌어당긴다. 그들은 가장 멀리 있고 가장 가깝게 존재하며 서로 없어서는 안 된다. 주인공은 빌런이라는 존재로 인해 약해지고 단련된다. 빌런은 주인공의 스승이고 어머니이며 아버지이다. 빌런은 사람이기도 하고 사물이기도 하고 도덕이기도 하며 사회 구조이기도 하고 자연이기도 하다. 빌런의 정점에는 주적主敵이 들어앉아 있다. 안타고니스트antagonist라고도 말한다. 주적은 적대자, 즉 주인공의 행동, 사고, 움직임에 반하는 요소의 총칭이다.

이전 스토리 창작자들은 주인공에게만 집중했다. 아니 주인공의 시선에만 집중했다. 주인공은 고뇌했고 방황하다가 무언가를 깨닫고 그러는 사이 굉장해지고 매력적인 존재가 되었다. 주인공은 주제를 발견해서 멋지게 스토리 감상자들에게 전달했다. 창작자들은 주인공의 소소한 버릇이나 옷차림, 별로 등장하지 않는 이웃집의 살림살이 환경까지도 심도 있게 고민했지만 정작 주인공과 대적하는 자들의 사정은 등한시했다. 주인공은 플롯이란 날개를 얻어 타고 움직이며 입체감을 가질 수 있었지만, 악당은 진부하고 평면적이었다. 주인공의 길을 막는 악당들은 주먹 한 번에 나가떨어지기 부지기수였다. 그렇게 홀로 우뚝 선 자의 이야기가 얼마나 굉장할까? 적당한 지점에서 나타나 주인공에게 실컷 야단맞고 응징당하는 악당은 오직 주인공을 위한 액세서리일 뿐이었다. 그 사이 주인공도 점점 낡아져갔다.

시대는 변했다. 이제 스토리 감상자들은 주인공에게만 감정을 이입하지 않는다. 감상자들은 스포츠 캐스터가 되

프롤로그

고 싶어 한다. 중립적인 시선으로 양편을 모두 바라보려고 한다. 그들은 작가보다 영리하고 평론가보다 분석적이며 학자보다 더 많은 오류를 찾아낸다. 그들은 주인공이 쉽게 이기는 이야기가 좋은 이야기가 아님을 잘 알고 있다. 그저 지구를 멸망시키기 위해 찾아온 악당이 아닌 사랑하는 여인을 잃고 그 고통에 사로잡혀 지구를 멸망시켜버리려는 악당을 더 이해한다.

스토리 창작자들은 빌런을 강화할 필요성을 느꼈다. 빌런에게도 심오한 사연을 주어야 하고, 다층적인 성격을 부여해야만 한다는 것을 깨달았다. 스토리 감상자들이 막무가내로 주인공을 응원하지 않는다는 것도, 오히려 주인공보다 빌런을 사랑하고 자신이 그의 입장이 된다면 똑같이 행동할 것이라고 말하고 있음을 깨달았다. 그들은 급기야 주인공보다 빌런을 더 응원한다. 스토리 감상자들의 시선을 의식하지 않더라도 창작자들은 빌런이 매력적이면 그만큼 주인공이 고전하며, 주인공이 고전하면 스토리가 강해진다는 것을 알았다. 스토리 창작자들은 주인공을 위해서라도 빌런을 강화해야 했다. 그래서 조커나 한니발 렉터 같은 악당이 태어났다.

게임도 마찬가지다. 〈스타크래프트〉 이후 개발자들은 빌런의 의미를 재인식했다. 빌런이란 존재가 단순히 주인공을 파멸시키거나 세계를 정복하는 데 급급한 인물이 아닌, 주인공을 움직이게 하는 존재여야 했다. 플레이어가 필드에서 종일 아이템을 캐내고 헤매게 하는 이유를 만들 수 있는 것은 오직 악당의 계략에 의해서이다. 플레이어도 마찬가지다. 〈스타크래프트〉의 멩스크가 이면의 이면을 내보이며 뒤통수치는 것을 목격한 플레이어들은 이제 악당을 단순히 주인공에게 레벨 수치를 바치는 장애물이 아니라 게임의 거대한 세계관을 구축하는 스토리의 주축 인물로 바라보게 되었다. 악당이 의미를 지닐 것을 요구받게 된 것이다.

아리스토텔레스는 저서 『시학』에서 극적 장치로서 반전(페리페테이아Peripeteia)을 설명한다. 아리스토텔레스는 주인공의 상황이 극적으로 반전되면 청중은 연민과 두려움을 느낀다고 했다. 연민은 주인공의 처지가 딱함을 느끼는 감정 이입이며 두려움은 자신도 주인공처럼 그렇게 되면 어쩌나 하는 걱정이다. 그 연민과 두려움을 주는 상황의 가장 깊은 곳에 존재하는 요소는 빌런이다.

다시 김연아로 돌아가자. 김연아는 늘 무적이었지만 우리는 그녀를 조마조마하게 바라보았다. 김연아는 너무도 특출난 존재였기에 그녀 시대의 적은 강력하지 않았다. 만약 김연아에게 그녀만큼의 능력을 지닌 빌런이 존재했다면 우리는 더욱 흥분했을지도 모른다. 이 책의 주제는 이것이다. '주인공을 춤추게 하는 것은 다름 아닌 빌런이다.'

이 책은 빌런의 17가지 특성을 분석한다. 영화, 고전, 게임, 희곡에서 잘 만들어진 빌런의 유형을 살펴보고 그들이 서사에서 어떤 역할을 하고 있는지 알아본다. 빌런, 즉 주적이 추구하는 특성, 주적의 행동이 내포하는 포괄적 원형을 익혀둔다면 당신의 이야기는 반드시 풍부해질 것이다. 주인공은 빌런에 의해 강해진다. 주인공이 매력적이지 않더라도 빌런이 매력적이라면 그 이야기는 최소 실패하지 않는다.

당신의 이야기를 빛내줄
악당 키워드

17

		프롤로그	5
1	그림자	빌런은 주인공을 투영한다	*15*
2	각성	주인공을 각성시키는 빌런	*35*
3	절대성	절대 악은 그저 피해야 할 뿐	*49*
4	신념	빌런은 자기만의 신념이 있어야 한다	*71*
5	시기	질투심이 많은 적은 가진 것도 많은 자다	*89*
6	광기	미친 짓, 없으면 시시하다	*109*
7	시스템	체제도 강력한 적이다	*127*
8	인정욕망	누구도 그들의 아버지가 되려 하지 않는다	*151*
9	지척	적은 멀리 있지 않다	*179*
10	전능	전지전능과 원죄	*195*
11	양면성	가면을 쓴 악당, 본질에 가까워지다	*227*
12	카리스마	권위, 행동할 수 없다면 사용하지 마라	*251*
13	이인자	세대 교체인가 반역인가, 이인자의 반란	*275*
14	여성	한을 품지 않고 악을 뿌린다	*293*
15	자연재해	인간의 탐욕이 이끈 결말, 천재지변	*323*
16	외계	미지의 생명체, 낯선 의문과 공포	*359*
17	어린아이	헤어날 수 없는 어린 악의 공포	*383*
		에필로그	*417*
		찾아보기	*422*

1

그림자

Shadow

빌런은
주인공을
투영한다

빌런은 주인공을 투영한다

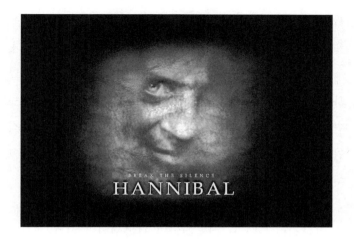

자신과 동질한 자를 먹는 한니발 렉터

토머스 해리스의 소설 『양들의 침묵』(1988)의 주인공 한니발 렉터 박사는 리투아니아 귀족 출신으로 정신과 의사, 미식가, 예술가, 사학자, 외과 의사, 법의학자이며 천재 살인마이다.

렉터를 대표하는 특징은 식인이다. 미국 연방수사국은 그의 별칭을 '식인종 한니발'(Hannibal the Cannibal: '발bal'이라는 라임을 맞춰 부른 것)이라고 불렀다. 한니발 박사 집무실 냉장고에는 손님에게 대접할 고기와 내장이 그득하다. 전부 인육이다. 그는 그것을 아름다운 음식으로 조리해 자신의 몸에 흡수한다. 또 찾아오는 손님들에게도 흡수시킨다. 심지어 도시락에 인육을 싸서 비행기에 타기도 했다. 여기서 '흡수'라는 용어에 유의하자. 한니발 렉터의 경우엔 인육을 '먹는다'보다 '흡수한다'는 표현이 더 적확하기 때문이다.

한니발 렉터는 왜 그토록 식인에 집착할까? 결론부터 말하면 그에게 식인 행위는 어머니의 자궁 속에 들어앉은 느낌, 다시 말해 외부와 단절된 안락을 선사하는 행위이다. 식인은 자신을 부활시키는 내부의 풍요제이다. 지금부터 그 이유를 들여다보기로 하자.

그는 아무나 먹지 않는다. 식인 대상은 전부 자신과 관련된 자들이다. 자신을 괴롭히거나 사랑했거나 같은 생각을 하는 사람들, 치료하는 환자 중에서는 지극히 자신의 과거와 연결성을 가진 자들, 현재와 밀접한 자들만 먹었다. 그렇다. 렉터는 자신과 비슷한 상대를 먹는 것이다.

렉터에게 중요한 것은 동질성homogeneity이다. 동질성이란 집단 구성원의 생각이 같거나 비슷한 성질을 뜻한다. 그 성질에는 인종, 성별, 연령, 학력 이외에도 신념, 철학, 고통스러운 기억도 포함된다. 렉터는 자신과 동질의 대상을 죽인다. 살해한 동질의 대상을 위에 넣으면서 그의 본질을 흡수하고 더욱 강하게 동질화하려 한다. 마치 '너는 나와 동질이니 내 속에 붙어 있어'라는 의미이다. 문화인류학자들은 인류의 족외식인族外食人에 관해 상대의 영혼을 내 몸에 흡수하는 의례적인 믿음 행위라고 했다. 상대의 용기, 지혜, 몸놀림, 영혼을 덧씌워 나를 정화하는 행위이다.

한니발 렉터에게 식인은 심미적 가학 행위이기도 하다. 주변 사람들을 초대해서 인육으로 만든 요리를 대접하면서 자신이 죽인 음식(동질성에 의해 그 음식은 곧 자신이다)을 손님이 먹는 것을 지켜보기도 한다. 그들이 자신을 먹는 모습을 지켜보는 것이다. 자기 스스로 시체라고 생각하면서 흥분을 느끼는 오토네크로필리아autonecrophilia의 전형도 숨어 있다.

한니발 렉터의 식인 습성은 어린 시절로 거슬러 올라간다. 그 사건은 2차 세계 대전 당시 리투아니아에서 일어났다. 어린 렉터와 미샤는 광기 서린 독일군 부역자들을 피해 농지 인근 허름한 창고에 숨는다. 그러나 곧 들키게 되고 식량을 구하지 못한 그들은 동생 미샤를 잡아먹는다. 오빠 옆에 꼭 붙어 있던 다섯 살배기 미샤, 어린 양처럼 약하고 순하던 미샤는 그렇게 죽었다.

가까스로 살아남아 의대에 진학한 렉터는 복수를 시작한다. 예의 천재적인 머리로 여동생을 잡아먹은 부역자를 하나하나 찾아내어 자신이 할 수 있는 최고의 고통을 맛보게 한다. 부역자 무리의 리더 그루타스는 복수하기 위해 찾아온 렉터에게 충격적인 사실을 말한다. "그때 너도 먹었

빌런은 주인공을 투영한다

잖아.”

그랬다. 당시 어린 렉터는 그들이 건네는 접시를 받았다. 접시에 담긴 고기가 동생인 줄 알면서도 먹었다. 배고픔을 못 이긴 어린 렉터로서는 그럴 수밖에 없었다. 이후 그를 괴롭히는 것은 존재에 관한 이중적 모순이었다. 한니발은 불면의 밤을 보낸다. 설핏 잠이 들더라도 내내 욕조에 든 사슴해골 꿈을 꾼다. 작은 사슴이 탈출하려 하지만 좀처럼 욕조에서 나가지 못한다. 사슴은 동생 미샤를 상징했다. 한니발은 부랑자들이 노래를 부르며 미샤를 데리고 창고 밖으로 나가는 꿈을 꾼다. 그리고 꿈은 다시 공간을 건너뛰고, 눈앞의 접시에는 따뜻한 국물과 고기가 놓여 있다. 그루타스는 죽기 전에 이렇게 외친다. “그게 뭔지 알면서 먹었어. 어찌나 탐욕스레 숟가락을 핥아대던지!”

그는 평생 동생을 먹었다는 윤리적인 죄책감과 살기 위해서 어쩔 수 없었다는 자위 사이에서 고뇌했다. 다시 그 시간으로 돌아가면 미샤를 살릴 수 있었을까? 그들이 접시를 내밀어도 미샤를 먹었을까? 다시 돌아간다면, 다시 돌아간다면. 그는 반추하고 좌절했다.

그 일은 언제나 되돌리고 싶은 사건이자 떠올리고 싶지 않은 기억이었다. 어린 렉터에게 평생 따라다니는 고통이었다. 아무리 고개를 흔들어도 그 기억은 사라지지 않았다. 과거를 잊고 싶은 렉터는 자신의 심리를 다독이는 가장 좋은 방법을 하나 생각해냈다. 동생을 먹은 것을 합리화하는 방법, 그것은 바로 인육을 몸에 흡수하는 것이었다. '그 상황에서 어쩔 수 없었어. 또 그런 일이 닥친다면 먹어야만 해. 나는 살아서 그들에게 복수해야 해. 미샤는 약해서 그 겨울을 넘길 수 없었어.' 성인이 된 그는 사람을 죽여 자신의 몸에 넣었다. 식인을 할 때마다 동생을 만날 수 있었다. 식인은 동생이 죽기 이전의 자기 모습으로 되돌리는 매개 역할을 했다. 타인의 인육을 몸에 넣고 퍼지게 하면 기존에 몸 안에 있던 동생은 희석된다. 덮어쓰기다. 다만 반드시 자신과 관련된 자여야 한다. 동질의 자아다. 자기처럼 불행한 자, 사악한 자, 연약한 자, 똑똑한 자 그리고 자신이 미워한 자. 렉터는 자신이 자신을 먹음으로써 몸을 정화하고자 했다. 그때부터 식인 행위는 렉터에게 평온한 잠과 같았고, 사랑하는 동생을 지키지 못했다는 그 널뛰는 자의식을 완화하는 씻김굿 같은 역할을 했다.

영화 〈양들의 침묵〉(1991)에서 경관의 귀와 코를 씹으며 글렌 굴드가 연주하는 〈골드베르크 변주곡〉 선율을 만끽하는 한니발 렉터의 얼굴이 부감으로 보인다. 그 렉터의 모습은 평온하기 이를 데 없다. 〈골드베르크 변주곡〉은 원래 자장가였다. 작곡가 바흐는 후원자인 카이저링크 백작의 불면을 치료하기 위해 이 곡을 만들었다. 렉터가 식인을 할 때마다 어김없이 흘러나오는 〈골드베르크 변주곡〉은 잔혹하

빌런은 주인공을 투영한다

〈양들의 침묵〉 속 어린 시절의 렉터와 그의 동생 미샤.
렉터의 범죄는 동생 미샤를 지키지 못했다는 죄책감이
무의식에 강력하게 남아 식인 행위로 파생된 것이다.

고 기괴한 그의 행위를 예술적인 장면으로 승화한다. 조너
선 데미 감독이 〈양들의 침묵〉에 〈골드베르크 변주곡〉을 삽
입한 것은 바로 렉터의 의식 깊숙이 자리한 원초적 평온, 불
면이 해소되고 깊은 잠을 가져다주는 행위는 오직 식인임
을 표현하기 위해서였다.

　한니발 렉터는 동질성을 아주 중요하게 생각했다. 한니
발 렉터와 싸우는 주인공들은 모두 그와 심적, 정신적으로
동질의 사람들이다. 작가 토머스 해리스는 '한니발 렉터' 시
리즈에서 렉터와 대적하는 주인공을 전부 렉터와 동질의
인간으로 설정했다. 결국 이 시리즈는 렉터가 자신과 싸우
는 이야기이기도 한 셈이다.

『레드 드래곤』과 『양들의 침묵』에서 크로포드 FBI 국장은 자신이 아끼는 두 명의 요원, 윌 그레이엄과 클라리스 스탈링을 한니발 렉터에게 보내 미제 사건을 해결하도록 한다.

윌 그레이엄과 렉터의 교감

『레드 드래곤』의 주인공은 윌 그레이엄 요원이다. 윌은 FBI에서 가장 우수한 범죄 분석가이며 한니발을 체포한 당사자이다. 사고하는 능력이 뛰어나 혼자 움직여도 능히 단서를 찾아낼 수 있으며, 현장을 찍은 사진만 보고도 범인의 심리를 예측할 수 있다. 크로포드 국장은 윌이 한니발과 대화할 수 있는 유일한 인물임을 잘 안다. 윌은 두 가족을 처참하게 살해한 '이빨 요정'의 심리 상태를 듣기 위해 수감되어 있는 한니발 박사를 만난다.

윌은 렉터의 현재성이다. 윌은 렉터의 이성적 동질 자아, 즉 지적 능력에서 동질적 유대를 가진다. 렉터는 윌에게 '자네가 날 잡을 수 있었던 것은 우리가 비슷해서야'라고 말한다. 윌은 곧 렉터이기에 둘은 동일한 선상에서 사건을 분석할 수 있고 범인 심리에 관한 대화가 가능하다. 윌은 렉터가 지금 무슨 생각을 하는지, 무슨 음식을 먹고 싶은지까지도 알 수 있다. 그래서 렉터를 가둔 감옥의 관계자에게 렉터의 상태와 욕구를 설명하고 고급 음식과 휴식을 제공하기도 한

빌런은 주인공을 투영한다

다. 윌은 렉터에게 합당한 대적자가 될 수 있었다. 렉터의 지적 희열은 윌과 함께 있을 때 최고조에 이른다. 윌은 렉터의 가장 분명한 무기인 이성적 힘을 함께 공유하고 있으며, 그들은 이성적 동질자이다.

동질한 두 자아, 윌과 렉터가 오직 다른 점은 '상처를 받았는가, 그렇지 않은가'이다. 렉터는 가혹한 삶을 살았고 가족을 잃었지만 윌은 그렇지 않다. 윌은 행복한 가정을 이루고 있다. 그래서 렉터는 윌의 가족에게 관심이 많다.

렉터는 윌의 가장 소중한 것을 파괴하려 시도한다. 상처를 주려는 것이다. 윌이 자신과 합일하려면 상처까지도 같아야 했다. 자신이 가지고 있는 것이 윌에게는 없다. '윌, 당신은 하루빨리 나와 같아져야 해!' 렉터가 '흉터란 과거를 기억하는 힘을 가지고 있다'고 말하며 윌에게 상처를 준 자신을 잊지 말라고 하는 대목은 바로 정확히 그 점을 가리킨다. 『레드 드래곤』에서 렉터는 윌에게 상처를 심으면서 현실은 과거의 상처로 발현되는 것이라고 알려준다.

토머스 해리스의 한니발 렉터 시리즈는 순서상 『레드 드래곤』(1981), 『양들의 침묵』(1988), 『한니발』(1999), 『한니발 라이징』(2006)이다. 무슨 이유인지 작가 토머스 해리스는 『레드 드래곤』의 다음 작 『양들의 침묵』에서부터 윌을 등장시키지 않는다. 『양들의 침묵』의 주인공은 클라리스 스탈링이다. 『양들의 침묵』에서 윌이 등장하지 않는 이유는 하

윌과 렉터는 이성적인 면에서 동질 자아이다.

나다. 윌 그레이엄 요원에게는 렉터의 과거성, 감성적 동질
성(상처)이 없기 때문이다.

렉터를 잡아들이는 과정이 서술된 『레드 드래곤』에서는
윌이 필요했지만 그는 거기까지다. 후작 『양들의 침묵』에
까지 윌을 등장시키면 렉터와 주인공이 합일되어버린다.
이 상황은 렉터라는 캐릭터에게 도움이 되지 못한다. 한니
발 렉터가 그런 슬픈 살인마 캐릭터가 되기까지는 무엇보
다 과거의 상처가 중요하다. 작가는 렉터의 과거 상처를 대
변하는 새로운 인물을 만들 필요가 있었다. 렉터의 내면적
문제를 대변하는 주인공, 양으로 대변되는 인물, 렉터가 지
키지 못한 미샤를 투영할 수 있는 인물이어야 한다. 과거성,
감성적 동질성을 가진 자가 렉터와 상대해야 그는 또 한 번
자기와 싸우게 되는 것이다. 그래서 『양들의 침묵』부터 스
탈링이 렉터를 상대한다.

빌런은 주인공을 투영한다

미샤와 스탈링 그리고 양

노련한 윌 그레이엄과 달리 클라리스 스탈링은 수습 요
원이다. 크로포드 국장은 여성을 납치해서 가죽을 벗겨 죽
이는 연쇄 살인마 버펄로 빌을 조사하기 위해 수습 요원 클
라리스 스탈링을 렉터에게 보낸다.

이성적 동질자, 윌 그레이엄 같은 수사관도 겨우 상대하
는 천하의 살인마 렉터에게 크로포드가 신참 수사관 스탈
링을 보낸 이유는 그녀의 학점이 높기 때문이었다. 즉 스탈
링은 기본적인 지성을 겸비한 자다. 이즈음 스탈링은 크로
포드 국장에게 연민의 감정을 품고 있었다. 스탈링은 어린
시절 경관이었던 아버지의 죽음을 목격했다. 스탈링의 늙
은 남자 사랑은 아버지로부터 기인한 것이다. 그녀는 나이
많은 남자를 선망하는 리비도의 결핍성을 렉터에게도 보
인다.

『양들의 침묵』에서 렉터는 클라리스 스탈링에게 아버지
이자 동료이며 반드시 극복해야 하는 대적자이다. 그들은
또한 동질성을 교감한다. 둘은 양으로 대변되는 나약함을
동일하게 지니고 있다.

렉터는 동생 미샤를 욕조에 빠진 사슴으로 대변하고 자
신이 나약해서 구할 수 없음에 몸부림치는, 불면의 밤을 지
새우며 살아왔다. 그런데 스탈링이라는 어린 여자가 딱 찾
아온 것이다. 스탈링의 눈을 가만히 보면서 그는 그녀가 자

신과 같다는 것을 직감했다.

렉터는 자신을 찾아온 스탈링에게 협상을 제안한다. FBI가 원하는 버펄로 빌의 정보를 줄 테니 스탈링의 어린 시절 이야기를 들려달라고 한다. 스탈링은 렉터에게 자신의 과거를 털어놓는다. 그녀는 양에 관해 이야기한다.

> **스탈링**: 범인의 진실을 말해주세요.
>
> **렉터**: 당신 이야기를 값으로 정보를 팔기로 하지. 어린 시절 가장 아픈 기억이란?
>
> **스탈링**: 아버지의 죽음.
>
> **렉터**: 몬태나의 목장으로 갔을 때 뭘 보았지?
>
> **스탈링**: 양들. 양들이 있었어요.

이후 어린 스탈링은 친척 농장에 맡겨진다. 어느 날 잠에서 깨어나 보니 어른들이 창고에서 양들을 도살하고 있었다. 양들의 울음소리를 들은 스탈링은 몸서리친다. 양들은 마치 아버지에게 보호받지 못한 채 홀로 남겨진 자신처럼 보인다. 어린 스탈링은 양들을 구할 힘이 없다. 다짜고짜 양 한 마리를 안고 도망치지만 끝내 삼촌에게 잡힌다.

지키지 못했던 어린 양은 바로 스탈링 자신이었다. 이후 그녀는 FBI가 되기로 마음먹는다. 스탈링은 양을 자신에게 투영했다. 양에서 벗어나 강자가 되고 싶었다. FBI 요원이

빌런은 주인공을 투영한다

되어 약한 자가 강한 자에게 당하지 않도록 막는 것이 자신을 바로 세우는 일이었다.

렉터는 한눈에 보고 알았다. 저 여자가 양이라는 것을. 렉터는 그녀에게 '양의 울음소리가 들리지 않을 때 비로소 상처가 사라질 것'이라고 말한다. 렉터는 홀로 감당할 수 없는 범죄에 맞서는 가련한 스탈링의 모습에서 누군가를 떠올렸다. 동생 미샤다. 그녀를 측은해하는 동시에 행복한 감정을 느낀다. 내면에 잠재되어 있던 동생, 이유 없이 죽었던 불쌍한 동생이 살아 돌아온 것만 같다. 미샤를 투영한 것이다.

스탈링도 렉터에게 비슷한 감정을 느낀다. 그에게서 죽은 아버지의 모습을 본 것이다. 아버지의 사랑을 받지 못한 여자들이 성인이 된 후 만나는 상대에게 아버지의 모습을 찾게 되는 이치다. 처음 그녀는 미궁에 빠진 버펄로 빌 사건을 해결하여 아버지 같던 크로포드 국장에게 칭찬을 듣고 싶었다. 하지만 국장은 늘 자신과 거리를 두려고 했다. 이젠 아니다. 렉터가 있다. 스탈링은 그와 교감하기 위해서 버펄로 빌 사건을 꼭 해결해야만 했다. 그녀는 렉터에게 아버지를 투영해버렸고 그에게 칭찬받으려 했다. 그의 칭찬은 아버지에게 높이 평가받는 것과 같았다. 스탈링에게 렉터는 적대의 대상이면서 사랑의 대상이었다. 영화에서 스탈링과 렉터는 창살 사이로 버펄로 빌에 관한 서류를 건네받으며 서로의 손끝을 쓰다듬는다. 스탈링은 렉터의 감성적 동질

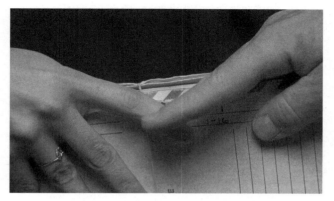

영화 〈한니발〉에서 렉터가 스탈링에게 서류를
건네주는 순간 서로 손끝을 쓰다듬는 장면. 두 사람은
주적 관계인 동시에 감성적 동질 자아이다.

자아이다.

리들리 스콧 감독은 영화 〈한니발〉(2001)에서 렉터가 스
탈링을 치료하는 장면을 보여준다. 감독은 의식을 잃었던
스탈링이 눈을 떴을 때 그녀의 시선으로 보이는 렉터의 모
습을 양과 중첩한다. 스탈링 눈에 보이는 렉터는 오래전 가
련하게 갇힌 한 생명이며, 자신이 지켜주지 못한 그 어린 양
이었다. 분명 스탈링의 내면에는 렉터를 풀어주고 싶다는
갈증이 있었을 것이다.

빌런은 반드시 주인공과 의리가 있어야 한다

그레이엄 윌이나 클라리스 스탈링은 렉터의 또 다른 자

스탈링의 시선에서 보이는 렉터의 모습. 그녀가 렉터에게
정서적으로 강한 동질감을 느끼고 있음이 표현되었다.

아이다. 렉터는 두 인물의 아픔을 자신의 아픔과 동일시했
고 그래서 그들에게 강력한 빌런이 될 수 있었다. 빌런은 주
인공과 교감해야 하고 주인공을 잘 알아야 한다. 흔히 빌런
을 설정할 때 '오직 절대 악'의 존재, '병리적 사이코패스' 같
은 원형적 인물로만 설계하면 설득력이 떨어지는 이유가
여기에 있다. '원래 나쁜 놈이니까, 태어나길 사이코패스로
태어났으니까'라는 이유를 부여하면 주인공은 그 빌런을
평면적으로 바라보게 된다. 주인공은 깊은 상처를 가지고
있는데 빌런이 그렇지 않다면 그것은 철학자 앞에서 장난
감 칼을 들고 설치는 꼬마 아이와 다름없다. 빌런의 상처와
주인공의 상처를 테이블에 함께 펼쳐놓아야만 둘은 동등하
게 한바탕 놀아볼 수 있겠다고 다짐하게 된다. 비로소 빌런

은 주인공을 가지고 놀 수 있으며 주인공 역시 빌런을 받아들일 수 있다.

극악무도한 빌런은 심리전의 대가다. 빌런은 주인공과 통했기 때문에 주인공에게 집착할 수 있다. 빌런은 누구보다 주인공의 심리와 행동을 잘 알기에 그보다 한 발짝 더 나아갈 수 있게 된다. 늘 주인공이 뒤에서 빌런을 쫓아야 하는 이유도 여기에 있다.

스토리텔링에서 '빌런에게 상처가 있어야 한다'는 법칙이 존재하는 것은 비단, 빌런의 악행에 관한 개연성을 살리려는 이유 때문만은 아니다. 빌런과 동질성을 가진 주인공이 자신의 아픔을 깨닫게 하고 또 한편으로는 빌런이 주인공의 그런 아픔을 이용해서 완벽한 악을 저지르게 하기 위함이다.

매력적인 적을 창조하기 위해서는 주인공과 빌런의 정서적 수준을 높이자. 그리고 서로 교감시키자. 빌런은 주인공과 동일해야 한다. 같은 상처를 공유하고 있다면 그 둘은 이 세상에서 가장 가까우면서 가장 치열한 대적자가 된다. 스탈링에게 양의 비명이 멈추었냐고 과감하게 물어보는 한니발 렉터야말로 진정 매력적인 빌런이다.

그림자 빌런이 나오는 작품들

✣ **장화, 홍련 (2003년, 영화)**

감독: 김지운

갈등 구도: 수미 vs 새엄마 은주

우리나라 전래동화 「장화홍련전」을 현대 호러물로 재구성한
영화다. 누구보다 새엄마를 미워하고 경계하면서도 그녀의
욕망을 가장 잘 이해하고 그 자리를 지키고 싶어 하는 수미.
어렸을 적 엄마와 사별한 수미는 새엄마에게 적대 감정을 품
고 있으며, 여기에 동생을 사고사로 잃은 트라우마가 더해져
정신 착란 상태에 이른다. 다만 영화 마지막에 은주의 폭력적
인 모습이 사실 수미의 착란이었다는 것이 밝혀지며 진짜 빌
런은 수미 자신이었다고 설명된다.

✣ **베이츠 모텔 (2003~2017년, TV 드라마)**

원작: 히치콕 감독의 영화 〈싸이코〉

갈등 구도: 노먼 베이츠 vs 노마 베이츠

히치콕의 영화 〈싸이코〉의 속편으로서, 감정 기복이 심하고
아들을 장악하려는 어머니, 순종적인 성향으로 인해 내면에
상처를 쌓아 올리는 아들의 관계 구도를 그대로 가져와 드라

마로 만들었다. 어머니와 아들은 서로에게 악당이 되어 지속적으로 안 좋은 영향을 미치지만 두 사람만큼 서로의 상처와 욕망을 이해하는 이가 없다는 사실을 잘 알고 있다. 그들은 서로에게서 벗어나려는 동시에 집착한다.

✢ **기동전사 건담 THE ORIGIN** (2015~2018년, TV 애니메이션)

원작: 야스히코 요시카즈의 만화 『기동전사 건담 디 오리진』

감독: 야스히코 요시카즈, 이마니시 다카시

갈등 구도: 아무로 레이 vs 샤아 아즈나블

"연방의 하얀 녀석" 아무로 레이와 그의 라이벌 샤아 아즈나블의 관계는 일본 애니메이션 사상 가장 유명한 라이벌 관계다. 보통 여러 작품에서 주인공이 고생스러운 싸움을 거치며 마침내 강력한 적을 넘어서는 것이 일반적인 라이벌 구도인 반면에, 아무로와 샤아는 주인공이 어느 순간 매우 강해진 나머지 빌런이 오히려 주인공을 넘어서기 위해 그 역시 투지를 불태우며 기량과 정신 면에서 엄청나게 성장한다는 이색적인 구도를 선보였다. 샤아는 아버지를 잃은 트라우마가 있고, 아버지가 추종했던 이론 뉴타입을 실현하려고 하는데, 여기에서 아무로에게 뒤지게 된다. 종반부에 이르러서는 샤아가 오로지 아무로를 쓰러뜨리기 위해 그 자신도 뉴타입으로 각성하고 아무로와의 승부에 극도의 집념을 보이게 되면서

빌런은 주인공을 투영한다

두 사람은 서로를 느끼고 이해하게 된다. 같은 내면의 상처를 지니고 있다는 설정에서 조금 벗어나 있지만 서로를 가장 잘 이해한다는 측면에서 샤아를 그림자 유형의 악당으로 분류할 수 있다.

그림자 유형 빌런을 만들 때 고려해야 할 체크 리스트

☐ 주인공과 동일한 상처가 있는가?

☐ 주인공을 본 순간 같은 부류임을 느끼는가?

☐ 빌런이 놓은 덫은 주인공의 상처와 관계가 있는가?

☐ 주인공과 정서적으로 혹은 이성적으로 교감하는가?

☐ 주인공과의 의리를 지키는가?

☐ 주인공에게 집착하는가?

☐ 주인공을 또 다른 자아로 생각하는가?

☐ 주인공의 움직임을 예상하고 있는가?

☐ 주인공의 약점을 파고드는가?

2

각성

Awake

주인공을
각성시키는
빌런

주인공을 각성시키는 빌런

조커, 배트맨을 가르치다

똑똑, 문을 노크하는 소리가 들린다. 주인이 문을 열자 앞에는 아름다운 여인과 추한 여인이 서 있다. 두 여인은 집 안으로 들어오려 한다. 주인은 아름다운 여인만 들이고 싶다. 하지만 그녀는 이렇게 말한다. "제가 들어오려면 저 추한 여인도 들어와야 해요. 우리는 한 몸이니까요." 주인은 어쨌든 그들을 안으로 초대했다. 아름다운 여인은 선善이고 추한 여인의 이름은 악惡이라고 했다. 알고 보니 두 여인의 이름은 여러 개였다. 선의 다른 이름은 복福이고 악의 다른 이름은 화禍라고 했다. 그런데 주인이 생각하고 생각해봐도 원하는 건 하나이다. 아름다운 여인과는 함께 있고 싶고, 추한 여인은 버리고 싶다. 주인이 문을 열어 추한 여인만 집 밖으로 밀어내자 아름다운 여인이 주인 어깨를 잡고 말한다. "저 여인을 내보내면 저도 나가야 합니다. 우리는 한 몸이니까요." 초기 불교 경전인 『아함경阿含經』에 나오는 대목이다.

조커와 배트맨은 비슷한 점이 많다. 똑같이 얼굴을 변용했고, 어둠 속에 존재하며, 사람들을 피해 다닌다. 둘은 가족을 지키지 못했고 고담이라는 도시에서 폭력을 신봉한다. 그리고 둘은 외로운 존재다.

조커는 배트맨을 각성시키는 스승이다. 조커는 자신이 배트맨의 '솔직한 자아'라고 부르짖는다. 그는 폭력을 이용해서 선을 행하려는 배트맨을 가식덩어리라고 힐난한다. 조커의 눈에 배트맨은 자신과 하나도 다를 것이 없는 존재다.

"뭐지, 그 우스꽝스러운 가면은? 나처럼 웃고 있는 분장을 해. 너도 나처럼 내면의 상처를 삐딱하게 표출하는 것뿐이지 않나. 뭘 그렇게 잘난 척을 하지?" 크리스토퍼 놀런 감독의 영화 〈다크 나이트〉(2008)는 조커가 배트맨을 가르치기 위해 갖은 노력을 하는 이야기이다. 조커는 자신을 신문하는 배트맨에게 시뻘건 입술을 실룩대며 빈정거린다.

배트맨: 날 왜 죽이려는 거지?

조커: 내가 널 죽인다고? (한바탕 웃더니) 난 널 죽이기 싫어.

네가 없으면 난 뭘 할까? 넌 날 완성하게 해.

배트맨: 넌 살인하는 쓰레기야. 돈 때문에.

조커: 난 그런 놈들과 달라. 그리고 너도! 사람들 눈엔 너도 미친놈이야. 나처럼. 그들은 필요 없으면 거들떠보지 않아. 저들의 규범을 봐봐. 웃기지도 않아. 이익이 떨어지면 손을 떼버리지. 너는 곧 그들에게 버림받을 거야. 하지만 난 아니야. 난 괴물이 아니지. 나는 너를 버리지 않아.

먹살 잡힌 조커는 대롱대롱 매달려서 배트맨에게 말한다. "너의 규칙이 너를 구원할 것 같나? 천만에. 실체를 알려면 너는 그걸(너의 가식을) 깨야 해."

조커는 배트맨에게 게임을 제시한다. '정의'와 '사랑' 중 하나를 선택하게 한 것이다. 정의는 고담을 지키는 검사 하비 덴트이다. 사랑은 옛 연인 레이철이다. 둘은 각기 다른 장소에 갇혀 있다. 둘은 똑같이 폭탄 더미에 묶여 있다. 정해진 시간이 오면 동시에 폭탄이 터진다. 조커는 배트맨을 코너에 밀어 넣고 둘 중 누구를 선택할지 묻는다. "검사를 구할 건가? 여자를 구할 건가? 선택해."

이것은 청년 브루스 웨인이 배트맨이 된 가장 중요한 키워드였다. 브루스는 고담의 갑부 토머스 웨인과 마사 웨인 사이의 독생자였다. 세 식구는 극장에서 나오던 중 강도를 만나고 부모는 피살된다. 어린 브루스는 부모가 죽는 장면

주인공을 각성시키는 빌런

을 목격했으며, 이후로 죽 혼자 자랐다. 그는 절규했다. "나는 왜 부모의 사랑을 받지 못하는가? 과연 세상에 정의가 있는 것인가?" '사랑'과 '정의', 이 두 가지는 브루스가 성년이 될 때까지 늘 가슴에 품고 있던 화두였다.

사랑은 그의 내면적 화두이고 정의는 외면적 화두이다. 사랑이 고갈된 근본 원인은 부모의 결핍이고, 정의에 대한 의문의 시작점은 부모의 피살이다. 그는 먼저 외면적 화두를 극복하려 한다. 스스로 세상을 구하기로 한 것이다. 그는 돈과 첨단 기술을 이용해서 어둠의 기사, 다크 나이트가 된다. 이로써 외면적 화두는 일정 부분 충족된다. 고담은 배트맨의 활약으로 정의가 실현된다. 조커가 나타나기 전까지는 말이다. 그러나 브루스는 내면적 화두를 극복하지 못한 채 늘 상실감에 젖어 있다.

조커는 브루스를 시험에 들게 한다. 조커는 브루스에게 '정의'와 '사랑' 중 하나만 선택해보라고 주문한다. 화이트 나이트가 되어야 할 검사 하비 덴트를 구하는 것은 바로 정의 실현이다. 이것은 늘 배트맨이 행하던 외면적 화두의 치유법이었다. 그런데 레이철은?

한때 누구에게도 사랑받지 못하던 외로운 브루스는 레이철과의 관계에서 사랑을 경험했다. 그녀를 살리는 것은 배트맨의 내면적 화두의 치유법이다. 조커는 배트맨에게 말한다.

"어디 둘 중 하나를 선택해봐. 누구를 구할 거야? 이제 자각해라. 악당을 처단하는 네 녀석의 행동들은 이기적인 짓임을 모르지 않겠지? 전부 너 개인을 충족시키기 위해 하는 짓 아냐? 네가 부모 트라우마가 없다면 이런 짓을 하겠니? 그건 진짜 정의가 아니야. 넌 가면을 쓰고 정의인 척하고 있어. 넌 나와 같아. 아니, 나보다 못하지. 난 적어도 내 감정에 충실하거든."

놀런 감독은 '두 인질 구하기'라는 조커의 계략(검사와 레이철이 묶인 장소를 반대로 말해 배트맨에게 연인을 잃게 하는 타격을 주는 것)으로 플롯 더미를 상승시켰지만 우리는 조커가 왜 '검사와 레이철을 선택하는 게임'을 펼쳤는가를 더 눈여겨보아야 한다.

조커 눈에 배트맨은 가식덩어리다. 배트맨은 검사(화이트 나이트)에게 자신(다크 나이트)은 사라져야 할 존재이며 고담에는 당신이 필요한 존재라고 말하지만 레이철의 사랑을 차지한 검사를 질투한다. 배트맨은 후원을 명목으로 검사를 초청해서 자신을 과시했다. 내면적 가식(사랑을 원하면서도 외로움을 유지), 외면적 가식(가면 쓴 자경단이 되어 정의를 구현), 게다가 특정 상대에 대한 가식(질투를 감추고 연적에게 흔쾌히 후원)까지. 조커의 눈에는 가식이 철철 넘치는 배트맨이다. 그래서 검사가 레이철과 더불어 인질의 한 축이 된 것이다. 아무튼, 그렇게 검사가 살았고 레이철은 죽는다.

주인공을 각성시키는 빌런

〈다크 나이트〉에서 조커는 배트맨의 모순을
가르치기 위해 중요한 테스트를 한다.

조커는 배트맨에게 본모습을 보라고 주문한다. 그는 배
트맨이 얼마나 잘난 척하는지, 그 가식을 알려주고 싶었던
것이다. 배트맨은 이 말을 듣자 그저 힘으로 조커를 밀어붙
이기만 할 뿐 변명하지 못한다. 왜일까? 사실이므로 달리
할 말이 없기 때문이다.

배트맨, 가식을 인정하다

조커의 말은 늘 옳았다. 배트맨이 수긍하는 장면이 있기
때문에 독자는 짐작할 수 있다. 앨런 무어가 글을 쓰고 브라
이언 볼랜드가 작화한 『배트맨: 킬링 조크』(1988)에는 의미
심장한 장면이 나온다.

조커는 경찰 국장 제임스 고든을 납치한 후 배트맨을 부

른다. 놀이공원 철장 앞에서 둘은 조우하고 조커와 배트맨은 한바탕 설전을 벌인다. 배트맨은 쓰러진 조커에게 서로 죽이는 것으로 끝내고 싶지 않다고 말한다. 둘 중 하나가 죽는 것은 둘 다 죽는 것이기에. 그러자 조커는 배트맨의 제안에 농담과 웃음으로 응수할 뿐 명확하게 답하지 않는다. 킬킬거리며 마냥 뜻 모를 농담을 잔뜩 뱉어내는 조커. 그를 보는 배트맨 역시 조커처럼 하하하 웃는다. 비가 내린다. 빗속에서 두 인물의 진실과 허세가 드러난다. 배트맨과 조커가 함께 껄껄거리는 소리가 어두운 밤하늘에 퍼진다. 이윽고 조커의 웃음소리만 끊기고 이야기는 끝난다.

이 장면에서 우리는 생소한 배트맨의 웃음을 볼 수 있다. 죽기 직전에 내뱉은 조커의 농담 한마디에 여태껏 한 번도 웃는 모습을 보이지 않았던 배트맨이 미치광이처럼 웃는다. 배트맨이 실소를 보이는 것은 (조커가 늘 부르짖던) 배트맨과 조커가 다르지 않다는 사실을 인정하는 모습이었다. 서로를 죽이지 말자는 배트맨의 말에 웃음과 농담으로 되받아치며 죽음을 선택한 조커는 끝까지 자신의 자아를 버리지 않았다. 조커는 배트맨보다 솔직하다.

이 장면에서 배트맨이 조커를 죽였는지 아닌지를 두고 독자들 사이에 설전이 오갔다. 컷을 봐도 두 명이 웃고 있는 검은 실루엣 너머로 배트맨의 손이 조커의 목 언저리에 가 있다. 하지만 조커는 죽은 것이 분명하다. 제목이 '킬링 조

주인공을 각성시키는 빌런

크'이니까.

분명한 것은 배트맨은 끝까지 자신을 가렸고 조커는 마지막까지 솔직했다는 점이다. 조커가 자신의 모습으로 살고 있다는 것을 누구보다 배트맨은 잘 알고 있다. 조커는 배트맨의 거울이며 스승이다. 그래서 악당 조커는 매력덩어리이다.

악당, 주인공의 스승이다

작가는 서사에서 작품의 주제를 두 번 천명하는데 바로 시작 부분과 클라이맥스에서다. 좋은 이야기는 시작 부분에서 주변 인물이 주인공에게 한탄이나 질문 또는 충고의 형태로 그 이야기의 주제와 관련된 말을 한다. 말이 아니라면 주제와 관련된 상황이 벌어지기도 한다. 그리고 클라이맥스에 이르면 주인공과 빌런은 반드시 조우하게 되며 대화를 주고받는다. 이 지점은 주인공이 여기까지 이르게 된 이유를 규정하는 부분이며, 그 속에는 주제가 함의되어 있다. 주제를 천명하고 나면 주인공은 악당을 처단하는 것으로 권선징악을 실현한다.

빌런도 이 지점에서 마지막 변론의 기회를 얻는다. 주인공의 부모를 죽인 원수라면 왜 부모를 죽여야 했는지 이유를 말할 것이며, 마을을 불태운 자라면 왜 마을을 불태워야만 했는지, 행성을 침공한 자라면 또한 그 이유를 말한다. 노련한 빌런은 주인공에게 반문한다. "너라면 어떻게 했겠어? 너라면 더할걸. 네가 나(빌런)를 찾아 여기까지 오는 과정에 얼마나 잔인한 짓을 했는가? 나는 나름대로 최선을 찾은 거야. 너라면? 너라면!"

악당의 변론은 하나이다. 너라면? 그것은 나(빌런)는 너(주인공)와 다르지 않다는 의미다. 주인공은 잠시 측은해하는 눈으로 그를 바라본다. 옳은 말이다. 주인공이라면 더 심했을 것이다. 아니 우리였다면 더더욱 잔인했을지도. 결과는? 당연하다. 주인공은 빌런을 응징하고 빌런은 장엄하게 패배한다. 빌런이 주인공에게 응징당하는 이유는 철학이 잘못되었다기보다 철학의 실행 방법이 부조리했기 때문이다. 주인공은 그것을 내세우며 칼을 휘두른다. "너는 그런 행동이 잘못된 거야! 나는 너처럼 생각해도 그렇게 행동하지 않아! 그게 너와 나의 차이야!" 빌런은 쓰러지고 정의가 실현된다.

주인공은 약아빠진 존재로, 속내를 감춘다. 오직 빌런만 그것을 안다. 빌런은 주인공에게 그 점을 알려주고자 했을 뿐이다. 주인공이 하는 말은 늘 똑같다. '아무리 그렇게 생각했더라도 그런 식으로 하면 안 되지.' 주인공을 각성시키는 빌런은 주인공을 가르치고 장렬하게 산화하는 희생자다.

주인공을 각성시키는 빌런

스승 빌런이 나오는 작품들

❖ 위플래쉬 (2014년, 영화)

감독: 데이미언 셔젤

갈등 구도: 플레처 vs 앤드루

세이퍼 음악학교에 입학한 앤드루는 재즈 밴드 드러머로 발탁되고 플레처 교수로부터 고된 수업을 받는다. 플레처 교수는 실력 있는 밴드 지휘자이지만 교내에서는 학생을 쥐 잡듯 몰아세우는 것으로 소문이 자자하다. 그는 완벽주의자이며 타인의 감정을 무시하는 사이코패스적인 성향을 지녔다.

앤드루는 일류 드러머가 되겠다는 의지로 그에게 수업을 받으며 갖은 모멸감을 참아낸다. 동시에 플레처가 진솔한 인간임을 알게 되고 동화되어 존경하게 되지만, 곧 그의 본모습은 따로 있었다는 것을 깨닫는다. 플레처는 앤드루가 자신의 공연을 망친 것에 앙심을 품고 앤드루를 꼬드겨 무대에 서게 한 후 연주곡을 바꾸어 망신을 준다.

플레처 교수는 날카로운 바늘처럼 정신없이 공격하며 앤드루를 각성시키고 공연 연주자가 지녀야 할 정신력을 알려주지만, 그가 선사한 진짜 가르침은 누구도 믿어서는 안 된다는 평범하고 무서운 진리이다.

열등생과 문제아만 모인 중학교 3학년 E반에 문어를 닮은 괴생명체 담임이 온다. 마하 20의 속도로 날아 달의 70퍼센트를 파괴해 달을 영구적으로 초승달 상태가 되어버리게 한 생명체이고, 내년 3월까지 자신을 죽이지 않으면 지구를 파괴하겠다고 선언한 전 지구 차원의 테러리스트다. 학생들은 이를 막기 위해 담임을 암살해야 하고, 담임은 이를 성공시키기 위한 암살법을 교육한다. 재미있는 점은 이 과정에서 학생 한 명 한 명의 특징과 주특기를 파악해 맞춤형 교육을 해나간다는 점이다. 시청자는 테러리스트 담임과 제자들의 모습을 통해 사회 비판적 시각과 자성의 메시지를 깨닫게 된다.

이 괴생명체 빌런은 자신을 죽이는 미션을 주어 충격을 주고, 그들이 정말 자신을 죽일 수 있는지 끝없이 시험하고, 학생들 하나하나의 상처를 꿰뚫고 있으며, 자신을 암살하는 일의 본질이 무엇인지 인지시킨다. 스승 암살이라는 엄청난 일을 감행시킴으로써 학생들에게 큰 혼란을 주고 타락시키는 동시에 공동선을 실현하는 당사자가 되도록 한다는 면에서 스승 유형의 빌런에 속한다.

스승 유형의 빌런을 만들 때 고려해야 할 체크 리스트

☐ 주인공의 상처를 꿰뚫어 보는가?

☐ 주인공의 나약함을 알고 있는가?

☐ 주인공을 시험하는가?

☐ 주인공을 실의에 빠지게 하는가?

☐ 주인공을 혼란스럽게 하는가?

☐ 주인공에게 본질을 보라고 강요하는가?

☐ 주인공과 다른 선택을 하는가?

☐ 희생해서 주인공을 각성시키는가?

☐ 빌런으로 인해 주인공이 내면을 들여다보는가?

☐ 주인공을 타락시키는가?

3

빌런이 갖는
세 번째 키워드

절대성

Absolute

절대 악은
그저
피해야 할 뿐

절대 악은 그저 피해야 할 뿐

악령이 빌런이면 장악당하지 말아야 한다

당신이 심령 코드가 섞인 공포물이나 초자연적 주술이 팽배한 오컬티즘occultism(은비학隱秘學) 장르를 선택했다면 그 작품의 빌런은 대부분 악령惡靈일 것이다. 악마, 사탄, 악령, 마귀 등의 존재는 인간이 죽어서 된 것들이 아니다. 이들은 신神이다. 이들은 한계가 없다. 그렇다면 어떻게 이들을 응징해야 할까? 다른 존재의 권능權能이 필요하다. 권능이란 권세와 능력을 아우르는 말로, 인정된 능력(authority)이라는 뜻이다. 즉, 예수나 부처나 또는 올바른 신이 바르게 행하는 힘이다. 권능은 한갓 개인의 힘으로 가질 수 없는 것이다. 이

런 악령들은 성서에도 종종 등장한다. 성서에서 그들은 짐
승, 사탄, 뱀, 계명성, 루시퍼 등으로 불린다. 「마가복음」에는
예수가 축귀하는 장면이 나온다. 마귀는 예수에게 "우리를
멸하러 오셨습니까?"라며 항의한다.

　이런 악령 빌런들도 분명한 특징이 있다. 이들은 절대로
사라지지 않는다. 이는 세상에 선과 악이 공존한다는 진리
에도 부합된다. 서사에서 악령이 다가오는 이유는 분명하
지 않다. 그들은 주인공에게 무언가를 깨우쳐주기 위해 오
지 않는다. 주인공에게 원한이 있어 다가오는 것도 아니다.
그들은 어떤 날 바람처럼 찾아와서 주인공을 가혹하게 시
험한다.

　영화 〈곡성〉(2016)에서 일본인은 '그냥 미끼를 던진다'고
말한다. 누가 미끼를 물지는 아무도 모른다. 주인공은 악령
을 처단한 후에도 성찰 따위를 얻지 못한다. 그들은 악령에
게 모진 고통을 당한다. 극복한 후에 기껏 남은 것이라고는
고약한 악기惡氣가 사라진 초췌한 심신, 방 안 가득 어질러진
가구, 깨진 창문과 어지럽게 날리는 커튼과 부서진 문이 있
을 뿐이다. 그들은 무언가를 태우는 냄새이며 연기 같은 존
재다. 불현듯 왔다가 어디로 사라지는 존재여야 한다.

　찾아보면 하나의 이유는 존재한다. 악령이 주인공에게
오는 이유가 있다면 오직 하나, 선에 대한 질투다. 놈들은
절대적 선에게 자신의 가늠자를 맞추고 있다. 주인공을 악

으로 물들게 함으로써 선령善靈에게 자신의 세력을 보이려는 것이다. 주인공은 그들의 대적자가 아니다. 그저 인질일 뿐이다. 그들은 주인공의 목을 밧줄로 꽁꽁 묶어 조른 후 고개를 쳐들고 하늘을 바라본다. '절대자여, 내가 이 주인공 녀석을 미끼로 당신과 싸울 테요!' 이 상황에서 주인공이 악령에게 대등한 능력을 보일 수 없다.

이렇듯 등장 이유가 불명확하기에 악령이 주적이 되면 그들이 악행을 저지르는 동기를 굳이 설명하지 않아도 된다. 그렇다면 스토리 구성이 좀 더 쉬워질까? 아니다. 오히려 더 어렵다. 그들이 등장하는 동기를 고려하지 않아도 되는 대신 이유 없는 환난을 극복하는 주인공의 처절함을 극대화해야 한다. 왜 왔는지 모를 존재로부터 고통당하는 주인공을 지켜보면서(개연성 없는 주인공의 고통을 보면서) 독자가 고개를 갸웃거릴 여지를 주지 않으려면 주인공이 정신 없이 그들을 방어해야 한다. 여기에는 녹록지 않은 감각이 필요하다. 방법은? 달아나는 것뿐이다. 주인공의 목표는 악령이 들기 이전 상태로 되돌리는 것이다. 자신과 사랑하는 가족이 제압당하지 않도록 달아나는 플롯이어야 한다. 이미 장악당한 상태라면 회복하는 플롯으로 형성된다. 불행하게도 대다수 오컬트에서 주인공은 큰 상처를 입고 만다. 패배의 플롯이다.

절대 악은 그저 피해야 할 뿐

악령과 귀신 그리고 뱀파이어

귀신은 본디 생명이 있던 존재가 죽어 비물질화한 것이다. 이들은 혼魂이다. 이런 혼이 비정상적으로 활동하면 인간 눈에 보이는데, 이 존재가 바로 귀鬼이다. 그것이 인간에 의해 신격화되었고 '귀신'이라고 이름 붙여졌다. 귀신의 근원은 생명이 있던 존재였다. 원래 소멸해야 하는 혼과 백 중 혼이 불특정한 작용으로 남아 악체惡體가 된 것이다. 귀신은 인간의 힘으로도 소멸이 가능하다.

뱀파이어와 악령도 구분되어야 한다. 악령이 빌런이 되는 것과 뱀파이어가 빌런이 되는 것에는 차이가 있다. 뱀파이어는 물리적인 존재이다. 뱀파이어는 몬스터이고 악령은 신이다. 뱀파이어는 흡혈귀이다. 귀물鬼物이지 악령이 아니다. 인간이 물리적 전파 작용으로 피를 갈구하는 귀물이 된 것이다. 흡혈의 성질은 광견병이나 페스트처럼 전파로 이루어진다. 물리적 요소인 뱀파이어 역시 충분히 소탕할 수 있는 존재이다. 악령과 다른 존재들(뱀파이어, 귀신)의 명확한 차이는 이길 수 있는가, 없는가이다.

그러나 악령은 이들이 있기 전부터 존재했고, 근원적이다. 세상이 존재할 때부터 선령과 악령이 존재했다. 많은 종교에서 악령은 제압해야 할 대상으로 분류하지만, 한편으로는 그 종교의 수장과 대등한 존재로 인식된다. 예수나 부처는 한 번쯤 악령과 대적했다. 악령은 선의 대척점인 악이

1501년 루카 시뇨렐리가 묘사한
적그리스도에게 속삭이는 악마의 모습.
악마는 신과 대적하는 존재이며 인간은 악마를 이길 수 없다.

라는 양대 근본의 한 축을 맡아 인간을 현혹한다.

악령이 주적인 스토리를 만들겠다면 절대로 이기려 들지 말아야 한다. 주인공은 악령을 맞닥트리기 이전 상태로 돌아가는 것만이 최고의 승리다. 우리는 십자가를 걸고서도, 마늘을 들고서도, 은 탄환을 장전하고서도 이들을 이길 수 없다.

주인공이 이기지 못하는 서사, 적이 어디서 무엇 때문에 오는지 모르는 서사, 그의 존재를 논리적이고 이성적으로 설명할 길이 없는 악령을 빌런으로 삼는 서사는 왜 만들어질

절대 악은 그저 피해야 할 뿐

까? 바로 분위기다.

오컬티즘 장르의 핵심은 분위기다. 악령만이 주는 공포가 있다. 적그리스도, 사탄으로 표현되는 강력한 신성神聖, 영혼 점령을 퇴치하기 위한 주인공의 절대 고독, 악을 추종하는 무리와 맞서야 하는 외로움 등이 그것이다.

악령 스토리는 서사 자체도 중요하지만 무엇보다 공포를 살리기 위한 요소를 중요하게 다루어야 한다. 어쩌면 그게 전부일지도 모른다. 여기에는 배경이나 대사, 캐릭터의 상태도 중요하다. 주변이 모두 잠식당하는 공포가 아니라 주인공에게만 다가와야 하는 공포여야 한다. 악령을 빌런으로 다룬 수작들은 모두 이것들을 중요시했다.

오멘: 적그리스도, 요한계시록의 주인

데이비드 셀처의 소설 『오멘』(1976)의 빌런은 적그리스도이다. 1970년 로마. 차기 미국의 유력한 대통령 후보인 제러미 도온 대사에게서 사내아이가 태어난다. 부부가 그토록 바라던 아이였다. 데이미언 도온은 사랑스러웠으나 다소 이상한 구석이 있었다. 열 손가락에 지문이 하나도 없었으며(그래서 운명을 점칠 수 없었다) 웬일인지 교회에 나가는 것을 극도로 두려워했다. 데이미언을 보면 짐승들이 짖어댔고 아이의 머리 위에서는 늘 까마귀가 맴돌았다. 데이미언은 묘한 매력이 있는 아이였다. 사람들은 데이미언에게 환심을 사려고 노력했다.

데이미언의 생일날 충격적인 사건이 일어난다. 젊은 보모가 목에 밧줄을 걸고 건물 위에서 떨어진 것이다. 보모는 떨어지기 전에 데이미언에게 말한다. 너를 위해 준비했으니 자신을 보며 즐겁길 바란다고.

이 기이한 사건 이후, 수상한 징조가 일어난다. 데이미언 주변에 의심스러운 사람들이 나타났고 새로 온 보모는 어린 데이미언을 도온 부부로부터 격리한다.

데이미언은 사탄의 표식 666의 문장을 지닌 적그리스도였다. 그리스도가 신의 자식이듯 적그리스도는 사탄의 자식이다. 그는 초인간이며 사탄의 권능을 입은 멸망의 아들이었다. 적그리스도의 재림을 원한 악의 추종자들이 짐승의 몸에서 태어난 아이와 도온 대사의 아이를 바꿔치기한 것이었으며, 차기 대통령 후보로 손색없는 도온 대사의 가문 안에서 성장시키려는 계략이었다.

도온 대사는 아이 바꿔치기에 관여한 신부에게 그 아이가 짐승과 인간의 교배종이라는 이야기를 듣지만 쉬 믿지 않는다. 그즈음 우연인지 의도한 것인지 데이미언의 장난으로 아내 캐서린이 두 번째 아이를 낙태한다. 데이미언이 경쟁자를 죽인 것이다.

기묘한 증거들이 찍힌 사진을 들고 온 제닝스 기자는 데이미언이 짐승의 자식이며 도온과 캐서린 사이에서 새로운

절대 악은 그저 피해야 할 뿐

영화 〈오멘〉의 한 장면. 도온은 적그리스도로 태어난
자신의 아이 데이미언을 죽이려 하지만 실패한다.

아이가 태어나지 못하도록 벌인 일이라는 것을 설명했고,
도온은 그와 함께 로마로 가서 모든 것이 사실임을 확인한
다. 도온은 아들을 죽여야 하는 소명을 받는다.

　데이미언은 고작 다섯 살이 되지 않은 아이다. 명목상 빌
런이지만 실체적 빌런은 뒤에 있는 보이지 않는 사탄이며,
행동적 빌런은 데이미언을 보호하려는 추종자들이다. 주인
공 도온 대사는 이들의 눈을 피해 악마의 자식을 제거해야
한다. 그는 숙명을 받아들이고 감행한다. 대대로 적그리스
도를 죽일 수 있는 가문의 칼을 품에 안고 아들을 성당으로
데려간 그는 적그리스도를 성단 위에 눕힌다. 악은 제거되
었을까? 도온은 성공하지 못한다. 칼을 아이의 심장에 박아
넣기 직전, 신고를 받고 들이닥친 경찰의 총에 죽게 된다.

살아남은 적그리스도 데이미언은 새로운 후원자 미국 대통령의 품에서 회심의 미소를 짓는다.

적그리스도는 옛 로마의 판도인 유럽을 중심으로 새로운 제국을 세우고 정치적, 종교적 우두머리로 부상하여 아마겟돈(최후의 전쟁)을 일으키는 존재이다. 『오멘』은 안정된 기반을 얻기 위해 정치적 실력자의 아들로 태어난 데이미언이 적그리스도가 되는 과정과 그것을 막아야 하는 숙명을 지닌 아버지 도온 대사의 사투를 그린 작품이다.

주인공 도온 대사는 적그리스도가 성장하지 못하도록 해야 하는 임무를 지녔다. 하지만 우리는 그가 성공하지 못할 것을 이미 알고 있다. 『오멘』은 전형적인 실패의 플롯이다. 인간은 절대로 악마에 대항할 수 없다. 오직 절대 신만이 처단할 수 있는 악마는 인간을 유혹하고 처절하게 유린한다. 거기에 짜릿한 공포와 스릴이 있을 뿐이다.

나홍진 감독의 영화 〈곡성〉 또한 실패의 플롯이다. 곡성은 '보지 않고도 믿는 것'에 관한 이야기이다. 예수는 보지 않고 믿는 것이 진짜 믿음이라 했다. 영화 속 주인공과 사람들은 외지에서 온 일본인이 진짜 악마인지 아닌지를 두고 내내 다툰다. 악령은 누구를 지정해서 다가오지 않는다. 마구잡이로 미끼를 던진다. 누가 걸릴지 모른다. 악령은 미끼를 문 인간이 생기면 오직 거기에 집중한다. 인간의 마음을 먹기 위해서다.

절대 악은 그저 피해야 할 뿐

일본인은 토굴에 찾아온 부제(양이삼)에게 카메라를 들이 댄다. 부제가 그를 찾았다는 것은 그가 악마라는 이야기를 믿었기 때문이다. 그렇게 믿었다면 악마는 인간을 조종할 수 있다.

부제: 하나만 묻자. 네 정체가 뭐냐?

일본인: 뭐라고 생각하는데?

부제: 악마. 너는 악마다.

일본인: …….

부제: 왜 대답을 못 해?

일본인: 네가 방금 말했잖아. 내가 악마라고.

부제: …….

일본인: 넌 이미 내가 악마라고 확신했어. 그래서 여기까지 온 거지. 그 낫을 들고. 내가 누군지 말해봤자 네 생각은 바뀌지 않아.

부제: 아니야!

일본인: 넌 네 의심을 확인하러 온 거야.

부제: 아니라고. 지금 악마가 아니라고 말한다면 나는 그냥 돌아가겠어.

일본인: 후후후. 누구 마음대로 돌아가? 돌아갈 수 있다고 생각하나?

일본인의 외모는 점점 더 악마로 변한다. 일본인은 손바닥에 나타난 십자가에 박힌 성흔까지 드러낸다. 권능을 가진 자를 조롱할 만큼 힘이 강해진다는 뜻이다. <곡성>에서 주인공 종구는 성공하지 못한다. 영화 속 등장인물 모두가 일본인에게 당한다. 권능을 지닌 대지의 모신母神 무명도 종구의 믿음을 얻지 못한다. 악마는 다시 활개를 친다. 악령은 강한 것을 씹지 못한다. 그래서 악령은 인간의 마음을 먹고 산다. 인간의 마음처럼 나약한 것은 없기에. 나홍진 감독은 악령을 주제로 한 서사는 실패의 서사임을 누구보다 잘 알고 있다.

사탄은 주인공의 머리 꼭대기에 있어야 한다

앨런 파커 감독의 영화 <엔젤 하트>(1987)는 윌리엄 요르츠버그의 오컬티즘 소설 『폴링 엔젤』(1978)을 원작으로 한 작품이다. 여기에도 인간이 대적하지 못하는 사탄이 나온다.

변두리 사립 탐정 해리 에인절에게 한 신사가 찾아온다. 신사의 이름은 루이스 사이퍼. 사이퍼는 해리에게 2차 세계대전에 참전하고 돌아온 후 종적을 감춰버린 가수 조니 페이버릿이라는 인물을 찾아달라고 부탁한다. 사이퍼에게 돈을 두둑하게 받은 해리. 해리는 조니 페이버릿의 실종 사건을 조사한다. 병원의 원장, 함께 무대에 섰던 늙은 기타 연주자, 점을 보는 내연녀 등 조니와 관련된 여러 사람을 만나 단서를 찾는다. 의문스러운 것은 그들이 해리와 헤어진 후 모조리 처참한 시체로 발견되었다는 것이다. 해리는 초조해졌다. 누군가가 자신을 궁지로 몰아넣기 위해 따라다니며 뒤에서 살인을 저지르고 있다. 졸지에 살인 용의자가 된 해리는 헤어나지 못할 깊은 수렁으로 빠져들고 있다는 느낌을 받는다. 그는 두려움을 느끼고 사이퍼를 찾아간다.

> **해리:** 나는 살인 용의자가 되었소. 이 일에서 손을 떼겠습니다.
>
> **사이퍼:** 민달팽이를 뭐라고 하는지 아시오?
>
> **해리:** 몰라요.
>
> **사이퍼:** 껍데기 속에서만 산다고 하지요. (사이퍼는 달걀 껍데기를 깐다.) 어느 단체에서는 달걀을 영혼의 심볼이라고 보지요. 드시겠소?
>
> **해리:** 싫소. 병아리 생각이 나서.

의뢰인 사이퍼는 음식으로 나온 달걀 껍데기를 조금씩 부스러뜨리며 냉혹한 눈으로 해리를 바라본다. 해리는 그런 사이퍼를 의아해하는 눈으로 쳐다본다. 사이퍼는 해리가 보는 앞에서 입을 벌리고 깐 달걀을 크게 베어 문다. 해리는 어쩔 수 없이 실종된 조니 페이버릿의 존재를 하나씩 밝혀가는데 종국에 밝혀진 정체는 충격적이다. 루이스 사이퍼가 찾던 조니 페이버릿의 정체는 바로 기억을 잃어버린 해리

영화 <엔젤 하트>의 한 장면. 사이퍼는 달걀 껍데기를
깐다. 진실을 이미 다 알고 있다는 중요한 상징이다.

에인절 자신이었다.

루시퍼의 이름을 조합한 의뢰인 루이스 사이퍼는 악마였
다. 오래전 무명 가수 조니는 사이퍼에게 영혼을 바치는 대
신 명성을 얻기로 했다. 조니는 목적을 달성하지만 이후 겁
이 났다. 악마에게 영혼을 바치기 싫었던 그는 결국 주술을
사용해서 사이퍼를 속이기로 한다. 조니는 부두교의 주술
로 전쟁터에서 만난 병사와 몸을 바꾸고 해리로 살아왔다.
병사의 몸에 조니의 영혼이 들어간 존재가 바로 해리 에인
절이었다. 사이퍼는 당당히 그런 해리에게 찾아갔던 것이
며, 영혼이 바뀌어 더는 조니의 기억이 없는 해리는 사이퍼
의 요청을 받고 누구도 아닌 '자신'을 찾고 있었던 것이다.

사이퍼가 해리 앞에서 달걀 껍데기를 하나씩 까는 장면은
세탁한 해리의 영혼을 조금씩 벗겨내겠다는 의지를 내포한

절대 악은 그저 피해야 할 뿐

다. 그가 무심하게 깐 달걀을 베어 무는 그의 행동은 '인간은 사탄에게 먹히는 존재'라는 것을 분명하게 표출하고 있다. 영화의 클라이맥스는 이렇다. 자신이 누구인지를 깨닫고 울부짖는 해리 옆에 어느새 사이퍼가 앉아 있다. 눈에 물을 가득 머금은 채 사이퍼를 바라보는 해리. 그 얼굴은 악마에게 중독된 나약한 인간의 모습 그 자체다. 물기 어린 해리의 눈은 악마의 그것처럼 초점을 잃었다. 그가 악마에게 동화되었음을 보여준다.

> **해리:** 나는 내가 누군지 알아. 나는, 나는 죽이지 않았어. 나는 파울러를, 투츠를, 마거릿을, 크루즈마크를 죽이지 않았어.
>
> **사이퍼:** 넌 내게 속해 있어, 조니.

<엔젤 하트>는 자신을 찾는 이야기의 원형이다. <엔젤 하트>는 '찾는 자'의 플롯을 지녔지만 정확하게는 '도망가는 자'의 플롯이기도 하다. 대항하지 못하는 악 앞에서 주인공은 속수무책으로 당하고 달아나기 바쁘다. 그 도피의 결과는 비극으로 끝난다. 악마의 손안에서 인간은 결코 승리하지 못한다. <엔젤 하트>는 배경과 소품에서 보이는 장치도 집중할 만한 작품이다. 흑인들의 재즈와 닭과 돼지 창자와 심장을 보여가며 풀어내는 고어적 연출은 악령 이야기의 공포감을 잘 살려냈다.

악령이 빌런일 때 노련한 작가는 주인공을 성공하게 만들지 않는다. 주인공은 악령을 물리치지 못한다. 주인공이 어떻게 도망가야 하는지에만 중점을 두고 오직 분위기로 이야기를 진행한다. 악을 이겨봐야 아무런 명제를 만들지 못하기 때문이다. 악령은 주인공이 나쁜 짓을 했다고 찾아오는 것이 아니다. 명심하라. 인간은 악마와 대적하지 못한다. 악마는 그렇게 불쑥 찾아온다. 악마는 모든 것을 알고 있다.

악령 빌런이 나오는 작품들

✣ **마마** (2013년, 영화)

감독: 안드레스 무시에티

갈등 구도: 마마 vs 루커스, 애너벨

부모가 죽고 어린 두 자매가 숲에 버려졌다. 죽은 남자의 동생 루커스는 조카들을 찾기 위해 숲을 뒤지고 5년 만에 통나무집에서 아이들을 발견한다. 자매 중 언니 빅토리아는 사회에 적응했지만, 동생 릴리는 너무 어린 나이에 버려졌기에 도시 생활에 적응하지 못한다. 대체 5년 동안 아이들은 누구와 어떻게 살았던 것일까? 그즈음 루커스 집으로 아이들을 찾아오는 수상한 존재가 있었다. 아이들은 그 존재를 '마마'라고 불렀다. '마마'는 100년 전 정신 병원에서 죽은 혼령이었다. 아이들은 숲에서 5년간 '마마'라는 2미터가 넘는 혼령에 의해 길러진 것. 마마는 두 아이를 데려가려 하지만 언니 빅토리아는 삼촌 루커스의 곁에 남으려 한다. 마마는 동생 릴리만 데리고 어둠 속으로 사라진다.

루커스와 그의 아내 애너벨은 두 아이 모두 마마에게서 구하려 하지만 그럴 수 없다. 마마는 귀신이지만 모성이 강한 존재였다. 영적인 존재가 모성까지 탑재했으니 주인공들이 도저히 감당할 수 없다. 마마의 뜻에 저항한 빅토리아는 사리

분별할 만큼 자랐기에 돌아가지 않았을 뿐, 루커스와 애너벨은 자력으로 아이들을 구할 수 없었다. 마마의 손길이 그리운 여섯 살 릴리는 마마에게 안겨 사라지고 만다.

✣ 스켈리톤 키 (2005년, 영화)

감독: 이언 소프틀리

갈등 구도: 루크, 바이올렛 vs 캐롤라인

간호사 캐롤라인의 일은 벤을 돌보는 것. 신체 마비 증세로 말 못 하는 벤은 자꾸만 집 밖으로 나가려 하고 캐롤라인에게 알 수 없는 신호를 주지만 캐롤라인은 벤이 어떤 말을 하는지 좀처럼 알 수가 없다. 벤의 아내 바이올렛은 캐롤라인에게 열쇠를 주며 다락방에는 올라가지 말라고 한다. 그러나 캐롤라인은 다락방을 살피고 그곳에서 흑마술을 벌인 흔적을 찾아낸다. 결론은 이랬다. 바이올렛과 또 다른 등장인물 변호사 루크의 몸에는 오래전 이 집의 하인 부부의 영이 들어가 있었다. 그들은 흑마술을 이용해 계속 남의 몸으로 들어가 영생하듯 살고 있던 것. 그들이 원하는 것은 캐롤라인의 몸이었다. 남자 하인 저스티파이는 젊은 루크의 몸에 들어갔으나 여자 하인 세실은 늙은 바이올렛의 몸에 들어갈 수밖에 없었다. 그녀는 젊은 여자의 몸이 필요했고 광고를 내어 캐롤라인을 이 집으로 유인한 것이다.

절대 악은 그저 피해야 할 뿐

그들에게 아내 바이올렛을 잃고 반신불구로 갇혀 사는 노인 벤만이 캐롤라인에게 진상을 설명하려 무던히 노력하고 있었지만 캐롤라인은 벤의 뜻을 알아채지 못했다. 캐롤라인은 흑마술로 그들의 주술을 막으려 하지만 도리어 당하고 만다. 흑마술은 믿지 않는 자에게는 효력이 발생하지 않는다. 캐롤라인은 흑마술에 의지해 맞서려다 되려 그것 때문에 그들에게 속게 된다. 영적 존재는 인간의 머리 꼭대기에서 인간을 자유자재로 다룬다.

✣ **악마의 씨 (1968년, 영화)**

감독: 로만 폴란스키

갈등 구도: 남편 가이와 맨션의 입주자들 vs 로즈메리

로즈메리는 맨해튼 한가운데 위치한 새 아파트에서 악마 숭배자들에게 갇혀 저도 모르게 악마의 아이를 밴다. 지나칠 정도로 친절한 이웃들은 악마 숭배자이며 남편 가이조차 그들과 한패이다. 남편은 악마에게 영혼을 팔고 로즈메리가 악마의 씨를 임신하도록 도왔다. 로즈메리는 태아가 어떻게 자신의 몸에 들어오게 되었는지, 그들이 왜 이런 짓을 벌이는지 알지 못한다. 아파트 주변의 모든 이들이 로즈메리가 아이를 무사히 출산하도록 감시한다. 로즈메리를 도울 수 있는 이들은 전부 장애물에 가로막히거나 의문의 죽음을 당한다. 로즈

메리는 이들, 악마 숭배자들의 덫에서 빠져나갈 수 없다. 결국 로즈메리는 악마의 자식을 낳는다. 그녀는 그 사실을 수긍하고 아이를 바라본다. 악령의 씨를 받고 낳을 운명인 로즈메리는 아무리 발버둥 쳐도 소용없다. 악령과의 싸움에서 주인공은 반드시 손상을 입는다. 로즈메리가 바로 그런 케이스다.

악령 유형 빌런을 만들 때 고려해야 할 체크 리스트

☐ 주인공은 악령을 이길 수 있는가?

☐ 주인공을 어떤 식으로 농락하는가?

☐ 얼마나 강한 힘을 지녔는가?

☐ 악령을 제압할 수 있는 권능은 주인공을 돕는가?

☐ 악령은 등장 장소와 시기를 예고하는가?

☐ 악령과 주인공이 처음 조우하는 장면은 어떠한가? 개연성이 있는가?

☐ 주인공은 악령을 만난 후 삶의 자세가 긍정적으로 변하는가,

  부정적으로 변하는가?

☐ 결론에 이르러 악령은 소멸되는가?

☐ 주인공은 악령에게서 벗어나거나 그 전 상황으로 되돌아가려 하는가?

☐ 악령이 인간의 무엇을 먹고 자라는가?

절대 악은 그저 피해야 할 뿐

4

신념

Conviction

빌런은
자기만의
신념이
있어야 한다

빌런은 자기만의 신념이 있어야 한다

악당은 처음부터 나쁜 놈이었을까?

과연 범죄자가 되는 유전자가 존재할까? 태어날 때부터 이미 정해져 있다는 주장이 있다. 19세기 이탈리아의 범죄학자 체사레 롬브로소는 범죄자는 선천적으로 '생물학적 결함'이 있으며, 이것에 의해 본인의 의지와는 관계없이 범죄를 저지른다고 주장했다. 그가 범죄인의 성격을 연구해서 쓴 책 『범죄인론L'uomo delinquente』(1876)에서는 이것을 생물학적 구조를 타고난 범죄인, 즉 생래적 범죄인(born criminal)이라고 불렀다.

선천적이 아니라면? 가장 빈번하게 분석되는 것이 어린

시절의 학대다. 신체적 학대 및 성폭행이 여기에 해당한다. 프로이트는 사이코패스의 정상적이지 못한 정신세계가 어린 시절의 리비도가 더 이상 성장하지 못하고 그 단계에서 머물게 되거나 역행함으로써 나타나는 현상이라 말했다.

프로이트는 인간의 성적 발달 단계를 구강기, 항문기, 남근기, 생식기, 잠재기로 나누었다. 구강기는 성적 에너지가 입에 집중되는 시기로 부모에게 전적으로 의존하는 단계이며 아이가 젖으로 마음껏 영양을 공급받아야 하는 시기다. 이때 방치당하면 다음 단계인 항문기로 넘어가지 못하고 퇴행하거나 그 단계를 건너뛴다. 이런 자들은 감정 기복이 심하고 시기와 질투가 빈번하다.

항문기는 욕구를 방출하고 소화하는 단계다. 아이의 심리적 초점은 입에서 항문으로 모이게 되며 이때 욕구를 조절하는 능력이 생긴다. 항문기에 문제가 생긴 악당들은 잔학성과 공격성을 띠게 된다.

남근기는 리비도가 성기에 집중되는 시기다. 자기애와 상대에 대한 사랑을 인지하며, 남성은 어머니를 두고 동성인 아버지에게 적대적 감정을 품는 오이디푸스 콤플렉스가, 여성은 무의식중에 어머니를 미워하고 아버지를 좋아하는 엘렉트라 콤플렉스가 형성된다.

인간은 이러한 발달 단계에서 발생하는 욕구를 적시에 경험하지 못하면 이상 심리가 나타난다. 실제로 존재하는 많은 악당이 어린 시절의 발달 단계를 제대로 밟지 못했다. 아버지에게 학대당한 엄마를 목격했거나, 학대당한 엄마에게 학대를 당했거나, 엄마, 아빠가 아닌 다른 누구에게 학대를 당했다. 희대의 살인마 찰스 마일스 매독스(훗날 찰스 맨슨이라 불렸다)의 엄마는 아들에게 자신의 섹스 장면을 보게 했다. 무려 600여 명을 살해했다고 알려진 헨리 리 루커스의 엄마도 그에게 여자 옷을 입혀 등교시켰다.

못생긴 외모는? 스파이더맨을 상대하는 유명한 악당 킹핀은 어린 시절 괴롭힘을 극복하기 위해 돼지처럼 살을 찌웠다. 신체에 대한 이런 콤플렉스도 악행에 한몫한다. 실수를 용서받지 못하고 신체 일부분을 제거당한 후 응어리를 가진 조커나, 특별한 신체로 인해 학대당한 자들을 모아 악당 팀을 꾸린 매그니토가 여기에 속한다.

샌타 모니카 스튜디오에서 만든 액션 게임 〈갓 오브 워〉(2018)의 주인공은 특이하게도 선한 인물이 아니다. 주인공 크레토스는 전쟁의 신 아레스에게 '혼돈의 칼'을 받고 사람들을 학살하는 잔인한 인물이었다. 그러나 신이 자신의 가족을 죽인 것을 알고 도리어 신을 상대로 싸운다. 크레토스 같은 사악한 자도 가족을 잃은 슬픔에 분노를 터뜨린다. 이렇듯 악역들은 저마다 처절한 상처가 있다. 트라우마를 심으면 빌런은 매력적으로 변한다.

그런데 이런 트라우마를 가진 악당들을 아주 유치하게 만들어버리는 악당이 있다. 그를 보고 있노라면 여타 악당들의 악행은 그저 삐뚤어지겠노라며 떼쓰는 행위로밖에 보이지 않는다. 그의 이름은 바로 안톤 시거. 멕시코와 미국 국경 지대의 황량한 사막에서 산소 탱크에 연결된 스턴건을 들고 줄레줄레 걸어 다니는 자다.

코맥 매카시의 소설 『노인을 위한 나라는 없다』(2005)에 등장하는 이 악당은 오로지 자신만의 독특한 신념으로 똘똘 뭉친 자이다. 사실 자신만의 신념이 무엇인지 정의하기 어렵다. 아주 사소한 것도 신념이 될 수 있으며, 그 신념은 사람마다 다르다. 어떤 이는 함께 길을 걷다가 전봇대를 사이에 두고 갈라지는 것을 몸서리치도록 싫어하는가 하면, 싱크대 위의 칼은 무조건 서랍에 넣어두어야 하는 사람도 있다. 반복적으로 무언가를 읽거나 써야 한다든가, 처음 본 택시 번호판 숫자로 그날의 운명을 점치기도 한다.

시거가 어떤 연유로 잔학성을 띠게 되었는지 작가 코맥 매카시는 설명하지 않는다. 절대로 선천적 요인은 아니다. 그 이유는 시거가 '선택'이라는 단어를 사용하기 때문이다. 그는 배꼽 깊은 곳에서 분출하는 살인 욕구를 감지하지 않는다. 그는 사회를 인식하는 판단력이 있다. 확실한 본의本意라고 해도 좋다. 무슨 이유였던 간에 그의 악행은 이성의 고

영화 〈노인을 위한 나라는 없다〉에서 안톤 시거가
주유소 주인을 죽이기 위해 동전을 선택하는 장면.

착화로 이루어졌다.

시거는 의뢰받은 돈 가방을 습득한 후 가방 주인에게 가지고 간다. 사실 돈 가방의 주인은 마약 거래에 사용된 그 돈을 회수하지 않아도 될 처지였다. 그것은 안톤 시거가 그 가방을 꿀꺽해도 된다는 뜻이다. 하지만 그는 그것을 주인에게 돌려준다.

"다 찾지는 못했소. 약 10만 달러 정도는 부족할 것이오. 일부는 도둑맞았고 일부는 내 비용으로 썼소."

"도대체 당신, 누구요?"

"안톤 시거."

"이름은 이미 알고 있소."

"나는 그냥 내 신의를 지키고 싶어서 찾아왔을 뿐이오. 굉장히 어려운 분야의 전문가로 인정받고 싶다고나 할까.

빌런은 자기만의 신념이 있어야 한다

완전히 믿음직하고 정직한 사내로, 뭐 그런 거요."

가방을 전달한 시거는 자리에서 일어난다. 그는 턱 끝으로 벽에 걸린 그림을 가리키며 묻는다.

"원본이오?"

"아니오. 하지만 원본도 소장하고 있소."

"멋지군."

시거에게 희생된 사람은 이유도 모르고 당연하게 죽임을 당한다. 마치 우연히 새똥을 맞거나 재채기가 나오듯 그것은 태초부터 있었던 피오르 같은 느낌을 준다. 때가 되어 죽는 것이며 그것을 실행하는 자가 시거이다. 시거를 만나면 죽음은 정해진 것이다. 단, 살인에는 철칙이 존재한다. 바로 동전 던지기다. 시거는 이 죽음이 정해진 것인지 아닌지를 확인해야 한다. 그 행위는 '운명은 바꿀 수 없다' '운명은 정해진 것이다'라는 신념에 기초한다.

유명한 장면이 주유소 주인에게 행한 '동전 던지기'다. 앞면이 나오면 살고 뒷면이 나오면 죽는다. 사막의 어느 주유소에서 기름을 넣고 돈을 지불하는 시거에게 주인은 생각 없이 묻는다. "비 오지 않았습니까? 댈러스 쪽에서 오는 걸 봤소만." 어느 살인자가 자신의 행방을 기억하는 사람을 그대로 둘까. 시거는 주유소 주인을 죽이기로 한다. 그는 기다리면서 까먹은 캐슈너트값 69센트를 지불한 후 동전을 꺼내어 형광 불빛 아래 허공으로 던진다. 떨어지는 동전을 낚

아채서 팔뚝에 찰싹 덮는다. 그리고 주인에게 묻는다. "앞면? 뒷면?"

희생자는 반문한다. "왜 내가 그것을 맞혀야 합니까?" 시거의 대답은 공허하다. "내가 대신 맞혀줄 수는 없으니까." 그의 눈을 보면 누구도 따르지 않을 수 없다. 자신도 희생자도 이 원칙에 따라야만 한다. 이유는 하나, 지금 이 시각, 이 동전이 희생자의 운명이기 때문에. 시거는 희생자의 운명대로 움직일 뿐이다. 거기에 자신의 의중은 1퍼센트도 없다.

매력적인 빌런은 무슨 일이 있어도 자신의 원칙을 지킨다

안톤 시거의 생각이 가장 잘 드러나는 장면이 또 있다. 바로 주인공 모스의 아내를 찾아가서 죽이는 장면이다. 모스의 아내는 전개상 죽이지 않아도 되는 캐릭터이다. 그녀는 잘못이 없음에도 시거에게 죽임을 당한다. 이유는 하나. 극 초반에 시거가 모스와 통화하며 나눈 대화 때문이다. 그 통화에서 모스 아내의 운명이 결정되고 말았다.

시거는 모스에게 경고를 보냈다. 모스에게 돈 가방을 돌려달라고 했고 그러지 않으면 네놈 아내를 죽이겠다고 말했다. 모스는 돈 가방을 돌려주지 않았다. 모스는 시거가 친정으로 보낸 아내를 찾을 수 없다고 생각했다. 결국, 시거는 모스를 죽이고 돈 가방을 찾았다. 주인공과 빌런의 줄다리기는 이것으로 끝났다. 이야기는 빌런의 승리로 해결되었다. 그럼에도 시거는 모스의 아내를 찾아간다. 자신을 죽이려는 이유가 무엇인지 묻는 그녀에게 시거는 이렇게 말한다. "미안해." 시거는 흐느끼는 모스의 아내가 억울하다는 것을 알고 있다. 그는 자신이 할 수 있는 최선의 배려를 하기로 한다. 주머니에서 동전을 꺼낸 것. 시거는 동전을 꺼내 팔뚝에 찰싹 내려놓는다. "맞혀. 앞면? 뒷면?"

동전은 결정권이 없다고 울부짖는 모스의 아내에게 이것이 인생의 갈림길이고 자신이 건넬 수 있는 배려라고 말한다. 인생에 의미란 없고 희망도 굴복 따위도 없다. 단순히 동전을 던져 나오는 선택만으로 살아가도 무방하다. 안톤 시거는 이런 신념으로 똘똘 뭉친 투철한 악당이었다. 그에게 여자의 인생이 끼어든 순간(통화로 언급한 순간) 여자는 살 수 없었다. 그렇게 아무런 잘못도 없는 여자를 쏘았다.

그의 신념에서 운명이란 무無와 같다. 벌어진 일이든, 벌어질 일이든 그 운명의 법칙은 반드시 지켜져야 한다. 흡사 일체개공설一切皆空說을 주장하는 싯다르타의 반야 사상을 엿보는 듯하다. 모든 것이 공空인 것이다. 그렇기에 시거는 엄청난 교통사고를 당해도 아무런 표정이 없다. 연기가 피어오르는 부서진 차에서 겨우 기어 나와 화단에 앉은 그는 팔뚝 위로 부러진 뼈가 튀어나오고, 골반이 부러지고, 피가 줄곧 눈으로 흘러내려도 그저 동맥이 끊어졌는지만 확인할 뿐이다. 원망 따윈 없다. 지나가던 아이가 입은 셔츠를 사서(절대로 빼앗지 않는다. 피 묻은 지폐를 건네고 아이의 옷을 산다) 삼각건으로 만들어 묶은 다음 어디론가 절뚝거리며 사라진다. 그 뒷모습을 보며 그가 이후에 어떤 삶을 살아갈지 궁금해진다. 아무래도 그는 죽을 때까지 신념을 버리지 않을 듯하다.

안톤 시거는 운명에게 절대로 울부짖거나 따지지 않는다. 죽음은 그에게 중요한 일이 아니다. 죽인 자들에게 보여준 '운명은 이유를 묻지 않는다'는 신념을 자신에게도 철저하게 실천한 것이다. 그것은 그의 원칙이었다. 그는 속에 묵직한 것(신념이라 말하겠다)이 가득 찬, 자신의 방식을 확고하게 지닌 악당 중 악당이다.

악당은 비겁해도 좋다. 변죽을 울리거나 쓸데없는 것에 집착해도 좋다. 그러나 시시각각 상황에 따라 자신의 원칙을 바꾸는 악당은 하급이다. 진정한 악당은 자신이 정한 원칙을 장엄하게 지켜야만 한다. 이런 악당은 주인공보다 더 철학적이다. 신념이 탑재된 악당은 신과 같으며, 주인공을 단번에 하수로 만들어버린다. 주인공은 그저 운과 발악으로 그를 상대할 수밖에 없다(원래 주인공은 다 그런 것이 아닌가). 신념을 지닌 악당을 만들 수 있다면 주인공이 좀 유치하게 행동해도 스토리는 괜찮은 작품이 된다.

악당의 신념은 스토리의 세계관과 직결된다

악당의 악행은 세계관과 밀접한 관계가 있다. 주인공의 고난은 악당의 악행으로 시작되며, 주인공은 악당이 설정한 무대에서 뛰어놀 수밖에 없다. 악당의 신념은 바로 이야기의 세계관이기도 하다.

보스턴에 위치한 게임 개발사 이래셔널 게임스의 명작 〈바이오쇼크〉(2007) 시리즈의 무대는 랩처라는 해저 도시이다. 랩처를 만든 사람은 바로 전체주의자인 '앤드루 라이언'이라는 악당이다. 작중 소련 태생 미국인인 앤드루 라이언은 공산주의에 혐오감을 느끼고 미국으로 망명한다. 이후, 그는 원유 사업으로 크게 성공하고 '라이언 공업'을 만들어 억만장자가 된다. 그때까진 좋았다. 미국의 시장 경제를 마음껏 만끽하며 자유를 누렸다. 대공황이 불어닥치고 정부가 점차 시장에 개입하자 앤드루 라이언은 정치적, 사회적 이념이 경제에 영향을 미치는 것에 환멸을 느끼고 자신을 추종하는 소수 엘리트와 함께 북대서양으로 떠난다. 그리고 바다 한가운데에 자유의지를 기반으로 한 아르 데코풍의 해저 도시를 건설한다. 그것이 이상 세계 랩처다.

랩처는 개개인의 발전이 모여 사회를 발전시킨다는 위대한 사슬The Great Chain 이론을 바탕으로 만들어진 해저 도시다. 창시자 라이언이 주장하는 위대한 사슬은 모든 시민의 자유가 보장된 이익을 추구하며, 그렇게 엮인 경제적 활동이 사슬이 되어 랩처를 이끌어간다. 애덤 스미스의 자유방임주의 이론을 패러디했다.

나, 앤드루 라이언이 묻겠다.
인간은 자기 자신의 노력 대가를 받을 자격이 없는가?

워싱턴의 정치인들이 말한다. 그것은 가난한 자의 것이라고.
바티칸의 성직자들은 말한다. 그것은 신의 것이라고.
모스크바의 공산당은 말한다. 그것은 모든 이의 것이라고.

나는 이 모든 대답을 거부했다.
나는 그 대신 다른 것을 선택했다.
나는 불가능을 선택했다.
나는 선택했다, 랩처를.

예술가가 검열을 두려워하지 않아도 되는 도시.
과학자가 사소한 윤리적 문제에 얽매이지 않아도 되는 도시.
위대한 이들이 사소한 것에 제약받지 않아도 되는 도시.
자신을 위해 흘릴 땀이 있다면 랩처는 언제든 당신을 환영한다.

❈ 〈바이오쇼크〉 1편 중에서

라이언은 인간을 속박하는 정치, 도덕, 법, 종교, 세금과

〈바이오쇼크〉 주인공 라이언은 정치, 도덕, 법
같은 구식 체제를 거부하고 개인의 욕망을
중시하는 사회 랩처를 만들었다.

같은 구식 체제를 거부하고 개인의 욕망이 모일 때만이 진
정한 자유 사회가 된다고 주장한다. 그는 한계가 없는 오직
'자유'만이 장려되는 이상향을 꿈꾸었다.

　문제는 여기서 발생한다. 자유 경쟁은 사회를 발전시키
는 대신 반드시 도태자를 양산한다. 인간의 능력은 각자 차
이가 있기 때문이다. 이상적 해저 도시 랩처는 자유 경쟁에
서 도태된 사람을 허약자로 분류하고 사회에 불필요한 존
재로 인식해버린다. 실업자들이 빈민층이 되는 것은 당연
하다고 보았고 치열한 생존 경쟁만이 자유를 보장한다고
주장한다.

　라이언은 위대한 사슬이라는 철학에 적응하지 못하는 사

람을 랩처에서 과감하게 배제했다. 이것은 이상향 랩처의 모순이기도 했다. 이런 구조적 모순으로 인해 랩처 사회는 극심한 폭력과 내전이 팽배했고, 그것을 제압하기 위해 그 이상의 강압이 이용되었다. 게임은 이런 랩처라는 사회가 얼마나 잘못된 신념으로 구축되었는가를 여실히 보여준다. 게임 플레이어는 이러한 랩처 안에서 한바탕 장엄한 모험을 펼쳐야 한다. 앤드루 라이언의 신념과 철학이 바로 ⟨바이오쇼크⟩ 전반을 관통하는 세계관이다.

악당의 신념은 스토리의 색깔을 만든다. 주인공은 악당의 신념이라는 체스 판 위에서 움직이는 말일 뿐이다.

빌런은 자기만의 신념이 있어야 한다

❖ **카라마조프 가의 형제들** (1878년, 소설)

지은이: 표도르 도스토옙스키

갈등 구도: 드미트리 카라마조프 vs 표도르 카라마조프

카라마조프 가에는 네 명의 남자가 있다. 아버지 표도르, 장남 드미트리, 차남 이반, 막내 알렉세이. 이야기 갈등의 중심축은 장남과 아버지이다. 두 사람은 재산과 애정 다툼을 벌인다. 세상에서 가장 골치 아픈 돈과 애정 문제인 만큼 둘은 말다툼을 넘어 육탄전을 벌이기도 한다. 두 사람은 이 작품에서 선한 역할을 전담하는 알렉세이와 비교하자면 모두 빌런이라고 해도 무방하지만, 오로지 이야기를 이 둘의 관계로 축소하면 아버지 표도르를 빌런으로 상정할 수 있다. 그는 자식들을 양육하지도 않았고, 장남의 재산을 가로챘으며, 아들의 여자를 빼앗고자 하고, 애욕을 충족하기 위해 탐욕스럽게 재산을 쌓는다. 그의 인생관은 지극히 부정적이고 세상을 바라보는 시선은 공허해서 삶의 목표는 오로지 육체적 쾌락뿐이다. 그것을 위해서라면 부모의 도리도, 상도덕도, 명예도 필요 없다. 자신의 욕망에 철저하게 복종하는 것이 그의 신념이고 철학이다. 그에 비해 드미트리는 자신의 욕망뿐 아니라 나약함과 비열함도 솔직하게 드러낸다. 솔직함의 정도는 유리처럼

투명해서 진솔하게 보일 정도다. 자신이 어떤 사람인지 잘 알고 그것을 숨기지 않아왔던 탓에 그는 결국 친부 살해범이라는 혐의를 벗지 못한다. 누가 죽었어도 죽었을 법한 그 빌런은 죽어서까지 주인공을 곤경에 빠뜨린 셈이다.

✣ **스토커** (2013년, 영화)

감독: 박찬욱

갈등 구도: 인디아 스토커 vs 찰리 스토커

사이코패스 기질이 유전되는 스토커 가문의 이야기이며, 삼촌 찰리 스토커가 조카 인디아 스토커의 괴물성을 각성시켜 나가는 서사다. 빌런이 빌런을 성장시키는 이야기로 보아도 좋다. 18세에 아버지를 사고로 잃은 인디아는 장례식장에서 난생처음 삼촌 찰리를 만난다. 여덟 살 때 두 살 난 막냇동생을 살해한 이후로 보호 시설에서 오랫동안 생활해온 찰리가 자신으로부터 가족을 보호하려는 형을 죽인 뒤 등장했다는 사실을 인디아와 엄마는 모른다. 찰리의 등장과 함께 인디아네 주변 사람들이 사라지기 시작하고, 그 과정에서 찰리가 오랫동안 주시해왔던 인디아의 정체성과 취향을 일깨워준다. 그것은 바로 살인이다. 인디아는 자신을 각성시켜준 삼촌에게 예속되지 않고 독립된 연쇄 살인마로 거듭나며 살인 욕망을 자각한다. 연쇄 살인의 시작은 바로 스승과도 같은 삼촌

빌런은 자기만의 신념이 있어야 한다

살해. 아무 감정의 동요도 느끼지 않고 그다음 살인을 해나가는 인디아에게 중요한 신념은 사냥을 가르쳐주며 "나쁜 짓을 해야 더 나쁜 짓을 하지 않는다"라고 했던 아빠의 말이다. 포커페이스의 인디아가 앞으로 더 나쁜 짓을 하지 않기 위해 계속 나쁜 짓을 해나가리라는 걸 결론에서 짐작할 수 있다.

신념을 가진 빌런을 만들 때 고려해야 할 체크 리스트

☐ 사회를 어떻게 바라보는가?

☐ 반드시 지켜야 하는 것이 있는가?

☐ 반복적으로 내뱉는 단어가 있는가?

☐ 빌런이 구축한 철학으로 그 작품의 세계관을 암시할 수 있는가?

☐ 빌런이 손해를 감수하고 교환하는 것이 있는가?

☐ 빌런과 수하들의 생각이 다르다면 그것은 무엇인가?

☐ 빌런이 독자 예상과 다르게 움직인다면 그것은 그의 신념 때문인가?

☐ 빌런의 성격과 신념을 구분할 수 있는가?

☐ 빌런의 행동으로 그의 신념을 표현할 수 있는가?

☐ 빌런이 가장 소중하게 생각하는 것은 무엇인가?

5

시기

Jealousy

질투심이
많은 적은
가진 것도
많은 자다

질투심이 많은 적은 가진 것도 많은 자다

간파쿠, 도요토미 히데요시

미천한 하급 무사의 자식이었던 도요토미 히데요시의 별명은 고자루小猿(새끼 원숭이)였다. 통신사로 일본에 다녀온 조선의 관리 김성일은 히데요시의 외모를 원숭이상에 눈매가 쥐와 같다고 했다. 포르투갈 예수회 사제 루이스 프로이스는 자신의 저서 『일본사Historia de Japam』에서 히데요시를 지극히 왜소한 체격에 못생겼다고 평가했다(이 저서는 우리나라를 Corea가 아닌 Korea로 적었다).

주군이었던 오다 노부나가마저도 히데요시를 '대머리 쥐'

라고 놀렸다. 동서양 모든 사람이 그렇게 평하니 히데요시
는 못생긴 게 분명한 모양이다. 아닌 게 아니라 그는 다리가
짧고 어깨가 좁았으며 대머리에 늘 얼굴을 찌푸리고 다녔
다고 한다. 하나 눈만은 매우 날카로워서 마주 보는 사람을
바늘로 찌를 듯했고 심리를 꿰뚫는 통찰력이 좋았다. 그는
눈빛 하나로 전 일본을 통일했다.

도요토미 히데요시는 16세기 센고쿠 시대에 일본을 다스
린 최고 권력자이다. 그런데 우리는 그를 '쇼군將軍'이나 '덴
노天皇'라 하지 않고 간파쿠關白,관백라고 부른다. 그는 왜 천황
이나 국왕이 되지 않고 집정자를 지칭하는 간파쿠가 된 것
일까?

18세의 히데요시는 홀어머니 아래에서 바늘을 팔다가
실력자 오다 노부나가의 아래로 들어간다. 무사가 아니었
고 성루를 고치거나 주방을 담당하는 역할이었다. 이후 오
다 노부나가의 신임을 얻어 다이묘가 되었으며 가신으로
살았다.

1582년 6월, 교토에서 오다 노부나가가 부하 아케치 미
쓰히데의 모반으로 죽임을 당하는 '혼노지의 변'이 일어나
자, 영리한 히데요시는 오다 노부나가의 후계 문제에 뛰어
들었다. 그는 오다의 멍청한 장남 노부타다를 옹립하며 경
쟁 관계에 있던 삼남과 차남을 누르고 조직을 장악했다.

1585년, 그는 집정자 간파쿠가 되었다. 마침내 일인지하

만인지상의 자리에 오른 것이다. 간파쿠란 율령에 규정되지 않은 직책이지만 이름만 있는 덴노 아래에서 실질적 정무를 총괄하는 존재다. 오늘날 국무총리와 같다. 허수아비 덴노를 대신해 전국을 통일하고 다이묘를 굴복시킨 히데요시는 명실공히 최고 집권자가 되었다.

그가 바쿠후幕府.막부의 쇼군이나 조정의 덴노가 아니라 집정자 간파쿠가 된 이유는 분명했다. 피 때문이다. 덴노나 쇼군의 반열에 오르려면 출신이 좋아야 했다. 덴노가 되려면 만세일계万世一系(일본 황실의 피는 한 번도 단절된 적이 없다는 뜻)의 법칙상 왕가의 피가 흘러야 했다. 쇼군이 되려면 덴노 가문의 혈통과 가까운 미나모토의 피를 받아야 했지만 히데요시는 평민이었다. 농사를 짓다가 전쟁이 나면 창을 쥐고 이리저리 불려 다니는 아시가루足輕(하급 무사)의 아들이었다. 그가 아무리 힘이 있더라도 쇼군이라든가 덴노는 애초부터 엄두를 낼 수 없는 자리였다. 그래서 행정의 최고 수반, 간파쿠가 될 수밖에 없었다. 이후 수하의 다이묘들을 달래기 위해 임진왜란을 일으켰고, 한때 조선 땅의 대부분을 장악했지만, 이순신의 활약으로 그의 대륙 침략 야욕은 7년 만에 무산되었다. 어찌 되었건 보잘것없는 외모를 가진 이 '대머리 쥐'라고 불리던 사내는 16세기 후반 동아시아에서 가장 권력이 센 자였다.

질투심이 많은 적은 가진 것도 많은 자다

그가 가지지 못한 것을 가진 센 리큐

천하를 가진 히데요시도 누군가를 질투했다. 바로 일본 다도茶道의 틀을 완성한 센 리큐였다. 그는 히데요시의 다도 선생이었다. 세상의 무武를 이룬 히데요시는 칼을 벽에 걸어놓게 되자 격조가 필요했다. 빈약한 소양을 채우기 위해 선택한 것이 다도였다. 그러나 태생이 문화와 거리가 멀었던 히데요시는 아무리 다도를 행해도 내적 빈곤만 여실히 드러났다. 귀하다는 다구茶具를 닥치는 대로 긁어모으고 황금으로 치장한 다실까지 만들었으나 미美에 관해서는 센 리큐를 따를 수 없었다. 허름한 초막에 꺾은 동백꽃 가지 하나로 황금 다실보다 더 황홀한 분위기를 만들어내는 리큐의 심미안은 혀를 내두를 정도였다. 히데요시가 만든 천만 관貫의 황금 다실을 비웃는 듯 눈을 내리까는 리큐의 빌어먹을 태도란. '저놈은 나에게 모욕감을 주고 있어!'

어느 날, 히데요시는 리큐가 늘 가지고 다니는 향합을 본다. 손바닥 안에 쏙 들어가는 사기 함으로 요즘으로 치면 향수병이다. 조선에서 만든, 귀하디귀한 것이었고 열도의 어떤 도공도 흉내 낼 수 없는 오묘하고 투박한 질감을 띠고 있었다. 그 단지 안에는 리큐가 사랑했던 조선 여인의 손가락 뼈가 들어 있었다. '명물이다!' 히데요시는 녹유를 칠한 그 납작한 단지를 보고 단번에 반했다. 그는 리큐를 부른다.

센 리큐(좌)와 도요토미 히데요시(우). 히데요시는
다도 스승이었던 리큐를 강렬하게 질투했다.

히데요시: 원하는 만큼 금을 줄 테니 그것을 나에게 넘겨라.

리큐: 이것만은 원하지 말아주십시오.

황금 50닢에서 1,000관까지 가격을 올려갔지만 리큐는
목숨 걸고 내놓지 않았다. 히데요시는 그런 리큐의 태도에
이를 갈갈 씹어댄다.

세상 전부를 가진 그가 가질 수 없는 단 하나가 바로 그
향합이었다. 센 리큐에게 이 향합을 내놓는다는 건 어림도
없는 이야기였다. 일본으로 팔려 온 조선 여인과 이루지 못
한 사랑의 흔적이 고스란히 그 안에 들어 있었다. 이것을 천
박한 히데요시 따위에게 내놓을 바에는 깨버리고 죽는 게

질투심이 많은 적은 가진 것도 많은 자다

나왔다.

이제 히데요시도 향합 따위는 중요하지 않게 되었다. 명물이라면 신물이 날 정도로 모았다. 조선과 명나라의 천하명물은 전부 자신의 창고 안에 쌓여 있다. 고백하자면 리큐가 목숨처럼 아끼는 저 녹유 향합이 그렇게 아름다운지도 잘 모르겠다. 다만 저 오만한 리큐가 그렇게 소중하게 간직하는 물건이니 빼앗고 싶을 뿐이다. 그는 세상을 향한 자격지심을 그 작은 녹유 향합에 투영했다.

'아무리 화려한 옷을 입어도 키 작은 천민의 피를 가졌고, 아무리 느긋하게 걸어도 귀족의 자태를 흉내 낼 수 없다. 오래전 모셨던 오다 노부나가도 나를 원숭이라고 불렀다. 그때 얼마나 부끄럽던지, 함께 고개를 숙이고 있던 다이묘들의 이죽거리는 표정이란! 나는 이를 갈았다. 이제 천하를 손에 넣었다. 그런데도 이 빌어먹을 귀족들은 여전히 나를 우습게 본다. 지금 옆에서 고개를 조아리고 있는 저 능글맞은 도쿠가와 이에야스 놈도 훌륭한 가문을 지녔다. 이놈이고 저놈이고 다 속으로 나를 비웃고 있다. 다도 장인 센 리큐까지!'

기백과 혈통은 권력이나 돈으로 살 수 없는 것들이었다. 조선을 정복하고 명을 차지하려던 기개세氣蓋勢는 다이묘들에게 피로감만 줄 뿐, 누구도 그를 위대하다고 생각하지 않았다. 그는 천하를 가졌지만 가난했다. 자신을 조롱하는 다이묘들의 시선은 우물처럼 깊었고 주변의 예술가들조차 그의 취향을 황금으로 치장한 천박한 것이라고 업신여겼다.

히데요시는 오직 리큐가 가진 향합만이 필요했다. '저것을 반드시 빼앗고 말리라. 내놓지 않으면 죽이리라.' 결국, 그는 향합을 내놓지 않은 리큐에게 할복을 명한다.

140회 나오키상을 받은 야마모토 겐이치의 장편 소설 『리큐에게 물어라』(2008)는 실존 인물이었던 와비ゎび 다도의 대가 센 리큐와 일본 최고 실력자 도요토미 히데요시가 향합 하나를 사이에 두고 벌이는 이야기다. 이 소설은 2013년 다나카 미쓰토시 감독에 의해 영화로도 상영되었다.

결핍이 있는 곳에 질투가 발생한다

성서에서는 일곱 죄악을 관장하는 악마를 제각각 분류하고 있다. 탐욕, 색욕, 질투, 식탐, 분노, 교만, 나태가 그것이다.

일곱 죄악 중 질투는 가장 은밀하며 가장 보편적인 속성이다. 인간은 누구나 타인을 몰래 질투하며 시기한다. 웬만해선 들키지 않기에 다른 여섯 가지보다 가장 저지르기 쉬운 죄이다. 질투를 관장하는 리바이어던은 루시퍼가 창조해낸 자라고 한다. 「욥기」에서는 '바다의 악마'라고 표현했다. 허먼 멜빌의 『모비 딕』(1851)에서는 에이허브 선장이 자신이 추격하는 향유고래를 이 악마로 지칭하기도 했다.

토머스 홉스의 저서 『리바이어던』의 표지.
그림 상단을 자세히 보면 리바이어던의
몸은 수많은 인간으로 구성되어 있다.

　사회계약론자 토머스 홉스의 계몽주의 사상을 정리한
『리바이어던』(1651)의 표지에도 리바이어던이 그려져 있다.
에칭 기법의 판화로 유명한 프랑스의 화가 아브라함 보스
의 그림을 자세히 보면 리바이어던의 몸은 수많은 인간으
로 구성되어 있다. 질투는 바로 인간의 근원적 욕망이라는
뜻이기도 하다.
　데이비드 핀처가 연출하고 브래드 피트와 모건 프리먼이
주연한 영화 〈세븐〉(1995)의 살인 코드는 단테의 『신곡』과
초서의 『캔터베리 이야기』의 내용이다.

영화 〈세븐〉의 악당 존 도의 모습. 그는 밀스에게
분노를, 자신에게 질투를 분배했다.

거기에도 일곱 가지 죄악이 등장한다. 탐욕, 색욕, 질투,
식탐, 분노, 교만, 나태가 그것이다.

연쇄 살인마는 이 일곱 가지 죄악을 기준으로 살인 행각
을 벌인다. 비만인 남자를 식탐의 죄를 씌워 위를 파열했
고, 탐욕스러운 변호사는 셰익스피어의 희곡 『베니스의 상
인』(1596)의 샤일록처럼 살을 도려내어 죽여버린다. 마약
업자는 나태의 죄를, 허영심 가득한 여자는 교만의 죄를, 매
춘부는 색욕의 죄를 뒤집어씌워 죽였다.

범인 존 도는 분노와 질투를 남겨두고 자수한다. 그는 밀
스 형사에게 마지막 남은 두 가지 죄악을 직접 찾아보라고
제안한다. 결말은 엄청나다. 영화는 분노와 질투를 주인공
과 빌런에게 분배한다. 이 이야기의 마지막 코드, 살인마 존

질투심이 많은 적은 가진 것도 많은 자다

도가 분배받은 죄악이 바로 질투였다.

질투는 오직 인간의 관계에서 나온다. 일곱 가지 죄악은 모두 인간 내면의 문제이지만 질투는 인간과 인간 사이의 문제다. 그래서 질투라는 코드는 스토리텔링에서 아주 중요시되는 요소이다.

특히 게임 속의 빌런은 주인공과 달리 완벽한 주체를 이룬다. 레벨 1에서 시작해야 하는 주인공과 달리 빌런은 늘 주인공보다 높은 레벨 상태이기 때문이다. 빌런은 수많은 부하, 던전, 트랩, 지형을 보유하고 있다. 그러나 단 하나는 없어야 한다. 무엇이 됐든 주인공이 가진 바로 그 하나다. 주인공은 빌런의 질투와 시기를 영양분으로 삼아 성장해나간다. 성장하는 주인공의 최종 목적은 빌런과 동일한 레벨이 되는 것이다. 주인공이 위기 없이 차근차근 계단을 밟아나가면 재미없다. 주인공은 언젠가 빌런의 레벨에 도착한다. 빌런은 주인공을 시기해야 한다. 주인공이 가진 핵심 요소를 빼앗기 위해 몸부림쳐야 하고 그것으로 인해 주인공이 레벨을 올릴 합당한 이유가 만들어지는 것이다.

적은 모든 것을 가진 자다. 그 모든 것을 가지고도 주인공이 지닌 하나를 빼앗기 위해 사력을 다한다. 사랑, 정의, 희망, 그 어떤 보편적 요소라도 좋다. 그것은 주인공에게는 소중한 것이어야 하되, 빌런에게는 콤플렉스 요소여야 한다. 그래야 빌런이 지녀야 하는 사악함, 비열함, 악랄함이 입체적으로 두드러질 수 있다. 리큐의 향합이 히데요시에겐 그랬다. 밀스의 아내도 존 도에게 그랬다. 질투하는 자는 질투의 상대가 되고 싶은 법이다. 이것이야말로 악당을 돋보이게 하는 지름길이다.

질투하는 자, 오직 신을 원망하다

영화 〈아마데우스〉(1984)에서 살리에리의 적은 볼프강 아마데우스 모차르트가 아니다. 그의 진짜 적은 신이다. 신은 그에게 욕망을 주고 능력은 주지 않았다. 살리에리는 저 천둥벌거숭이 모차르트가 부럽다. 무슨 복이 있는지 음악에 조예가 깊고 적극적인 아버지를 두었다. 어린 그를 데리고 온 유럽을 돌아다니고, 돈을 쏟아부어 적극적으로 음악을 가르쳐주며, 심지어 황제와 교황 앞에서 연주까지 할 수 있도록 했다. 반면 자신의 아버지는 그저 돈 버는 것에만 신경 쓴 무지렁이 장사꾼이다. "음악이라니. 나는 너를 그런 광대로 만들고 싶지 않다." 자신의 아버지는 그렇게 말할 뿐이다.

모차르트는 천재이고 살리에리는 노력하는 보통 사람이었다. 그는 신에게 기도했다. "오직 당신을 위해 음악을 할게요. 그러니 저에게 재능을 주세요." 그러나 신은 그 기도를 무시했다. 신은 그가 아닌 방탕하고 낭비가 심하고 천박한 모차르트에게 재능을 부여했다. 그는 스스로 일어날 수밖에 없었다.

살리에리는 이탈리아에서 독일로 건너와 황제에게 자신의 능력을 선보이고 궁정 악장 자리를 얻었다. 그는 최선을 다했다. 황제의 뜻에 어긋나지 않으려 노력했고 황제의 의중에 대항하는 귀족들과도 잘 지내려 했다. 노력한 바대로 음악 실력도 인정받았다. 그런데 음악 외에는 모든 게 천박한 모차르트가 빈에 나타났다. 그는 모차르트의 음악에 감동하면서도 그를 질투했다. 모차르트 곁에 있는 것은 괴로웠다. 그의 악보를 무심결에 훔쳐봐도 눈물이 줄줄 흐를 만큼 황홀했다. '이 불가항력의 숭고한 음악을 어떻게 인간이 만들 수 있는 거지?' 그에게 모차르트는 증오의 상대이면서 경외의 대상이었다.

살리에리는 밤마다 몸부림치며 신을 원망했다. '왜 나에게 악보 보는 능력을 주셨나요? 왜 하필 내가 아니고 모차르트인가요?' 그는 생애 처음으로 저주를 배웠다.

"당신은 자신의 도구로 오만하고 음탕하고 유치하기 짝이 없는 모차르트를 선택하고 나에게는 그것을 알아보는 능력밖에 주지 않았어. 당신은 나에게 너무 매정해. 그래서 결심했어. 있는 힘을 다해 당신의 피조물을 망가뜨릴 거야."

그는 십자가를 난로에 처박아 넣고 신을 저주했다. 그는 이제 자신이 할 수 있는 일을 해야만 했다. 신이 모차르트를 빈에서 쫓아내지 않겠다면 내가 하겠다, 신이 모차르트의 작곡을 계속 허락하겠다면 내가 건강을 망가뜨리겠다, 신이 모차르트의 인기를 도시에 가득 채우겠다면 내가 그의 경제력을 빼앗겠다, 신이 모차르트의 자신감을 지키겠다면 내가 그의 트라우마를 자극하겠다. 그는 모차르트의 가장 약한 두 가지를 건드리기로 했다. 바로 돈과 아버지다.

모차르트는 늘 궁핍했다. 그의 아내는 돈을 빌리기 위해 옷을 벗었고 모차르트 자신도 이곳저곳에서 돈을 빌리며 경제력이 없으면 이렇게 할 줄 알아야 한다고 말하곤 했다. 그는 수시로 귀족에게 돈을 빌리러 다녔다. 살리에리는 모차르트가 어릴 때부터 아버지의 강압에 연주 여행을 떠났다는 것을 잘 알고 있다. 모차르트에게 아버지라는 존재는 벗어나고 싶은 그림자이면서도 의지할 수밖에 없는 커다란 나무였다. 그런 아버지가 죽자 모차르트는 큰 충격에 휩싸였다.

살리에리는 돈과 모차르트 부친의 죽음을 이용하기로 한다. 그는 모차르트의 아버지가 썼던 검은 가면 복장을 하고 모차르트 앞에 나타나 많은 금을 건네며 장송곡을 의뢰한다. 모차르트는 궁색함을 단번에 해결할 돈을 건네는 검은 가면을 쓴 살리에리의 모습이 죽은 아버지로, 또 자신을 데리고 갈 죽음의 사자로 보였다. 죽은 아버지가 찾아와 나에게 장송곡을 의뢰하다니. 아버지를 보며 반가운 한편으로는 죽음의 그림자가 가까이 왔다는 두려움을 느낀다.

살리에리는 모차르트의 정신력과 체력까지 약화하며 그

　　　　질투심이 많은 적은 가진 것도 많은 자다

영화 〈아마데우스〉에서의 살리에리 모습. 그는
자신에게 재능을 주지 않은 신을 원망하며
신의 피조물을 죽이기로 마음먹는다.

의 명을 재촉한다. 결국, 모차르트가 죽고 살리에리는 성공
했다. 훗날 늙은 살리에리는 자신의 이야기를 듣고 있던 젊
은 신부에게 이렇게 고백한다. "당신의 신은 모차르트를 죽
이고 나를 오랫동안 살려두었어. 신은 아주 천천히 시들어
가는 나를 주시했어. 내가 음악으로부터 희미해지는 것을
보며 즐거워했지. 이제 아무도 내 음악을 알지 못해. 하지만
모차르트의 음악은 누구나 알고 있지. 그게 내가 받은 벌이
야." 살리에리는 고백을 마치고 휠체어에 실려 가며 이렇게
외친다. "나는 세상의 모든 평범한 사람들의 대변자이지. 크
핫하하하."

천재를 이길 수 없는 범인凡人은 결국 당사자가 아니라 신을 원망한다. 그들은 신의 피조물인 라이벌을 무너뜨리는 것으로 신에게 복수한다. 살리에리가 그랬듯이 말이다.

질투심이 많은 적은 가진 것도 많은 자다

빌런이 주인공을 질투하는 작품들

❖ **베르세르크** (1989년~, 연재 만화)

지은이: 미우라 겐타로

갈등 구도: 그리피스 vs 가츠

영적 존재의 대리인이 된 그리피스는 인간일 때도 모든 걸 가진 존재였다. 그는 높은 곳으로 질주하는 매처럼 큰 야망을 품었고, 지혜로웠으며, 사랑스러웠고, 귀족 앞에서도 당당했다. 그가 이끄는 매의 기사단은 가는 곳마다 환영받았고 전투에서 이겼다. 그런 그가 떠돌이 검사 가츠를 받아들이면서 변해갔다. 그리피스는 가츠를 의식하기 시작한다. 돌격대장 가츠가 뿜어내는 무력은 물론, 자신이 데리고 있던 매의 기사단 멤버들의 이목이 가츠에게 집중되는 것을 보며 질시한다. 여전히 그는 가츠의 대장이었고 리더였지만 가츠를 의지하는 자신을 못마땅하게 여겼다. 그리피스는 무한한 욕망에 얽매인 자신과 다른 가츠의 자유를 부러워했고 그래서 가츠를 지배하려 했다. 물론 그리피스의 뜻은 관철되지 않는다. 무력으로 제압하고, 가츠가 가장 소중히 여기는 것들을 빼앗아도 소용없다. 자신의 꿈을 위해서라면 치욕도 견뎌내는 그리피스이기에 내면에서 꿈틀거리는 질투와 분노는 세계 정복이라는 욕망으로 극대화되고, 그 과정에서 가츠와 철천지원수가 된다.

무어인 이탈리아 장군 오셀로는 열등감 때문에 정숙한 아내 데스데모나를 죽인다. 진급하지 못한 부하 이아고의 간교한 짓이다. 이아고는 자기 대신 진급한 오셀로의 부하 카시오에게 질투를 느끼고 이간질을 시도했다. 이아고는 오셀로에게 데스데모나의 손수건을 보여주며 부하 카시오와 데스데모나가 불륜을 저지르고 있다고 고하며 의심을 부추긴 것. 흑인인 오셀로는 백인 카시오에게 질투를 느끼며 아내 데스데모나를 의심하다가 결국 목 졸라 살해한다. 이아고는 또한 카시오를 오셀로로부터 파면당하게 한다. 오셀로는 질투에 사로잡혀 아내를 죽인 것을 깨닫고 자살한다. 이아고와 오셀로 모두 질투로 인해 비극을 초래한 인물들이다.

"넌 나에게 모욕감을 줬어." 자신에게 왜 그랬냐고 묻는 선우

질투심이 많은 적은 가진 것도 많은 자다

에게 강 사장은 그렇게 말한다. 선우는 선뜻 강 사장의 말을 이해하지 못한다. 7년 동안 그 밑에서 개같이 일한 자신이 무엇 때문에 죽어야 하는지 아무리 생각해도 이해되지 않는다. 표면적으로 선우가 자신의 지시를 어겼다는 것 때문에 그를 죽이려 했지만 실제로는 더 깊은 함의가 있다. 강 사장은 젊은 선우가 자신의 어린 애인을 이해했다는 것에 분노했다. 강 사장은 모든 것을 가졌으나 한 가지 부족한 것이 있다. 바로 젊음이다. 선우는 그것을 가졌다는 이유 하나로 인생이 망가졌다.

질투하는 빌런을 만들 때 고려해야 할 체크 리스트

☐ 주인공보다 마음이 풍족한가?

☐ 주인공보다 환경이 열악한가?

☐ 주인공보다 부족한 게 있다면 무엇인가?

☐ 주인공은 빌런의 시기와 질투를 눈치채는가?

☐ 독자는 빌런의 자격지심을 이해할 수 있는가?

☐ 빌런이 얻고자 하는 것이 비록 하찮은 물건이어도

  그에게는 큰 의미가 있는가?

☐ 주변인은 빌런을 어떻게 바라보는가?

☐ 주인공은 빌런을 어떻게 바라보는가?

☐ 얻고자 하는 것을 손에 넣었을 때 빌런은 만족하는가?

☐ 주인공은 빌런이 노리는 것을 빼앗기지 않으려고 목숨을 거는가?

6

광기

Madness

미친 짓,
없으면
시시하다

미친 짓, 없으면 시시하다

광기는 이해할 수 없어야 진짜다

바스는 게임 〈파 크라이 3FAR-CRY3〉(2012)의 악당이다. 바스가 얼마나 대단한 캐릭터인가 하면 〈파 크라이 3〉 표지의 중심 인물이 주인공 제이슨 브로디가 아닌 빌런 바스일 정도이다. 게임 타이틀 표지에 악당을 쓰는 일은 흔치 않다. 유비소프트 몬트리올이 개발한 액션 어드벤처 FPS 게임 〈파 크라이 3〉는 환상적인 열대 섬의 잔인한 무법천지 상황을 독보적으로 그려내는 작품이다.

'파 크라이' 시리즈는 2004년 처음 공개되었다. 연출력과 스토리, 캐릭터의 개성이 뛰어나 '총을 든 〈스카이림〉'이란 호평과 함께 발매 후 올해의 게임 상$^{Game of the Year, GOTY}$을 49개나 수상했고 출시 당해 600만 장의 판매량을 기록했다.

주인공 제이슨 브로디는 비행사 자격증을 딴 기념으로 형, 친구들과 스카이다이빙을 하다가 그만 루크섬이라는 열대 섬에 떨어진다. 그곳은 인신매매를 업으로 하는 해적의 근거지였는데, 주인공은 이 무법천지의 섬에서 악당으로부터 친구들을 구하고 섬을 탈출해야 한다.

우리는 제이슨의 시선으로(게임 플레이어는 일인칭 시점에서 제이슨을 연기한다) 광기에 사로잡힌 인물 바스를 만나는데 그는 정신없고 폭력적이고 정신없는, 아무튼 결코 만만찮은 존재다. 바스는 지금껏 보아온 여느 게임의 악당과 다르다. 전형적인 사이코패스이다. 자신을 주인공에게 투영하기도 하며 스스로 차이를 부정하는 말도 한다. 한마디로 미친놈이다. 그는 제이슨을 잡았다가도 일부러 놓아주면서 천천히 가지고 논다. 게임을 하다 보면 불현듯 화면에 등장해서 중얼거리는 바스를 만나게 되는데, 그의 눈빛과 말을 처음에는 이해하려다가 곧 포기하게 된다. 바스의 언어를 따라가던 플레이어는 곧 정신이 혼미해진다. 이런 놈과 일분일초라도 한 공간에 있고 싶지 않다는 생각이 든다.

게임 속에서 바스가 광기에 대해 말하는 부분이 있다. "내가 광기에 대해 말했던가? 광기는 한 치도 다르지 않게 같은 일을 반복하는 거야. 계속, 계속 반복하는 거지. 변화를 바라면서. 한마디로 미친 거야. 어느 누가 내게 그런 말을(광기는 반복하는 거란 말을) 하기에, 난 그놈이 날 놀린다고 생각했어. 그래서 쏴버렸지. 문제는 말이야. 그래. 그놈 말이 맞았단 거야. 그리고 내가 눈을 돌리는 곳마다 그런 놈들이 보여. 모두 그 지랄들 하고 있더라고. 완전 똑같은 일을 계속하더라고."

논리도 없고 강약도 없다. 이 말을 하는 동안 바스 뒤로 그의 부하가 어떤 사람을 가지고 놀듯 괴롭히다 죽이는 장면이 보인다. 사실 플레이어는 게임이 끝나도록 바스가 한 말들이 무슨 뜻인지 이해하지 못한다. 〈파 크라이 3〉의 스토리는 중첩된 의미가 가득하고 반전과 비화가 많다. 이 때문에 '무언가가 바뀌길 기대하며 어떤 짓을 반복하는 것을 광기'라고 말하는 바스의 뜻을 정확히 이해하는 플레이어는 드물다.

다만 미쳐 돌아가는 섬에서 바스가 무엇이 정상인지, 어떻게 행동해야 정상적인 인간이 되는지를 고민하는 부분이 있다. 아마도 바스는 정상이 아닌 자들이(플레이어를 포함해서) 사는 섬에서 정상이 되려면 그들처럼 미쳐야 한다고 느꼈을지도 모른다. 아이러니하게도 게임 스토리에서 플레이어는 의식의 혼란을 경험하고 급기야 미쳐야만 자아를 찾을 수 있다. 좁은 루크섬에서 해적을 이끌고 알량한 권력을 행사하는 바스는 루크섬이 자기처럼 영원히 미쳐 있기를

미친 짓, 없으면 시시하다

갈망했다. 그래야 자신이 정상으로 보일 테니까.

그러고 보면 우리 사회에 바스가 없으리란 법은 없다. 높은 바위산을 차지하고 산 구석구석을 속속들이 노려보며 이익만을 위해 사회를 망가뜨리는 멧돼지 같은 자들. 자신을 제외한 모두가 미치기를 바라고, 그래서 이익이 돌아오는 것을 즐기면서 인간성을 상실한 그들이 진짜 광자들이다. 그들보다 바스는 우리의 현실에서 진짜 미친 자들이 누구인지 생각해보게 해주는 캐릭터다.

이야기 속 기존 악당들이 바스처럼 강렬한 충격을 주지 못했던 이유는 줄곧 시시껄렁한 소리만 해댔기 때문이다. 시시껄렁한 소리란, 우리가 이해 가능한 이성적인 언어를 말한다. 광기에 젖은 대사란 좀처럼 이해되지 않아야 진짜다. 길거리에서 소주병을 들고 중얼거리는 광인들의 말을 우리가 알아들을 수 있는가? 플레이어가 바스의 대사를 올바르게 이해하는 순간, 바스는 미치광이가 될 수 없다. 바스는 플레이어가 이해할 수 없는 자신만의 광기를 보여주었고, 그래서 확실한 공포를 선사했다.

〈파 크라이 3〉는 〈맥스 페인 1〉처럼 '의식의 연출' 기법을 사용했다. 그래서 몽환적이다. 게임은 생존이라는 목표에 도달하기 위해 점점 미치광이가 되어가는 제이슨의 의식을 따라가는 내용이며, 바스는 그런 플레이어의 폭력을 증폭시키는 캐릭터다. 바스가 있었기에 게임은 독특한 분위기를 낼 수 있었다.

광기, 죽음 따윈 의미가 없다

광자狂者는 죽음을 두려워하지 않는다. 오히려 죽기 위해 광기를 부린다. 광기 어린 빌런의 궁극적 목표는 아이러니하게도 주인공 손에 죽는 것이다. 에이허브 선장은 모비 딕에게 한쪽 다리를 잃고 고래 뼈로 만든 의족을 달았다. 그는 포경선 피쿼드호를 이끌고 대서양과 태평양을 누빈다. 그의 집념은 오직 한 가지를 향한다. 불멸의 고래라고 불리는 향유고래, 모비 딕을 잡는 것.

"죽음 따윈 개나 줘라, 그래. 내 보트에는 고래를 두려워하는 놈은 아무도 태우지 않을 것이야!" 에이허브는 죽음이 물기둥 꼭대기까지 치솟아도 두렵지 않다. 오직 저 흰 향유고래를 잡지 않으면 의미가 없다. 모비 딕에게 얻은 쓰디쓴 패배와 다리를 잃어버린 절망은 그의 정신을 광기로 바꿔놓았다. "그 끝을 알 수 없는 불가사의한 원한으로 똘똘 뭉친 난폭한 힘이 그놈에게 있다는 것을 난 안다. 내가 그토록 미워하는 것이 바로 그 불가사의한 원한이야."

에이허브가 전의를 불태우며 선원들을 몰아붙이자 일등항해사 스타벅은 피쿼드호 구성원이 전멸하리라 예감한다. 노련한 고래잡이인 스타벅은 두려움에 떨며 탄식한다. '저주받은 운명이구나. 결코, 정복될 수 없는 영혼을 가진 선장

허먼 멜빌의 소설 『모비 딕』에 나오는 피쿼드호의
선장 에이허브는 광기 하나로 인해 자신은
물론 선원들까지 죽음으로 몰아넣는다.

이 나를 겁쟁이 사관으로 만드는구나.'

결국, 3일간의 혈투 끝에 선장은 모비 딕에게 던진 작살
밧줄에 목이 감겨 끌려가고, 피쿼드호는 성난 모비 딕에게
박살이 난다. 화자인 이스마엘은 관을 잡고 살아났지만 그
를 제외한 선원은 전멸했다. 고래에 줄이 묶여 끌려가는 에
이허브의 시신은 집착이 부른 광기가 얼마나 무서운지 보
여준다. 작가 허먼 멜빌은 비극적으로 위대한 인물은 병적
인 우울함을 통해 그렇게 된다고 말했다. 병적인 우울함의
다른 말은 광기이다.

광기의 아이템

뤼크 베송 감독의 영화 <레옹>(1994)에는 무시무시한 광기를 보이는 악당이 등장한다. 바로 마약단속국장 노먼 스탠스필드. 노먼 역시 마약 중독자다. 어느 날 마틸다 가족이 사는 허름한 아파트에 마약단속국 경찰들이 들이닥친다. 부하들이 총총 자리를 잡자 뒤늦게 계단을 올라온 노먼 스탠스필드 국장의 등장은 처음부터 기묘하다. 그는 노란색 이어폰을 끼고 복도 한가운데서 머리를 흔들고 서 있다. 그가 듣는 음악은 베토벤의 곡이다. 마약이 없다고 하소연하는 마틸다의 아빠를 끈질기게 재촉하던 형사는 손으로 스탠스필드를 가리킨다. "저 사람(스탠스필드)은 음악을 들을 때 방해하면 무척 싫어하지. 냄새로 거짓말을 알아내는 자야. 육감이지. 저자를 귀찮게 하지 말고 사실대로 말해."

결국, 이어폰을 귀에서 떼고 스탠이 돌아서며 얼굴을 보여준다. 초점 흐린 눈, 반쯤 열린 입술, 트림이 나올 듯 턱을 잡아당기며 치오르는 광기를 억누르는 그의 얼굴은 비정상도 정상도 아닌 모습이다.

베이지색 재킷을 입고 복도에 선 스탠스필드는 주머니에서 작은 철제 약상자를 꺼내 귀에 대고 흔든다. 마약이다. 뚜껑을 열고 한 알을 입에 넣은 다음 몸을 비틀기 시작한다. 몸 안에 있는 악성惡性을 불러들이는 것이다. 관객은 본능적으로 안다. 이제 광기의 파티가 벌어진다는 것을.

게리 올드먼이 연기한 마약수사국장
스탠스필드의 베토벤 음악과 이어폰은 소품을
사용해서 광기를 보여주는 좋은 예이다.

"폭풍이 오기 전의 이 고요함이 나는 좋아. 베토벤이 연상
되지. 베토벤 좋아하나? 그럼 내가 조금만 들려주지." 스탠
스필드는 부하의 총을 냉큼 빼앗아 들고 제일 먼저 문을 박
차고 들어간다. 마틸다의 가족은 무참히 학살된다. 산탄총
으로 욕조에 앉은 엄마, 에어로빅을 하던 언니, 침대 아래 숨
은 다섯 살배기 남동생까지. 팡팡 울리는 총소리는 스탠스
필드에게는 베토벤의 음으로 들린다. 한 가족이 몰살당할
때마다 베토벤 교향곡 제9번 〈합창〉 중 4악장 '땅 위의 기
쁨', 일명 '환희의 송가'가 곳곳에 울려 퍼진다(감독판에서는
비교적 차분한 디스코 음악으로 대체되었다).

그렇게 마틸다의 가족을 마약단속국 노먼이 무참히 살해
한다. 다행히 우유를 사러 갔던 마틸다만 침착하게 기지를

발휘해 옆집 사는 살인청부업자 레옹의 집으로 피신한다. 이때부터 마틸다와 스탠스필드의 갈등 관계가 성립한다. 마틸다는 어린 동생을 처참하게 죽인 스탠스필드를 빌런으로 삼고, 그 역시 불합리한 수사를 기억하는 마틸다가 살아남았다는 사실을 안다.

살인이 벌어지는 장소에서 환희를 느끼는 스탠스필드의 감정을 표현한 소품이 바로 베토벤 음악과 이어폰이었다. 악당의 광기는 몇 분간 인상을 찌푸리거나 칼을 들고 이리저리 뛰어다닌다고 표출되는 것이 아니다. 내뱉는 적절한 대사와 그것을 꾸미는 아이템이 필요하다. 광기를 표현하는 데 이러한 오브젝트는 참으로 중요하다.

타란티노 감독이 의도했건 의도하지 않았건 〈장고: 분노의 추적자〉(2012)에서 보여준 리어나도 디캐프리오의 손바닥에 줄줄 흐르는 피 역시 광기를 보여주는 오브젝트이다. 디캐프리오가 분한 캘빈 캔디는 노예 농장 주인이다. 그는 포악하고 계산적이며 흑인 노예들을 개보다 못하게 여기는 악당이다. 그는 흑인을 사서 결투를 시키고 돈을 번다. 만딩고라고 부르는 그것은 우리나라의 청도 소싸움 같은 사업이다. 현상금 사냥꾼인 닥터 킹 슐츠와 그가 구출한 흑인 노예 장고가 캘빈 캔디의 농장에 간 이유는 장고가 사랑하는 여인 브룸힐다가 그곳에 있기 때문이다. 킹 슐츠와 장고는 만딩고 사업에 관심이 있는 척하며 캘빈 캔디의 농장에서 머무른다.

캘빈 캔디가 일전에 500불을 주고 산 남자 흑인 노예는
달아나다가 그에게 붙잡혔다. 그 흑인은 겨우 세 번 이기고
몸이 망가진 상태였다. 캘빈은 적어도 다섯 번은 싸워 이길
줄 알았다며 노예를 다그친다. 그러자 함께 마차를 타고 있
던 슐츠가 지갑을 꺼내면서 그 노예를 돈으로 사겠다고 말
한다. 자신이 만딩고 사업에 정말로 관심이 있는 척한 것. 노
련한 사업가인 캘빈 캔디는 몸이 망가진 싸움 노예를 사겠
다는 말에 혹하는데 갑자기 장고가 끼어든다. 장고는 그 노
예를 살 생각이 없다고 정정하고 캘빈 캔디에게 노예를 마
음대로 처분하라고 한다. 장고의 말에 슐츠는 머쓱해져 지
갑을 품에 도로 넣는다. 그러자 캘빈 캔디는 쓸모없어진 흑
인 노예를 개들에게 먹게 한다. 개들이 흑인 하나를 물어뜯
고 백인들은 지켜보며 낄낄거린다. 캘빈 캔디는 아무렇지
않게 장고를 노려보며 농담을 지껄인다.

이런 장면들을 보면서 우리는 캘빈 캔디가 잔인한 악당
임을 인지하지만 그가 정말로 무시무시한 인간임을 느끼기
엔 때 이르다. 한 명이 아니라 100명이 개에게 물어뜯겨도
캘빈 캔디의 캐릭터는 정형화된 것에서 벗어나지 않는다.
그가 진짜 미치광이임을 보여주는 사건은 다음 장면에서
준비된다.

캘빈 캔디는 흑인 집사로부터 슐츠와 장고가 브룸힐다를

데려가기 위해 왔다는 이야기를 듣지만 아무것도 모른 척 만찬을 벌인다. 그가 해골을 탁자 위에 올려두고 골상학에 관해 주절거리다가 괴성을 지르자 옆방에 숨겨둔 부하들이 총을 들고 들어온다. 슐츠와 장고는 꼼짝없이 포위된다. 그때 캘빈 캔디는 "니들 속셈을 다 알고 있어. 탁자 위에 곱게 손 올려!"라고 소리치며 탁자를 쾅 치는데 깨진 유리잔에 손바닥이 베이고 만다. 이것은 감독이 의도한 것이 아니었다. 실제로 연기자 디캐프리오의 손바닥은 수술이 필요할 만큼 길게 찢어졌고 피가 철철 났다. 디캐프리오도 탁자 위에 유리 조각이 있을 줄은, 또 그 조각에 손이 베일 줄 몰랐다. 앉아 있던 슐츠 역의 크리스토프 발츠나 장고 역의 제이미 폭스가 깜짝 놀라 NG 호출을 기다렸지만, 디캐프리오는 계속 연기했고 노련한 타란티노는 카메라를 멈추지 않았다.

디캐프리오는 여기서 기가 막힌 액세서리로 빌런 캘빈 캔디의 캐릭터를 장식한다. 장고가 하녀 브룸힐다를 구하러 왔다는 사실을 자신이 알고 있음을 보여주기 위해 장고가 보는 앞에서 손바닥의 피를 수발하던 브룸힐다의 볼에 처바른 것이다. 그는 "이년은 내 거야"라고 말하며 브룸힐다의 이마와 볼에 손바닥의 피를 돌려 바른다. 공포에 질린 브룸힐다(브룸힐다를 연기한 케리 워싱턴은 진짜로 절규한다)의 검은 볼에 캘빈 캔디의 피가 눅눅하게 발리고 주변의 인물들은 기겁한다.

미친 짓, 없으면 시시하다

캘빈 캔디를 연기한 디캐프리오는 광기를
보여주기 위해 자신의 피를 이용한다.

그런 후 갑자기 할^빽을 외치듯 고함을 지르며 브룸힐다의 머리를 부숴버리겠다고 하자 세상 그 누구보다 강한 사냥꾼 슐츠도 겁을 먹고 품에서 지갑을 통째로 꺼내 던진다. 담배를 쥔 캘빈 캔디의 손에서 철철 흐르던 피는 어떤 사건보다 그의 광기를 돋보이게 한다. 하녀의 얼굴에 피를 왜 바르는가? 아무도 알지 못한다. 디캐프리오는 그것이 미친 캘빈 캔디의 성격을 잘 보여주는 것이라 믿었고 그것은 성공했다.

✢ **지옥의 묵시록** (1979년, 영화)

감독: 프랜시스 포드 코폴라

원작: 조지프 콘래드의 소설 『어둠의 심연』 (1899년)

갈등 구도: 커츠 대령 vs 윌러드 대위

월터 E. 커츠 대령은 베트남 전쟁에서 작전을 수행하던 중 사라진 인물이다. 그는 자신의 팀을 이끌고 숲으로 들어가 왕국을 세웠다. 미군은 윌러드 대위에게 그를 암살하라는 지시를 내린다. 윌러드는 커츠가 다스리는 구역으로 간다. 그곳에서는 미국인과 베트남인 들이 온몸에 흰 흙을 바르고 총으로 무장한 채 원시인처럼 살고 있었다. 곳곳마다 시체가 주렁주렁 걸려 있거나 널브러져 있고 유적지 건물마다 모래주머니로 보호막을 쌓아 외부 침입을 막고 있었다. 그곳에 아이, 여자, 남자, 군인, 민간인이 섞여 살아간다.

윌러드의 대원들은 이곳이 사탄의 나라라고 몸을 떨지만, 윌러드의 눈에 그곳은 분명한 질서가 존재했다. 커츠를 잡아갈까 두려워하는 현지인들을 본 윌러드는 커츠가 이곳에서 두터운 신망을 얻고 있는지 확인한다. 그들은 전부 커츠의 자식이라고 했다. 커츠는 그곳의 신이다. 그와는 대화할 수 없고 오직 듣기만 해야 한다. 윌러드가 아직 살아 있는 건 커츠가 살려두었기 때문이다.

커츠를 만나 그가 내뿜는 광기를 확인하는 윌러드. 그는 커츠에게 "당신의 사는 모습은 방식 자체가 없다"고 말한다. 윌러드는 그의 광기와 그 광기로 만든 그의 구역을 도무지 이해할 수 없었던 것. 컨테이너 틈으로 빛이 들어오고 그 틈 사이로 천진한 아이들과 커츠가 그곳에 갇힌 윌러드를 바라보고 있다. 윌러드는 이 아이들이 왜 커츠를 사랑하는지도, 그 두렵던 커츠가 어떻게 이렇게 순진한 얼굴이 되어 있는지조차 알수가 없다. 커츠는 윌러드에게 자신의 생각을 적극적으로 피력하지만 작품을 보는 이들은 그 뜻을 선뜻 이해할 수 없다. 커츠에게 광기의 액세서리는 열대 우림의 깊은 숲속에 그가 구축한 이해할 수 없는 사회와 그를 추종하는 베트남인, 캄보디아인, 미군, 아이, 여자, 노인 그리고 시신들의 존재이다.

❖ **남극일기** (2005년, 영화)

감독: 임필성

갈등 구도: 대장 최도형 vs 대원 김민재

최도형 대장과 대원 다섯 명은 남극의 도달 불능점 정복에 나선다. 해가 지기 전 도달 불능점에 도착해야 세계 최초 무보급 횡단이 된다. 남은 시간은 60일이다. 탐험 22일째, 80년 전 남극일기를 발견한다. 영국 탐험대의 일기. 영국 탐험대

도 이들과 같이 여섯 명이었다. 이 일기가 발견된 뒤 알 수 없는 일들이 일어난다. 바이러스가 없는 남극에서 감기 증상으로 쓰러지는 대원, 크레바스에 빠져 숨지는 대원, 동상에 발이 썩어가는 대원 등 눈보라와 함께 위험천만한 상황이 계속되고, 베이스캠프와의 교신도 끊긴다. 대원들이 병들거나 다치고 식량도 시간도 바닥난 상황에서 최도형만이 광기에 사로잡혀 도달 불능점을 향한다. 막내 대원인 김민재가 "자식새끼 다 죽이는 게 무슨 아버지야?"라고 말하며 몸싸움까지 하지만 대원 누구도 최도형을 막을 수 없다.

결국 그들은 불능점 표지 앞에 도착한다. 김민재가 "도대체 이게 뭐예요? 여긴 그냥 땅에 찍힌 점일 뿐이라고요"라고 말하자 최도형은 답한다.

"나는 멈출 수 없어. 내가 가는 곳은 아무도 없고, 누구도 올 수 없는 곳이어야 해."

그의 광기를 대원들은 물론 관객도 이해하기 어렵고, 공포와 허무함에 빠지게 된다.

미친 짓, 없으면 시시하다

광기의 빌런을 만들 때 고려해야 할 체크 리스트

☐ 빌런이 광기를 표현하는 방식은 무엇인가?

☐ 당신은 빌런이 광기를 표현하는 방식을 이해할 수 있는가?

☐ 빌런이 행하는 방식은 매력적인가?

☐ 극 중 인물들이 빌런의 광기 어린 행위를 이해하는가?

☐ 광기와 집착의 차이를 구분할 수 있는가?

☐ 광기는 어떤 방식으로 표현되고 있는가?

☐ 광기는 충분조건인데 혹 필요조건으로 생각하고 있지 않은가?

☐ 빌런의 미친 생각, 언어, 행동을 섣불리 맥거핀으로 쓰고 있지 않은가?

☐ 빌런의 광기가 캐릭터를 강화하는 액세서리로 기능하고 있는가?

7

시스템

Universe

체제도
강력한
적이다

체제도 강력한 적이다

허상이 지배하는 세상

슬로건, 숙청, 당, 교화, 부대, 쥐도 새도 모르게, 보안, 반군, 저항, 굴종. 이런 단어들이 사용되는 세상이 있다. 이런 세상에서 인간의 존엄은 사라진다. 인간 위에 어떤 무언가가 있으며 인간은 그 무언가를 위해 기계적으로 살아간다. 그 무언가는 인간에게 무엇을 주는가? 없다. 그 무언가는 허상이다. 허상을 위해 수백만 명이 죽는다. 스탈린 치하의 소비에트가 그랬고, 한반도에서 같은 민족이 철책을 긋고 70년 동안 그러고 있으며, 텔레스크린 속 빅브라더가 다스리는 국가 오세아니아가 그랬다. 또 18세 4개월의 가장 어린 디에고가 죽은 후 더는 아이를 낳을 수 없는 어느 시대의 영국이 그랬다.

조지 오웰의 소설 『1984』(1949)에서 세계를 다스리는 존재는 빅브라더이다. 주인공 윈스턴은 기록국에 근무한다. 빅브라더의 국가에서는 집집마다 커다란 텔레스크린을 두고 있다. 윈스턴은 텔레스크린이 보지 못하는 사각지대에 책상을 두고 몰래 글을 쓴다. 그가 사회에 반항할 수 있는 일은 그것뿐이다. 이는 빅브라더가 좋아하지 않는 행동이다. 빅브라더가 싫어하는 일을 한다면 아무도 모르게 증발한다. 윈스턴 주변에는 동료가 많다. 아니다. 그들은 동료가 아니라 신고자들이다. 윈스턴 또한 누군가의 동료이며 신고자이다. 윈스턴이 사는 사회는 오직 빅브라더를 위해 돌아간다.

윈스턴은 시스템에게 당하고 만다. 빅브라더가 금지한 구성원을 함부로 사랑했기 때문이다. 윈스턴은 줄리아와 사랑하다가 잡혀 모진 고문을 당한 후 결국은 뇌가 초기화된다. 소설의 끝 문장은 이렇다. '그는 이제 빅브라더를 사랑하게 되었다.' 강력하게 구축된 시스템에 한 개인이 저항하는 것은 몹시 무모해 보인다.

알폰소 쿠아론 감독의 〈칠드런 오브 맨〉(2006)은 절망적이면서도 숭고한 영화다. 2027년 영국은 자국 내로 들어오는 난민들을 모조리 게토에 수용한다. 인구는 이제 늘지 않고 줄어들 일만 남았다. 더는 아이가 태어나지 않는 세상이기 때문이다. 인류는 절멸의 시점을 가늠하게 되었다. 사람들은 종말의 시점을 알기에 동요하기도, 또 동요하지 않기도 한다. 국가는 답이 없다. 오직 사회 질서를 잡기 위해 강력한 무력을 사용할 뿐이다. 국가는 국민에게 자살 약을 배급하고 평화로운 죽음을 권유한다. 국가의 목적은 종말이 올 때까지 안정된 사회를 유지하는 것이기에 국민의 진흥보다는 불법을 방지하는 일에 집중한다.

하루하루 목적 없이 사는 공무원 테오는 아내이자 반군 리더인 줄리언의 부탁으로 한 흑인 소녀를 항구까지 데리고 가야 하는 임무를 맡게 된다. 놀랍게도 소녀의 배 속에는 아이가 있었다. 더는 아이가 태어나지 않는 세상에서 그 흑인 소녀가 아이를 가진 것이다. 테오는 본의 아니게 소녀와 아이를 보호해야 할 소명을 받는다.

테오가 시스템에 저항하는 방식은 흑인 소녀와 그녀의 아기를 숨기는 것이다. 정부군에 아기를 빼앗기면 시스템에 지는 게임이다. 사람들이 그토록 찾는 메시아를 숨겨 안전한 곳에 데리고 가야 하며 인간의 욕심으로부터 메시아를 지켜야 한다. 메시아는 새로운 곳에서 새 출발을 해야 하며 현 사회, 현 시스템이 절멸해야 그가 이긴다.

체제도 강력한 적이다

영화 <칠드런 오브 맨>의 주인공 테오는 얼떨결에
예수를 품은 마리아를 보호하는 임무는 맡는다.

영화는 사뭇 희망적이다. 시스템이 빌런인 작품에서 주인
공은 시스템에 무력하게 굴복한다. 하지만 테오는 다르다.
테오는 목적을 달성한다. 그는 아기와 소녀를 목적지인 미
래호에 탑승시킨다(물론 테오도 마지막에 죽는다. 그러나 성공하고
죽는 것이다).

그는 장렬하지도 않고 선동적이지도 않다. 그저 예수를 상
징하는 아기를 품에 안고 전투가 벌어지는 시가지 속 무수한
군인 사이를 허둥허둥 지나간다. 총을 든 군인도, 정부군에
반항하는 반군도, 부랑자도, 난민도 그 빛나는 아기를 보는
순간 경직된 듯 무기력하다. 영화의 클라이맥스가 지난 뒤에
나오는 이 장면은 '시스템은 허상임'을 고스란히 설명한다.

주인공은 몹시 하찮은 일로 시스템을 거부한다

주인공은 몹시 하찮은 일로 시스템을 거부한다. 예를 들면, 아내의 쪽지, 몰래 쓴 일기, 통행증이 필요한 소녀 등이다. 주인공은 시스템 빌런 앞에 용감하게 칼을 들고 서서 고함치지 않는다. 그들은 아주 사소하고 작은 일, 한쪽 눈을 조금 찔끔거릴 만한 일에 운명처럼 엮이며 시스템이라는 거대한 적과 맞닥뜨린다. 그리고 시스템의 모순을 깨닫는다.

톰 롭 스미스의 소설 『차일드 44』(2008)는 우크라이나 대기근 당시 스탈린 치하에서 일어난 유아 연쇄 살인 사건을 조사하는 MGB 요원 레오 데미도프가 주인공이다. 레오는 전도유망한 당의 엘리트이다. 그는 당의 명령과 인간적인 관계 속에서 갈등한다. 당은 아내를 스파이로 지목하고, 충성심이 강한 그는 그녀를 뒷조사한다. 결국, 레오는 시스템 대신 아내를 선택하고 실각한다. 당을 버린, 아니 시스템을 거부한 대가는 혹독했다.

공포는 필요하다. 공포가 혁명을 지켜준다. 공포가 없었다면 레닌은 무너졌을 것이다. 공포가 없었다면 스탈린도 무너졌을 것이다. …… 공포는 키우는 것이다. 공포는 그가 하는 일의 일부였다. 그리고 이렇게 많은 사람을 공포에 떨게 하려면 공포의 먹이가 될 사람들이 지속해서 공급돼야 한다.

❀『차일드 44』중에서

천국에는 목표와 원칙이, 연옥에는 서류와 절차가, 지옥에는 규칙과 규제가 존재한다고 했다. 시스템은 언젠가는 깨지기 마련이다. 흔히 시스템을 잘 아는 자가 시스템의 모순을 역이용해서 깬다. 시스템은 설계되더라도 완성되지 못한다. 이상은 없다. 국가의 이상은 더더욱 존재하지 않는다. 오직 시스템만 있을 뿐이다. 국가나 집단이 사용하는 무기는 시스템이다. 표준국어대사전에 따르면 시스템이란 '필요한 기능을 실현하기 위해 관련 요소를 어떤 법칙에 따라 조합한 집합체'이다.

일부일처제, 효율과 본능 사이에서의 인류

결혼 제도도 시스템이다. 한 사람이 상대에게 영원히 사랑하겠다고 하는 맹세, 그 맹세로부터 시작하는 일부일처제는 인류가 만들어낸 시스템이다. 곤충, 무척추동물, 포유동물 등 지구상에 존재하는 대부분 생물은 중복 짝짓기를 하고 있다. 헬렌 피셔가 쓴 『사랑의 해부학』(1994)이라는 책에서는 세계 853개 문화권에서 일부일처제는 고작 16퍼센트에 불과하며 나머지 80퍼센트가 넘는 인구가 일부다처제를 수용한다고 분석했다. 대부분 외도나 불륜을 설명하지만 말이다. 수컷이 다수의 암컷을 거느리는 것뿐 아니라 암컷이 다수의 수컷을 거느리는 것도 포함한다.

무슨 이유에서인지 인간 영장류는 일부일처제라는 사회

제도에 흔쾌히 합의했다. 인간은 하나의 수컷과 하나의 암컷이 만나 생식해야 했다. 흔히 일부일처제는 암컷이 자신과 태어난 자식을 돌보지 않고 이리저리 씨를 뿌리려 돌아다니는 수컷을 붙잡아두고 고기를 안정적으로 공급받기 위해 선택한 제도라고 말하지만, 이는 잘못된 말이다. 생존을 위해서였다면 암컷은 이런 결정을 하지 않을 것이다. 능력 좋은 수컷이 열 명의 암컷을 거느려 열 명의 암컷과 자식에게 고기를 제공한다면 어쩔 것인가? 반면에 능력 없는 수컷이 한 명의 암컷과 결혼해서 한 점의 고기도 제공하지 못한다면? 일부일처제는 암컷의 선택이 아니다.

그렇다면 이런 시스템이 왜 이어졌을까? 바로 수컷 대 수컷의 계약이라는 주장이 힘을 받는다. 수렵과 합동으로 사냥하던 시절, 인간 사회는 평등했다. 그들은 사냥한 고기가 썩기 전에 얼른 먹어치워야 했고 고기가 떨어지면 다시 힘을 합쳐서 사냥했다. 수컷 하나가 음식 자원을 독점할 수 없다. 그래서 당시는 일부일처형이었다. 여성은 생식과 자식 보호를 위해 월등한 수컷을 선호할 이유가 없었다. 수컷들이 단체로 사냥해서 집단 구성원을 먹여주었기 때문이다.

농경이 등장하면서 문제가 발생한다. 잉여 산물이 생기자 수컷들은 계급을 나누었다. 경쟁에서 이긴 수컷 하나가 많은 땅을 소유하고 많은 암컷을 거느리게 되었다. 일부다

체제도 강력한 적이다

처제가 생긴 것이다. 구약 성서에 보면 이스라엘 부족장이나 왕 들은 아내가 많았다. 일부다처제는 오히려 농경이 시작되고 계층이 분화되면서 활발해진 시스템이다.

그것이 중세로 접어들면서 일부일처제로 변화했다. 종교적인 신념도 한몫했겠지만, 생물학적으로도 땅과 힘을 가진 소수의 수컷이 노동을 제공하는 다수의 약한 수컷을 배려함으로써 번식의 기회를 준 것이다. 강한 수컷이 독점을 포기하는 대신 노동력과 사회적 계약(충성이나 신념의 뒷받침 등)을 끌어내고 권력을 강화했다. 이때부터 일부일처제는 다시 사회 시스템으로 자리한다.

이 책에서 진화생물학자와 인문학자의 주장을 일일이 열거할 생각은 없다. 현대의 성 인지 감수성 잣대로는 이해하지 못할 주장이 많다. 한 가지 확실한 점은 인간은 여타의 동물과 다르게 생물학적 본능을 포기하고 일부일처 시스템을 선택했다는 것이다. 인간은 도덕이라는 시스템을 만들었고 중복 짝짓기라는 본능을 억제했다. 인간은 도덕과 규율을 어기지 않음으로써 조직을 강화했다. 도덕이란 원래 내가 아닌 타인을 위해 만들어진 것이다.

인생을 가족에게 바쳤으니 내 마지막은 그에게

아이오와주의 시골에 사는 주부 프란체스카는 사흘 동안 혼자 집에 머물게 되었다. 남편과 아이들이 일리노이주에서 열리는 송아지 품평회에 갔기 때문이다. 프란체스카는 모처럼 자유를 만끽한다. 홀로 테라스에 앉아 한가로이 바람을 즐기는 그녀 앞에 트럭 한 대가 먼지를 일으키며 다가온다. 트럭에서 내린 남자는 워싱턴에서 온 사진작가 로버트 킨케이드.

킨케이드: 부인, 이 근방에 있는 지붕 있는 다리가 있다던데요.
프란체스카: 아, 로즈먼 다리를 말씀하시나 보네요.

프란체스카는 주저 없이 트럭에 올라탄다. 이탈리아에서 태어났고 미국 남자와 결혼해 두 아이를 낳고 줄곧 시골에서 수녀처럼 살아온 그녀가 왜 농장 테라스 그네에서 일어나서 신발을 찾아 신고 낯선 남자의 차에 선뜻 올라탔는지는 아무도 모른다. 운명은 그렇게 시작되는 법이니까.

프란체스카는 여행 중 아름답다는 이유만으로 일정을 바꾸고 열차에서 내려 그 마을에서 며칠 묵었다는 킨케이드의 말을 듣고 깜짝 놀란다. 세상에, 이런 남자가 있다니. 남편은 식탁에서 말없이 접시를 긁고 서랍을 제대로 닫지 못하며 하루 반 갑만 피우라는 의사의 의견도 가볍게 무시하는, 그저 씨 뿌릴 때를 파악하고 트랙터 어느 부위의 나사를 고쳐야 하는지를 고민하는 평범한 농부였다. 그녀는 남편과는 다른 킨케이드에게 빠지기 시작한다.

체제도 강력한 적이다

조수석에서 프란체스카는 운전하는 킨케이드를 신기한 물건 보듯 한다. 자신의 삶을 사랑하고 예이츠의 시를 알며 여태 아무도 몰랐고 앞으로도 모를 것 같았던 자신의 고향 지명도 아는 이 남자. 자신에게 담배를 권하고 먼저 불을 붙여주는 남자. 게다가 다리에 도착해서는 푸른 들꽃을 꺾어 감사의 표시로 건네기도 하는데, 그녀는 금세 주부에서 여성으로 돌아가버렸다. 그 모든 것이 로즈먼 다리로 가고 오는 트럭 안에서 일어난 일이다. 그의 몸짓과 눈빛은 진실했고 감미로웠다. 바람둥이의 그것과 달랐다.

그날 둘은 프란체스카의 집에서 식사하며 대화를 나눈다. 깔깔대던 식탁에 문득 정적이 흐른다. 서먹함. 어색함. 어떻게 이럴 수 있는가. 오늘 처음 본 남자한테 빠져도 되는 것일까? 남편과 아들과 딸이 없는 집에 모르는 남자를 데려와서 웃고 있어도 되는 걸까? 식사 후 그가 숙소로 돌아가고 그녀는 새벽에 다리로 가서 그에게 쓴 편지를 놓아둔다. "오늘 저녁에 오세요. 언제라도 좋아요." 프란체스카는 아침에 그가 사진을 찍으러 올 것을 알고 있다.

편지를 놓고 온 그녀는 마을로 가서 예쁜 원피스를 산다. 평생 입어보지 못한 등이 훤히 드러나는 아름다운 옷. 오직 낯선 사내에게 보이기 위해 산 옷이다. 그날 저녁, 프란체스카는 그 웨딩드레스 같은 옷을 입고 정식으로 그를 맞이한다. 멋진 식사였다. 오직 남편의 전유물이었던 맥주를 동등하게 나눠 마셨고, 담배도 함께 피웠다. 시에 관해, 그녀의 고향에 관해, 각자의 꿈에 관해 이야기했다. 욕실에 들어선 그녀는 그가 막 샤워했던 수전에서 떨어지는 물방울이 무릎에 닿는 순간 짜릿한 전율을 느낀다. 그날 밤, 둘은 함께 섹스한다. 그녀는 사흘 동안 그와 함께 지내기로 한다.

두 사람에게 허용된 시간은 짧았다. 사흘 동안 그녀는 누구의 아내도 엄마도 아니었고, 농장 일도 트랙터도 싱크대에 쌓인 접시도 생각하지 않았다.

이제 적이 서서히 모습을 드러낼 시간이다. 도덕이라는 시스템 말이다. 사흘째 아침, 프란체스카는 떠나려는 킨케이드에게 노골적으로 시비를 건다. "그렇게 매번 가는 곳마다 여자를 꼬드기나요?" "나는 당신을 사랑하오." 그들은 도덕과 사회 질서와 가정에 관해 말한다. 사랑과 외로움과 두려움에 관해 말한다. 위선과 진실함과 운명에 관해 말한다. '그래. 그저 심술부려본 것뿐이야.' 그녀는 그의 마음이 진실하다는 것을 잘 알고 있다.

시스템이라는 적을 만나면 주인공은 영리해진다. 처음에는 상대를 적으로 삼지만 곧 진짜 적은 따로 있다는 것을 깨닫는다. 킨케이드와 프란체스카도 마찬가지다. 둘은 서로의 사랑을 확인한 후 곧바로 연합하여 진짜 적인 도덕의 딜레마와 싸운다. 내일이면 그녀의 가족이 돌아온다. "나와 함께

체제도 강력한 적이다

떠납시다, 프란체스카." 그가 제안한다. 그녀는 선택해야 한다. 가정을 버리고 그를 따라갈 것인가, 아니면 그를 보내고 혼자 남을 것인가. 둘은 함께 떠나기로 하고 프란체스카는 짐을 싼다. 그리고…….

프란체스카: 안 되겠어요. 우리가 이곳을 떠나는 순간 모든 게 변할 거예요.

킨케이드: 더 좋아질 거요.

프란체스카: 아무리 먼 곳으로 간다고 해도 당신을 사랑한 대가를 치를 거예요. 그랬다가는 나흘간의 아름다웠던 기억까지도 실수로 여겨질 거예요. 결혼은 한 여자의 삶이 시작되는 것이지만 어떤 점에서는 멈추는 것일지도 몰라요.

킨케이드: ……이것만 말하겠소. 이렇게 확실한 감정은 일생에 한 번 오는 거요.

가족이 돌아왔고 그녀는 일상으로 돌아갔다. 사진작가는 마을에서 며칠을 더 머무른다. 폭우가 쏟아지던 낮, 프란체스카는 남편과 트럭을 몰고 마을에 나갔다가 워싱턴으로 떠나는 그를 보게 된다.

신호등을 두고 앞뒤로 선 킨케이드의 트럭과 프란체스카의 트럭. 신호가 바뀌었지만 앞에 서 있는 그의 트럭은 좀처럼 움직이지 않는다. 아무것도 모르는 남편은 앞차가 왜 출발하지 않느냐며 투덜거린다. 둘은 이것이 마지막임을 안다. 그는 둘만이 아는 증표를 보임으로써 뒤에서 보고 있는 그녀에게 영원한 사랑을 선언한다.

운전대를 잡은 남편은 내리는 비처럼 펑펑 우는 그녀를 뚱하게 바라본다. 두 사람은 결혼한 이후 절대로 이성을 사랑하지 말라는 사회 시스템에 저항하다가 결국 패하고 만다.

훗날 그녀는 자식들에게 자신의 몸을 화장해서 유골을 로즈먼 다리에 뿌려달라고 부탁한다. "하루도 그의 생각을 안 한 적이 없었다. 몸은 떨어져 있었지만 우리는 하나였어. 캐롤린, 네가 달라고 졸라댔던 그 드레스 기억나니? 엄마가 한 번도 입지 않았던 그 드레스 말이야. 내 웨딩드레스 같아서 차마 줄 수 없었단다. 부디 다리에 내 유골을 뿌려주렴. 평생을 가족에게 바쳤으니 내 마지막은 그에게 주고 싶다."

프란체스카는 그와 처음 인연을 맺은 매디슨 카운티의 로즈먼 다리에서 영원히 그와 함께하고 싶었다. 이미 한 번 시스템이라는 적에 패배한 그녀는 죽어서는 승리하고 싶었다.

한편, 아내의 사랑을 모른 채 평생을 살아온 남편은 임종 직전, 프란체스카에게 이런 말을 한다. "여보. 당신에게도 꿈이 있었단 걸 알아. 이루어주지 못해서 미안해."

로버트 제임스 월러가 1992년 발표한 소설을 원작으로 1995년 클린트 이스트우드가 감독하고 메릴 스트리프가

체제도 강력한 적이다

<매디슨 카운티의 다리>의 두 주인공.
킨케이드는 프란체스카에게 이렇게 확실한
감정은 일생에 단 한 번 오는 거라고 말한다.

주연한 영화 <매디슨 카운티의 다리>가 명작 중 명작인 이
유가 바로 남편의 이 대사에 있다. 주인공뿐 아니라 우리가
모두 거기에 속해 있다는 것이다.

우리는 다 알고 있다. 지금 우리 옆에 누군가가 있다면 그
또는 그녀가 절대로 꿈을 잃지 않도록 노력해야 한다는 것
을. 그러지 않으면 우리는 시스템이라는 적과 대적할 것이
다. 우리는 그 적을 이길 수 없다. 시스템은 절대로 개인을
위해 만들어진 게 아니기 때문이다.

시스템이라는 적은 절대 만만하지 않다

불륜은 배우자에게 고통을 안겨주기도 하지만 본인도 상

당한 내상을 입는다. 28세의 폴을 만나 소나기 같은 사랑에
빠진 유부녀 코니도 그랬다. 그날도 코니는 예쁜 속옷을 꺼
내 입고 어린 애인의 집으로 가다가 우연히 친구 트레이시
와 샐리를 만난다. 트레이시가 어디 가는 길이었냐고 묻자
코니는 불륜남을 만난다는 말은 차마 못 하고 그저 뭘 사러
나왔다고 얼버무리는데…….

"잘되었네. 그럼 커피 마시러 가자." 코니는 얼떨결에 친
구들 손에 이끌려 카페로 간다.

카페로 들어온 코니는 애인 폴에게 전화한다. "나 친구들
에게 잡혀서 커피숍에 왔어. 얼른 헤어지고 갈 테니까 조금
만 기다려요." 전화를 끊고 자리에 앉은 코니. 트레이시와
샐리의 대화는 그 나이 주부들이 할 만한 시시한 일들. 물론
코니도 폴을 만나기 전까진 그들과 다를 바 없었다.

그때 폴이 불쑥 카페로 들어온다. 카페는 그의 집에서 가
까웠다. 폴은 코니가 앉은 테이블을 성큼성큼 지나 바에 앉
는다. 에스프레소를 시키고 슬쩍 코니 쪽을 본다. 장난기 가
득한 눈. 그새를 못 참고 여길 왔냐고 코를 찡그리는 코니도
내심 짜릿하다. 코니는 아무것도 모르는 친구들 너머 애인
과 농밀한 눈빛을 주고받는다.

폴이 성큼성큼 걸어서 화장실로 가자 코니도 일어나 화
장실로 간다. 둘은 화장실에서 짧은 섹스를 한다. 상기된 채
화장실에서 돌아와 친구들 앞에 앉는 코니. 아무것도 모르

체제도 강력한 적이다

는 샐리는 저쪽 모퉁이에 앉아 에스프레소를 마시는 폴을 보며 농담을 던진다. "멋져라. 저런 젊은 남자가 눈길만 줘도 나는 단번에 넘어갈 텐데."

그때 다른 친구 트레이시가 샐리의 농담에 진지하게 되묻는다. "가족은?" 샐리는 어깨를 으쓱거린다. "뭐 어때? 가족 모르게 하면 되지. 취미 생활로 말이야. 도자기 공예처럼." 샐리의 그 말에 트레이시의 눈이 무섭게 변한다. "안돼. 절대로. 바람은 그거랑 달라." 코니는 뜨끔해져서 듣고만 있는데.

"트레이시, 왜 그래?" 트레이시는 몹시 굳어 있다. 농담한 샐리는 물론이고 도자기 공예처럼 가족 모르는 취미를 둔 코니도 놀라 트레이시를 쳐다본다. 트레이시는 단호하게 고개를 가로젓는다. "처음엔 그렇게 시작되지. 취미처럼. 하지만 곧 무언가가 일어나. 잘못된 사랑을 하면 반드시 불행하게 끝나." 트레이시는 강조한다. "반드시 그렇게 끝나게 되어 있어." 그제야 샐리와 코니는 깨닫는다. 트레이시는 누군가와 불륜했던 것. 트레이시는 괴로워하며 말한다. "다시는 그런 경험 하고 싶지 않아."

트레이시는 코니에게 시스템을 거역하면 큰 고통이 온다고 경고한다. 코니는 듣고만 있을 뿐이다. 고통은 의외로 빨리 찾아왔다. 남편 에드워드는 예전부터 불륜 사실을 알고 있었고 그녀 몰래 폴을 죽인 것이다. 코니의 외도는 착한 남편을 살인자로 만들어버렸다.

    에드워드: 자수할래.
    코니: 안 돼요. 그냥 잊고 살아요. 아무도 모르는 일이잖아요.
    에드워드: 우린 알지.

    리처드 기어와 다이앤 레인이 주연한 영화 <언페이스풀>(2002)에서 코니는 아무런 벌을 받지 않는다. 폴을 죽인 남편도 완전 범죄를 이루었다. 하지만 부부는 자수하기로 한다. 경찰서 앞 건널목에서 신호등의 신호가 바뀌기를 기다리고 뒷자리에는 잠든 아들이 있다. 신호가 바뀌면 남편은 범죄자가 될 참이었다.
    "집도 팔고 재산을 정리해서 아무도 모르는 곳으로 떠나요. 거기서 새롭게 시작해요. 종일 낚시나 해요. 거기서 죽을 때까지 살아요." 코니는 남편에게 다 잊고 새로 시작하자고 말한다. 차는 신호가 바뀌었는데도 계속 그 자리에 서 있다. 영화는 거기서 끝난다. 둘은 다시 그들의 삶으로 돌아가기로 했는지, 아니면 경찰서로 들어갔는지는 알 수 없다. 과연 그들은 원래의 삶으로 돌아갈 수 있을까? 코니는 정말로 벌을 받지 않았을까? 분명한 사실은 그들은 시스템이라는 적에게 패배했다는 것이다. 둘은 절대로 과거처럼 살아갈 수 없다. 불륜은 시스템을 적으로 둔 가장 현실적인

영화 〈언페이스풀〉의 주인공 코니. 그녀는
외도의 대가로 남편을 살인자로 만들고 만다.

서사이다.

시스템은 다수의 인간이 만든 법이다. 시스템에 대적하는 것은 무모하다. 시스템이 적이 되는 이야기가 주인공이 무조건 지는 것만은 아니다. 주인공은 시스템이라는 적에게 이길 수도 질 수도 있다. 하나 이겼다고 해서 결코 이긴 것이 아니다.

주인공이 시스템이라는 적을 이기기 위해서는 자신이 가진 가장 소중한 것을 내어주거나 감내하지 못할 정도의 내상을 입어야만 한다. 그리고 그 적으로부터 단 한 가지

교훈을 배운다. 바로 '인간성을 상실하지 말라'가 되겠다. 타자(배우자이든 군중이든, 도덕이든 전통이든 그 무엇이 되든 말이다)와 합의하는 것, 그것을 거역할 때 우리는 시스템이란 커다란 적을 만난다. 시스템은 애초에 그것을 위해 생겨난 것이니까.

시스템이 빌런인 작품들

✥ **매트릭스 (1999년, 영화)**

감독: 워쇼스키 자매

갈등 구도: 매트릭스 vs 레오

매트릭스의 세계는 AI라는 컴퓨터 시스템이 인간의 뇌를 지배하는 세상이다. 인간은 매트릭스 프로그램에 따라 가상 현실에서 살아가며, 인간의 지식과 정보는 전부 매트릭스에 보고되고 통제된다. 진짜 현실을 인식할 수 없는 인간은 자신이 통제되는 줄 모른다. 인간들은 진실을 볼 수 있는 능력을 상실한다. 시스템이 제공하는 교육, 문화, 경제, 법에 따라 획일화된 인간들은 스스로 생각할 능력이 없다. 가상 현실에서 깨어난 모피어스를 포함한 몇몇 인간들은 매트릭스 밖에서 AI의 통제에 맞서 싸운다.

레오는 두 가지 알약 중 하나를 선택해야 한다. 똑같은 생각과 똑같은 인생과 똑같은 죽음을 가지는 거짓되지만 안전하고 완벽한 세계는 푸른 알약이다. 냉혹한 진실과 고통과 마주하며 약육강식에 맞서야 하는 진짜 세계는 붉은 알약이다. 레오와 깨어 있는 자들은 푸른 알약의 세계는 모두가 행복하지만 그런 세계는 가짜임을 자각하고 세계를 무너뜨리기 위해 노력한다. 스스로 생각하고 경험하는 세계만이 진짜이며 인간이 인간다울 수 있는 유일한 방법이다.

✣ **멋진 신세계** (1932년, 소설)

지은이: 올더스 헉슬리

갈등 구도: 세계정부 vs 버나드 마르크스

1932년 올더스 헉슬리가 발표한 디스토피아 소설. 과학 문명
이 최고로 발달한 미래를 배경으로 하고 있다. 작품 안의 시
간은 A.F. 632년(After Ford)이다. 헉슬리는 과학이 발전하
는 역사를 보건대 당대 기준으로 약 600년 후 미래 사회는
『멋진 신세계』와 같은 세상이 오리라 판단했다. 전쟁 이후 거
대한 세계정부가 들어서, 모든 인간은 인공 수정으로 태어나
며, 아이들의 양육과 교육은 전적으로 국가가 책임지고, 태어
나기 이전에 이미 그들의 지능에 따라 어떤 삶을 살게 될지가
결정되어 있다. 주인공 버나드는 알파 플러스 계급으로 최고
엘리트 다음가는 인물이며 직장에서도 인정받지만 계급에 맞
지 않는 작은 체격 때문에 열등감에 시달리고 계급 내에서도
소외된다. 그는 이 사회에 적응하지 못한다. 버나드는 전쟁 이
전의 옛 풍습을 가진 야만인 보호 구역이 자신의 사회와 다름
을 느끼고 어떤 사회가 진짜 인간을 위한 곳인지를 고뇌한다.
야만인 사회의 일원인 존은 멋진 신세계가 제시하는 통제와
질서에 의한 행복을 거부하고 불행해질 권리를 주장한다.

체제도 강력한 적이다

빌런이 시스템일 때 고려해야 할 체크 리스트

□ 빌런은 어떻게 세계(환경, 질서)를 구축했나?

□ 빌런이 구성원을 장악하는 방식은 무엇인가?

□ 빌런이 나타나기 전 세계는 어떤 모습이었나?

□ 주인공은 통념의 선 위에 서 있는가? 아니면 벗어나 있는가?

□ 빌런이 만든 세계에서 사랑은 존재하는가?

□ 이야기 초입, 주인공은 빌런이 만든 세계 어느 지점에서 시작하는가?

□ 세계를 바라보는 빌런의 철학은 무엇인가?

□ 빌런은 어떻게 무너지는가? 자신이 만든 세계가 무너질 때

  함께 무너지는가?

□ 주인공은 공동체와 함께 빌런에 대적하는가?

8

인정욕망

Recognition

누구도 그들의
아버지가
되려 하지
않는다

누구도 그들의 아버지가 되려 하지 않는다

다스 베이더의 탄생

〈스타워즈 에피소드 4: 새로운 희망〉(1977)에서 타투인의 늙은 광인 오비완 케노비는 루크 스카이워커에게 광선 검을 보여준다. "이 검은 네 아버지 검이란다." 그는 루크에게 포스를 익히라고 주문한다. 루크는 제 아버지처럼 높은 수치의 미디클로리언(스타워즈 세계관에서 포스를 사용할 수 있는 잠재능력을 가늠하는 체내 미생물)의 소유자였고 은하계 질서를 바로잡을 새로운 희망이었다. 루크는 오비완이 제안하는 소명을 처음엔 형식적으로 거절하지만, 재빨리 모험을 떠날 수밖에 없는 숙명을 맞닥뜨린 후 조력자 한 솔로의 도움으로 오비완과 함께 제국의 우주선 데스 스타에 탑승한다.

인공위성 데스 스타에서 오비완을 기다리는 이는 바로 은하 제국의 총사령관이자 어둠의 포스를 다루는 악당 다스 베이더. 둘은 보자마자 말없이 광선 검을 쭉쭉 뽑는다. 다스 베이더는 타투인의 노인에게 말한다. "오비완, 오랜만이군." 어쩐지 둘은 사연이 깊어 보인다. 그즈음 오비완도 더는 타투인의 늙수그레한 광인의 모습이 아니다. 다스 베이더는 다짜고짜 오비완 케노비와 일전을 벌인다. 챙챙! "늙어서 힘이 많이 약해졌군, 오비완. 내 앞에 나타난 게 실수요." 긴장한 표정이 역력한 오비완과 달리 다스 베이더는 느긋하다. 대체 이들 사이에는 무슨 일이 있었던 것일까.

조지 루커스 감독은 이 결투에서 다스 베이더를 중점적으로 비춘다. 다스 베이더 마스크에 박힌 검은 렌즈에 비치는 두 개의 광선 검을 보아야 한다. 빛은 각기 다른 색이다. 오비완의 것과 본인의 것, 제다이의 색인 푸른빛과 시스의 색인 붉은빛. 그 두 개의 빛이 마스크에 선명하게 고여 있다. 악당 다스 베이더는 선과 악을 동시에 가진 인물이라는 뜻일까? 이 결투에서 오비완 케노비는 다스 베이더의 광선 검에 죽는다(정확히는 포스의 영으로 돌아가지만).

다스 베이더는 시스의 군주인 다스 시디어스가 내려준 두 번째 이름이다. 다스 베이더가 그 이름을 갖기 전, 그러니까 어둠의 포스에 흡수되기 전의 이름은 아나킨 스카이워커였다. 아나킨 스카이워커는 제다이였고 제다이가 되기

〈스타워즈 에피소드 4: 새로운 희망〉에서
19년 만에 만난 오비완과 아나킨.

전에는 '포스의 균형을 가져다줄 예언의 아이'였다.

우주의 포스를 바로잡는다는 예언의 아이가 대체 무슨 이유로 어둠의 포스를 받아들였을까? 아나킨 스카이워커의 출생 비밀까지 엿보지 않을 수 없다.

아나킨의 어머니 슈미는 타투인 행성의 노예다. 우연히 아나킨을 본 제다이 콰이곤 진은 슈미에게 아나킨의 아버지가 누구냐고 묻는다. 슈미는 아나킨을 혼자 품었다고 말한다. 아버지가 없이 혼자 품었다니. 어디선가 많이 본 설정이 아닌가. 그렇다. 아나킨 캐릭터는 예수를 모티브로 삼았다. 하지만 진짜 메시아가 아니라 거짓 메시아, 바로 적그리스도이다. 그것은 뒤에 밝혀질 일이고 다시 이야기로 돌아가자. 제다이 마스터 콰이곤 진은 꼬마 아나킨이 포스의 균형을 가져다줄 예언의 아이임을 직감한다.

누구도 그들의 아버지가 되려 하지 않는다

콰이곤 진은 슈미에게 아들을 자신에게 달라고 말한다. 최고의 제다이 전사 콰이곤은 아나킨을 제다이로 키우기로 한 것이다. 어머니 슈미는 수긍한다. 아나킨은 콰이곤을 따라 우주선에 탑승한다. 영웅은 이제 먼 여정을 떠나야 한다.

"네 마음속에 두려움이 가득하구나." 아나킨을 본 요다가 처음으로 한 말이다. 콰이곤은 스승인 요다에게 아나킨이야말로 포스의 균형을 잡고 어둠의 포스를 물리치는 진짜 제다이가 될 아이라고 말한다. 하지만 요다는 고개를 절레절레 젓는데…….

웬일인지 제다이의 최고의사 결정기구인 제다이 평의회에서 아나킨을 제다이로 받아들이기를 거부한다. 누구보다 요다가 주도적으로 반대했다. 명목은 아나킨은 영링(제다이 훈련은 3세에서 4세 정도의 아이를 뽑아서 시키는데, 이런 꼬마 제다이를 영링이라고 부른다)이 되기에 나이가 많다는 것이었지만 실상 요다의 눈에 아나킨에게 두려움이 존재한다는 것이 포착되었기 때문이다. 두려움이 있는 자는 다크 사이드에 쉬 빠지게 된다.

아나킨에게 가장 불행한 일은 콰이곤의 죽음일지도 모른다. 아나킨을 가르치기로 한 콰이곤 진이 다스 몰과의 대결 중 사망한 것이다. 콰이곤은 제자인 오비완 케노비에게 꼬마 아나킨을 잘 돌보라는 유언을 남긴다. 그렇게 아나킨은 오비완의 제자가 된다. 엄밀하게 말하면 오비완은 아나킨의 사형이다. 스승 콰이곤이 죽었기에 큰형이 막내를 맡은 모양새이다. 둘은 팀이 되어 여러 중요한 임무를 수행한다.

아나킨에게는 누르는 돌이 필요했다. 누구도 따라올 수 없는 선천적인 능력을 지닌 아나킨의 눈에 제다이들의 의사 결정은 한심해 보였다. 단칼에 끝장낼 수 있는 사건을 답답할 정도로 관망하거나 느슨하게 대처하는 태도는 젊은 아나킨의 분통을 터뜨렸다. 게다가 자신의 재능을 알아봐주지 못하는 요다나 메이스 윈두 등 원로 제다이의 시선도 불만이었다.

오비완은 아나킨에게 주의를 준다. "서두르지 마. 위에서도 다 생각이 있어서 그런 거야." 오비완은 아나킨에게 조절과 균형을 중요시하는 제다이의 법칙을 엄격하게 강조하는 한편, 기다리면 위에서도 인정해줄 것이라고 다독이지만 아나킨에게는 그 말이 와닿지 않는다. 결국 아나킨은 제멋대로 움직이고야 만다. 파드메와 사랑에 빠지고 그녀를 구하기 위해 다크 사이드로 돌아선다.

천재에게는 날개가 아닌 무거운 돌을 주라고 했던가. 아나킨에게는 그 역할을 할 인물이 없었다. 요다와 메이스 윈두 같은 지체 높은 제다이 원로들은 아나킨을 맡으려 하지 않았다. 왜? 아나킨의 근본에서 악에 기웃거릴 수밖에 없는 슬픔을 엿보았기 때문이다. 그것은 바로 사랑을 받지 못한 환경에 있었다. 특히 아버지의 부재가 크다.

요다와 윈두는 아나킨을 콰이곤이 주워 온 잘못된 보석으로 보았다. 아나킨은 늘 사랑에 목말라했다. 제다이는 사랑을 금지한다. 사랑뿐 아니라 재물욕, 명예욕, 기쁨, 슬픔, 미움 등 인간의 오욕칠정을 경계한다. 마음의 평온을 흩트리기 때문이다. 아나킨은 거기에 휩쓸릴 가능성이 컸다. 왜? 사랑을 목말라했으니까.

일전에 요다는 어린 아나킨에게 "공포는 분노를 낳고, 분노는 증오를 낳고, 증오는 고통을 낳는다"고 말한 바 있다. 물같이 고요한 마음, 아니 그런 마음까지도 비우고 완전한 무無가 되는 상태를 강조했다. 포스의 균형은 다름 아닌 거기서 나왔다. 예언의 균형자라면 누구보다 그 점에 강해야 했다.

하지만 아나킨은 끝없이 사랑을 갈구했고, 종국에는 사랑 때문에 운명을 거스르고 만다. 납치된 어머니 슈미가 죽었을 때, 그는 속에 있는 분노를 끄집어냈으며 사랑하는 파드메를 살리기 위해 어둠의 힘과 손을 잡아버린다. 마스터 요다의 우려가 현실이 된 것이다.

천성天性이 학성學性보다 높은 것일까? 오비완이 아닌 요다나 윈두가 아나킨을 제자로 삼았다면 어땠을까? 그들이 맡았어도 아나킨은 습성대로 모든 것이 못마땅하고 답답했을 것이다. 왜? 너무 출중했으니까. 악당의 본질은 여기서 생겨난다. 누름돌이 없는 삶, 스승이 없는 삶, 근본적으로

아나킨은 콰이곤 진을 잃은 후 미래의 메시아에서
악의 힘을 가진 다스 베이더로 변했다.

아비를 가지지 못하는 삶에서 적그리스도는 억눌렀던 분노
를 터뜨리고 절망한다. 그는 죽은 아버지, 또는 멀리 있는
신에게 울부짖는다. 왜 내가 철들기도 전에 돌아가신 겁니
까? 왜 나를 버리셨습니까? 이 불온한 나를 왜 일찌감치 죽
이지 않았습니까?

악당은 자신의 우산이 되어주지 못한 누군가에게 항변하
고 저주한다. 불처럼 뻗어가는 자신을 좀 잡아달라고 애원
했지만 아무도 잡아주지 않는다. 누구도 자신에게 바른길
을 가라고 가르쳐주지 않는다.

그렇다면 할 수 있는 일은 한 가지다. 세상을 향해 내면에
고인 광기와 폭력을 뿜어내는 것뿐. 어쩌면 당연하다. 어린
자신을 악에서 구출해줄(또는 악을 그만두게 가르쳐야 했을) 사
람이 직무유기를 한 셈이니까. 흡사 줄탁동기啐啄同機다. 즉,

내가 안에서 쪼고 밖에서 당신이 쪼아야 이 빌어먹을 껍데기가 깨지는 것 아닌가요? 아나킨은 불만을 느끼게 된다. 하나 그것은 잘못된 생각이다. 누구를 탓할 것이 아니라 스스로 극복해야 할 문제였다. 껍데기는 남이 깨주지 않는다. 아나킨은 환경을 탓할 수밖에 없는 비운의 적그리스도이며 영웅에서 악당으로 전락한 대표적인 인물이다.

요다나 윈두는 아나킨의 작은 행동에서도 불쑥불쑥 치오르는 섬뜩한 악의 냄새를 맡았다. 그것은 가르치고 말고 할 성질의 것이 아니다. 싹둑 잘랐어야 할 싹이다. 그들의 처지에서는 나쁜 돌을 주워 온 콰이곤이나 스승의 유지를 받들겠다고 한 오비완의 고집에 진 것뿐이다. 어쩌면 운명일 수 있겠다. 아나킨은 삐뚤어질 수밖에 없었다.

아이에게는 그 작은 몸을 편히 누이고 다독여줄 어른이 필요하다. 엄하게 가르치고 바로잡아주는 어른이 필요하다. 자신 뒤에는 든든한 누군가가 있다는 믿음이 필요하다. 그것이 아이를 바로 서게 한다. 소설가 블라디미르 나보코프는 '고독은 악마의 놀이터'라고 말했다. 절망의 고독자, 그것도 출중한 고독자는 악마에게 빠지기 쉽다. 악당에게는 아버지가 없다. 자신의 악을 막아주는 사람이 없다. 그래서 악당이 되는 것이다.

〈스타워즈 에피소드 3: 시스의 복수〉(2005)에서 오비완 케노비는 용암 행성 무스타파의 절벽에서 폭주한 아나킨의 하체를 잘라버린 후 "넌 내 형제였다"고 말한다. 또한 훗날 〈스타워즈 에피소드 4: 새로운 희망〉에서 아나킨의 아들인 루크를 만났을 때도 자신의 좋은 친구였다고 회상한다. 본인 말대로 오비완은 아나킨의 형제나 선배였지 아버지와 스승은 아니었다. 어쩌면 아나킨은 불쌍한 존재다. 그는 그저 사랑을 원했을 뿐인데 누구도 그것을 이해하려 들지 않았다. 그에게 아버지가 있었다면, 아니 콰이곤이 있었다면 어떤 말을 해주었을까. "내가 너를 충분히 사랑하고 있으니 더는 다른 곳에서 사랑을 갈구하지 말라. 오직 수련에만 정진하여라." 그렇게 말하지 않았을까.

오비완에게 진 아나킨은 용암이 흐르는 비탈에서 줄줄 미끄러지면서 울부짖는다. "제다이 놈들, 내 눈에는 너희들이 전부 악으로 보여!" 오비완은 아나킨의 광선 검을 회수하고 돌아선다. 아나킨은 혼자가 되었다. 그토록 사랑받기를 원했지만 이제 정말 아무도 없다. 유일하게 자신을 사랑해주던 어머니는 이미 죽었고, 사랑하는 파드메는 자신을 버리고 오비완 진영을 택한 듯하다.

사부(오비완)에게 하체가 끊긴 채 용암 비탈면에서 자갈을 간신히 부여잡고 있는 아나킨에게 누군가가 다급하게 달려와 그를 구한다. 시스의 황제, 팰퍼틴이다. 이 순간 아나킨은 비로소 원하던 아버지를 찾았다.

자기 것이 아닌 것을 가지려는 수양대군

1453년, 조선에서는 '사악하게 일어난 난리를 안정시킨 일'이 일어났다. 계유년이었고 여섯 번째 왕이 재위하던 때였다. 이 계유년의 정난靖難(나라가 처한 재난을 평정하다)으로 어린 왕 단종을 에워싸고 제멋대로 정사를 전횡하던 악신惡臣 김종서, 황보인, 남지 등이 죽었다. 왕위를 넘보기 위해 그들을 등에 업고 설쳐댔던 종친 안평대군이 강화도로 귀양을 가게 되었다. 그런데 어지러운 난이 평정되어 제자리로 돌아가야 한다던 권력은 단종에게 간 것이 아니었다.

세종대왕은 정실 소헌왕후와의 사이에서 여덟 대군을 낳았다. 그중 첫째가 왕위를 이은 5대 국왕 문종이다. 문종은 조선이 개창한 이래 첫 번째 존재한 적장자 계승자였다. 적장자 계승이란 왕위를 맏아들이 잇는다는 뜻이다. 태조 이성계가 창업한 후 세종조에 이르러서야 안정적으로 맏아들에게 왕위가 돌아갔다.

문종은 재위한 지 2년 만에 죽었다. 후세 사람들은 문종을 문약하고 단명한 군주라고 기억하는데 재위 기간이 짧아 상대적으로 그렇게 보이는 것이다. 그는 39세에 사망했다. 영유아 사망률이 높았던 조선 시대 성인의 평균 수명이 25세 내외인 걸 보면 문종은 오래 산 축에 든다(25년간 재위한 성종이 사망한 나이가 38세이다).

문종은 세자 시절이 길었는데, 그 당시 아버지 일을 거의 도맡아 했다. 세종 치세 말기는 세자 문종의 치세라고 해도 과언이 아니다. 세종은 말년에 세자에게 국사를 맡기고 온천을 다니며 병든 몸을 사렸다. 세종은 세자뿐 아니라 대군들에게도 일을 맡겼다. 호부무견자虎父無犬子라고 했던가. 아버지가 훌륭하니 아들들도 하나같이 출중했다.

그러나 왕위에 오른 지 2년 만에 죽었고, 12세였던 세자가 바로 즉위했다. 어린 왕은 돌봐줄 사람이 없었다. 보통 어린 왕자가 왕위에 오르면 왕실 어른이 수렴청정을 하는 법이다. 할머니(대왕대비)나 어머니(대비)가 왕의 보령이 찰 때까지 대신 정사를 맡는 것을 수렴청정이라고 한다. 문종의 아들은 그럴 사람이 없었다. 이 시기에 세종, 문종, 어린 세자에 이르는 적장자 계승이 무사히 이루어졌으나 삼대째에 이르러서 그 법칙은 깨질 위기에 이르렀다.

사실 할아버지 세종은 일찌감치 이런 사태가 올 줄 짐작했다. 세종은 아들 문종의 몸이 너무 약했기에 도리어 손자를 걱정했다. 세종은 병상에서 총애하는 신숙주, 김종서와 황보인 등을 불렀다. 세종은 그들에게 세자(문종)는 몸이 약하니 혹 손자가 왕위에 오르면 잘 돌봐달라는 유지를 내렸다. 문종 또한 자신의 수명이 얼마 남지 않았음을 알고 다시 그들을 불러 어린 아들을 부탁했다. 이들이 바로 고명대신이다. 고명대신이란 왕에게서 신신당부를 받은 대신들이라는 뜻이다.

영화 〈관상〉에서의 수양대군 모습.
그의 비극은 둘째로 태어난 것이었다.

세종과 문종은 왜 그토록 불안해했을까? 이유는 뻔하다. 세종에게는 아들이 너무 많았기에 그렇다. 그것도 전부 특출했다. 첫째 아들 문종은 말할 것도 없거니와 둘째 아들 수양대군과 셋째 아들 안평대군은 어디에 내놓아도 손색없는 왕재王才였다. 여섯째 금성대군 또한 명민하고 용감하기가 두 형 못지않았다.

문과 무를 겸비한 수양은 세종을 도와 훈민정음 창제에 참여했다. 수양은 아버지 세종에게 한글로 만든 『석보상절』을 바치기도 했다. 안평은 조선의 레오나르도 다빈치였다. 그의 예술적 안목은 대국(중국)을 뛰어넘는 것이어서 그가 모은 그림과 글씨를 보러 중국 사신들이 일부러 찾기도 했다. 그의 집인 부암동의 무계정사에는 고려, 조선에 이르는 시기에 만들어진 그림과 글씨, 예술품이 단군 이래 가장 많이 보관되어 있었다. 이런 아들들 때문에 세종은 몸이 약한 장자와 어린 장손의 미래가 걱정되었다. 세종의 유언대로 문종이 죽고 12세의 세손이 왕위에 오르자 김종서와 황보인 등 고명대신들은 나랏일을 도맡아 하다시피 했다. 백두산 호랑이, 6진 개척의 영웅 김종서는 왕의 보령이 20세가 될 때까지는 그 자리를 누구도 탐하지 못하게 하겠다고 천명했다. 세종과 문종의 부탁이었다.

종친인 수양과 안평은 화가 났다. 늙은 대신들은 나라를 접수한 듯했다. 그들은 마치 왕이라도 된 듯 결재 도장을 쾅쾅 찍고 있었다. 왕인 어린 조카를 업신여기고 노신老臣들이 마치 그 위에 올라앉은 듯 행동한다. 수양은 이렇게 분노했음 직하다. '이 나라가 어떻게 만들어진 나라인데! 태조대왕이 나라를 세우고 60년도 채 흐르지 않은 지금, 나라가 신하들의 손에 들어갔구나. 태종대왕도 이걸 경계하시어 일찌감치 정도전을 죽인 게 아닌가. 아, 아. 종친인 나는 이를 가만히 두고 볼 수 없다. 김종서를 죽이고 권력을 하루빨리 왕실로 되돌려야겠다.'

그렇게 해서 일어난 사건이 바로 계유정난이었다. 이 정변으로 권력은 다시 왕실로 돌아갔다. 다만 왕이 아닌 왕의 숙부에게로. 패권자는 바로 수양대군이었다. 김종서가 가지고 있던 권력을 빼앗은 수양대군은 자신의 것이 아닌 것을

탐냈다. 조카를 내쫓고 왕이 된 것이다. 그는 적장자 계승
법칙을 세우려는 아버지(세종)와 형(문종)의 뜻을 저버렸다.
수양은 아버지 세종을 원망했다. '당신도 맏이가 아니면서
왕이 되셨지 않습니까? 할아버지(태종)도 맏이가 아니면서
왕이 되지 않으셨습니까? 이 나라 조선은 태조께서 창업하
신 이후 맏이가 대를 잇는 나라가 아닐지도 모릅니다. 그런
데 왜 저는 안 됩니까? 왜 제가 아니라 형님(문종)을 선택했
습니까? 저는 형님만큼은 아니어도 학문이 높습니다. 군주
는 학문이 높다고 맡는 자리는 아니지요. 저는 걸핏하면 몸
져눕는 형님과 달리 왕실을 번성시킬 만큼 체력도 강합니
다. 허허하고 인자하게 웃기만 하는 형님과 달리 노회한 대
신들과 대적할 줄도 압니다. 보십시오. 형님은 곧 죽고 말았
지 않습니까? 저 지엄한 자리에 아무것도 모르는 꼬마가 앉
는 바람에, 그래서 늙은 역신들이 저렇게 보란 듯이 왕실을
능멸하고 있지 않습니까? 왜 저를 선택하지 않으셨나요?
저는 형님보다 나았습니다. 아버지!'

수양은 강했고 탁월했지만, 왕이 될 수 없었다. 둘째로 태
어난 이상 자신은 죽었다가 깨어나도 왕이 될 수 없었다. 자
신에게 딱 어울리는 자리임에도 아버지는, 세상 사람들은
그의 것이 아니라고 했다. 또 누군가는 자격도 없는 그가 자
리를 탐낸다고 말했다. 수양대군, 그는 운명과 싸우기로 했
고 결국 왕이 되었다. 조선의 7대 왕 세조는 그렇게 즉위했

다. 1455년의 일이다.

잃어버린 자기 것을 가지려는 인수대비

적장자인 형의 대를 끊어버린 세조(수양대군)는 자신의 후대는 적장자가 계승해야 한다는 신념이 있었다. 세조는 즉위 즉시 맏아들(도원군)을 세자로 봉했다. 그가 바로 의경세자였다.

의경세자는 세종이 첫 번째로 본 손자였다(형 문종보다 동생 수양이 먼저 아들을 낳았다). 세종은 손자 도원군을 너무도 귀여워해서 친히 업고 다녔다고 한다. 의경세자는 용모가 단정했고 학문을 좋아했으며 아버지 수양과 달리 성정이 바르고 온화했다. 좌의정을 지낸 한확의 딸이자 한 살 연상의 아내 한 씨와의 사이에서 월산군과 잘산군을 낳았다.

세조 가계의 저주는 의경세자로부터 시작된다. 1457년 의경세자가 죽은 것이다. 아버지 수양대군이 왕이 된 지 2년 만이고 둘째 아들 잘산군이 태어난 지 두 달 만이었다. 세조는 하늘이 무너졌다. 자신의 문둥병과 맏아들의 죽음은 모두 조카의 자리를 빼앗은 데에 대한 저주같이 느껴졌다. 세조는 할 수 없이 둘째 아들인 해양대군을 세자로 봉했다. 둘째 아들 해양대군은 세조가 죽기 하루 전에 선위를 받았다. 그가 바로 조선의 8대 왕 예종이다.

예종이 즉위하자 운명을 저주하는 다른 한 사람이 있었

다. 바로 의경세자의 부인 한 씨였다. 시아버지 수양대군이 왕이 되었을 때만 해도 그녀의 앞날은 창창했다. 남편이 장차 왕위를 이을 세자가 되었고 두 아들 월산군과 잘산군 중 하나가 다음 보위를 이어받을 터였다. 왕이 된 시아버지가 훗날 남편(의경세자)에게 왕좌를 물려주면 자신은 왕의 아내인 중전이 될 터였고 더 훗날에는 왕의 어미인 대비가 될 터였다. 그러나 운명은 바람대로 만들어주지 않았다. 남편 의경세자의 것이어야 했던 왕위는 시동생인 해양대군에게 넘어갔다. 자신과 의경세자의 아들들, 월산군과 잘산군이 너무 어렸기 때문이다.

그녀는 두 아들을 데리고 대궐에서 쫓겨나듯 나왔다. 그녀는 남편의 죽음으로 하루아침에 모든 것을 잃었다. 한 씨는 야심 많은 여인이었다. 시아버지가 정난을 일으킬 때도 용감하게 시아버지를 도왔다. 시아버지는 똑똑한 며늘아기에게 "너는 내 며느리가 아니라 내 동지다"라고 말했다. 한 씨는 절치부심 재기를 노렸다. 둘째 아들 잘산군을 권세가였던 한명회의 딸과 혼인시키고 대궐에 있는 시어머니(정희왕후)와 시동생(예종)의 눈 밖에 나지 않도록 납작 엎드렸다.

기회는 찾아왔다. 시동생 예종이 1년 만에 급사한 것이다. 이제 후사는 누가 이을 것인가? 예종에게는 네 살 난 아들이 있었다. 왕위를 이어받기엔 터무니없이 어렸다. 16세인 노산군(단종)도 어리다고 쫓겨난 참인데 네 살은 가당치

한 씨는 의경세자의 부인으로 원래 중전이
되어야 했으나 운명은 그렇게 두지 않았다.

않다. 한 씨는 지금이야말로 자신의 자리를 되찾을 기회라고 생각한다. 천하의 전략가 한명회가 필요했다. 이럴 때가 올 줄 알고 둘째 잘산군을 그의 딸과 혼인시킨 게 아니었던가. 그녀는 한명회에게 이렇게 말한다. "나는 중전은 못 되어도 대비는 되어야겠습니다."

남편이 일찌감치 죽었기에 중전은 되지 못했지만, 아들을 왕위에 올려 대비는 되어야겠다는 뜻이다. 한명회 역시 실각한 상태였다. 왕 예종을 사위로 두어 위세를 떨쳤으나 예종이 일찌감치 죽어버렸기 때문이다.

한명회는 한 씨의 제안을 받아들인다. 그들은 왕실의 결정자인 정희왕후(세조의 처, 한 씨의 시어머니, 대왕대비)를 구워삶았다. 그들의 노력으로 왕위는 예종의 핏줄이 아닌, 다시 맏아들 의경세자의 핏줄인 월산군과 잘산군 중 하나가

누구도 그들의 아버지가 되려 하지 않는다

이어받게 되었다. 낙첨자는 잘산군이었다. 그가 바로 조선 9대 왕 성종이다.

왕의 어미가 된 한 씨는 궁으로 돌아와 대비가 되었다. 한명회는 다시 왕의 장인이 되었다. 훗날 우리는 이 여인, 한 씨를 인수대비라고 부른다. 인수대비는 산스크리트어까지 공부할 만큼 똑똑한 여인이었다. 우리가 잘 아는『내훈內訓』(조선 여인이 지켜야 할 바를 훈육하기 위해 만든 책)을 만든 사람이다. 그녀가 한명회와 함께 시어머니 정희왕후의 결심을 얻어내기까지 피눈물 나는 투쟁이 있었다. 당대 사람들은 그녀를 '다시없을 악녀'라고 말했다. 혹자는 그녀가 예종을 죽인 범인이라고까지 말하기도 했다. 아닌 게 아니라 인수대비의 성질은 불같았다. 아들 성종의 효심을 부추겨서 며느리인(연산군의 어미가 되는) 폐비 윤 씨를 몰아낸 것도 그녀였다.

가까스로 원래의 자리에 돌아왔지만, 훈구대신과 신진 사대부, 왕실의 어른들, 특히 시어머니인 정희왕후는 내내 그녀를 견제했다. 며느리 한 씨의 야심이 너무 크다며 그녀가 정계에 등장하려는 것을 쉬 인정하려 들지 않았다. 천신만고 끝에 한 씨의 아들(잘산군)은 왕이 되었다. 그렇게 되기까지의 여정은 힘들었다. 누구도 그녀의 우산이 되어주지 않았다. 그런 그녀에게 가장 원망스러운 존재는 대신들도 시어머니도 아닌 시아버지 세조였다. '아버님, 왜 제 아들들은 안 됩니까? 그 자리는 본래 우리 것이었사옵니다. 아버님의 맏아들의 자식들이 보위를 잇게 하셨어야죠. 그들이 너무 어려서 그렇다고요? 제가 있지 않습니까. 노산군(단종)은 보호할 어미가 없어서 아버님 같은 늑대들에게 당했지만 제 아들들은 아닙니다. 제가 시퍼렇게 살아 있는데 누가 위해를 가한단 말입니까. 아버님 같은 늑대들이 몰려와도 저는 거뜬히 제 아들들을 보호할 수 있습니다. 아버님이 원망스럽습니다. 왜 적통으로 대를 잇게 하지 않으십니까? 그 자리는 도련님(예종) 자리가 아니라 제 아들들의 자리입니다.'

승인받기

다스 베이더, 수양대군, 인수대비, 이들은 일인자를 시샘하는 이인자가 아니다. 원래부터 최고였으며 이들보다 실력 있는 자는 그 바닥에 없었다. 그들은 예언을 받은 자였고, 본처였으며, 최고의 능력자임에도 인정받지 못했다. 그들을 울게 한 것은 대결할 만한 적이 아닌, 운명이라는 보이지 않는 적이었다. 그들의 진짜 적은 아버지였다. 그들은 자신에게 우산이 없다는 것을 한탄했다. 그들을 승인해야 하는 자들(제우스, 아버지, 황제, 시아버지, 족장, 의회, 법률 등)은 필요할 때는 그들의 능력을 이용하고 보상할 때가 되자 위험하다며 멀리했다.

세상은 그들을 위험하다고만 했다. 사람들은 그들을 야심 가라고 불렀다. 누구도 그들을 구원해주지 않았다. 그들이 앉고자 했던 의자는 운명이 아니라는 이유만으로 엉뚱한 자들이 차지하고 있었다. 적장자로 태어났다는 이유만으로 그 자리를 가진, 실력 없고 멍청하고 허약한 자들이다.

야심가들은 고민한다. 운명을 거슬러야 할까, 아니면 순응해야 할까. 몇 번의 기회가 오고, 오해가 생기면서 그들은 궁지에 몰린다. 울타리 안에 돌이 굴러가도, 솔바람이 불어도, 벼락이 떨어져도 목장 주인의 의심을 받았다. 오직 늑대란 이유 하나로 말이다. 화가 나고 울분이 치밀어 오른다. 가령, 이런 마음 아니겠는가. '나는 신에게 차별받았다. 아버지는 나를 인정해주지 않는다. 황제는 위험하다는 이유로 나를 불러주지 않는다. 좋다. 그렇다면 진짜 위험한 것이 무엇인지 보여주마. 실력도 없이 그저 장자라는 이유만으로, 좋은 환경에서 태어났다는 것만으로 누릴 걸 다 누리는 저 무능력하고 멍청한 것들을 싹 제거하고 내가 그 자리에 앉아야겠다. 그 자리에 어울리는 것은 나다. 왜냐고? 내가 자질이 있으니까. 나 같은 실력자는 없으니까.'

우산 없는 실력자가 분노라는 용액을 들이마시면 무서운 악당이 된다. 그들은 아버지를 원망하는 힘으로 산다. 노련하고 전지전능한 그들의 아버지는 그런 점이 두려워 애초부터 그들을 물렸지만, 그들은 기어코 자신의 힘으로 밀고 들어와 아버지에게 자리를 요구한다.

우산을 얻지 못한 악당들은 홀로 서야 하는 자수성가형 독립자다. 그래서 자신의 실력을, 자신의 악을 더욱 믿게 된다. 그리고 그들의 패망 원인 또한 그런 아집 때문이다. 회장님 아들이 악행을 저지르는 것보다 회장님의 사생아가 악행을 저지를 때 더 흥미진진한 이유가 거기에 있다. 단테의 『신곡』에서도 사탄은 하느님의 인정을 받지 못한다. 그가 인정받고 싶은 존재인 하느님은 오직 아들 예수만 인정할 뿐이다. 악당은 승인받지 못한 실력자이다.

✣ 에덴의 동쪽 (1955년, 영화)

원작: 존 스타인벡의 『에덴의 동쪽』 (1952년)

감독: 엘리아 카잔

갈등 구도: 둘째 아들 칼 vs 아버지 애덤 트래스크

캘리포니아에서 농장을 경영하는 애덤은 둘째 아들 칼을 낳은 직후 집을 떠난 아내를 증오한다. 그는 아내의 더러운 피를 이어받았다며 칼을 외면한다. 애덤은 순종적이고 신앙심이 깊고 모범생인 큰아들 애런만 사랑한다. 칼은 자신이 아버지에게 왜 미움을 받는지 알 수가 없다. 칼은 비뚤어지기 시작한다. 칼은 바른 생활 사나이인 형과는 늘 반대 행동을 일삼는다. 아버지의 사랑에 목말랐기 때문이다. 칼은 아버지 말대로 자신이 정말 나쁜 아이인지 확인하고 싶다. 칼은 어머니를 만난다. 어머니는 도박장과 술집을 경영하고 있었다. 어머니를 만난 칼은 좋은 느낌을 받지 못한다. 도리어 자신이 부도덕한 어머니의 천박한 피를 이어받았다고 믿게 된다.

아버지 애덤의 사업이 실패하자 칼은 스스로 야채 사업을 해서 큰돈을 번다. 칼은 번 돈으로 아버지에게 인정받고 싶었지만 애덤은 인정해주지 않는다. 오직 형만 사랑하는 아버지에게 복수를 결심한 칼은 형 애런을 어머니에게 데리고 간다.

애런은 죽었다던 어머니의 천박한 삶을 목도하고 충격을 받고는 전쟁에 자원한다. 아버지는 애런의 자원입대에 충격을 받고 쓰러진다. 칼은 보기 좋게 복수에 성공했지만 결코 기분이 좋지 않다.

애런의 애인이자 칼을 유일하게 이해하는 에브라는 아버지 애덤에게 칼을 미워하지 말라며 이렇게 말한다. "사랑받지 못한다는 것은 실로 끔찍한 일이에요." 애덤은 에브라의 말을 듣고 간호사를 물리고 칼에게 간호받기를 결심한다. 칼은 부모의 관계 때문에 고통스러운 청년기를 보내는 승인받지 못한 캐릭터이며 반영웅이다. 칼의 삶은 어머니가 부재한 상황에서 아버지의 인정을 지속적으로 갈망하는 것이었다. 칼은 아무런 죄도 없다. 단지 아내와 둘째 아들이 성격이 비슷했고, 아버지 애덤은 이 때문에 칼을 미워했을 뿐이다.

✣ 에이 아이 (2001년, 영화)

감독: 스티븐 스필버그

갈등 구도: 데이비드 vs 마틴

인간을 사랑하게끔 프로그래밍된 로봇이 인간의 아들이 되기 위해 분투하는 영화다. 헨리와 모니카 부부에겐 마틴이라는 아들이 있지만 냉동인간이다. 불치병에 걸린 상태에서 치료 약이 발명될 때까지 냉동 상태로 존재하기로 한다. 어느

날 하비 박사가 감정이 있는 로봇을 만들고, 데이비드라는 AI 가 부부에게 도착한다. 데이비드에게 마음을 열지 않던 모니 카는 점차 마틴과 데이비드를 동일시하며 마음을 주고, 데이 비드 역시 모니카를 엄마로 여기며 인간 사회에 적응한다. 위 기는 마틴이 기적적으로 치유돼 가족의 품으로 돌아오며 발 생한다. 마틴이 등장하면서 데이비드는 숲 속에 버려진다. 데 이비드는 마법의 힘으로 진짜 인간이 되어 잃어버린 엄마의 사랑을 되찾을 수 있다고 믿는다. 그 꿈은 정말 이루어진다. 단 오랜 시간 뒤다. 기능이 정지된 마틴이 2,000년 후 인간 문 명의 유적을 발굴 중이던 초월적 로봇에 의해 발견되고, 로봇 에 의해 마틴은 마침내 그 염원을 이루고 만다. AI가 인간의 아이로 인정받기 위한 여정은 실로 치열하다. 데이비드에게 마틴은 생물학적 아들이라는 이유 하나만으로 부모의 사랑을 독차지하는 존재다. 누구보다 가장 사랑스러운 부모의 아이 가 될 자신이 있는 이 AI로서는 상당히 불공정한 상황이기에 2000년간의 기다림이 필요했다.

✣ **미성년** (1875년, 소설)

지은이: 표도르 도스토옙스키

갈등 구도: 돌고루키 vs 베르실로프

돌고루키의 아버지는 19세기 러시아 지식 계급의 전형적 인

물로서 가난한 농노의 딸을 약탈하듯 빼앗는가 하면, 그녀에게서 태어난 자식을 버려둔 채 돌보지 않는다. 그 사생아가 바로 돌고루키이다. 농노였던 어머니는 같은 농노였던 아버지뻘 마카르와 법적 부부가 되지만, 실제적인 부부 생활은 베르실로프와 함께하고, 마카르는 종교 순례에 전념한다.

지주 아버지에게 버림받아 자식으로서 인정받은 적도 없었기에 세간의 멸시를 당했던 돌고루키는 거부가 되어서 권력과 자유를 누리겠다고 결심하며 학교를 졸업한다. 문제는 이 부자가 한집에 살게 되면서 생긴다. 사랑받고 자라지 못한 돌고루키는 식구들과 끝없이 반목하고 갈등을 이어간다. 특히 아버지와는 대립각을 세운다. 집안에서 뻐딱한 언행으로 평지풍파를 일으키는 유일한 인물이다. 가족에겐 빌런이 아닐 수 없다. 다행히, 돌고루키가 출가하여 독립 생활을 하면서부터 화해의 물꼬가 터진다. 부자는 서로의 사상을 공유하고, 부자지간의 정을 확인하는데, 그 과정에서 아버지에 대한 주인공의 마음이 유연해진다.

이 작품은 불행한 운명의 청년이 이상과 현실 사이에서 방황하는 성장 소설이고, 정신적 지주가 되어야 할 아버지 세대가 사실상 존재하지 않음으로써 더욱 불완전한 상황에 내몰리는 자식 세대에 대한 작가의 문제의식이 표현된 작품이기에, 아들이 아버지에게 승인받기 위해 분투하는 소설이라고 딱 단정 지을 수는 없다. 다만, 아들이 아버지와 소통하며 위로와 사랑을 느껴 눈물 흘리는 장면에서, 누구보다 아버지에게 자식으로서 인정받고 싶어 했던 여린 내면이 전해지고, 그런 점에서 그는 승인받지 못해 고통스러워했던 빌런 유형에 속한다고 할 수 있다.

승인받지 못한 자가 빌런일 때 고려해야 할 체크 리스트

☐ 빌런의 출생(능력을 제외한 환경)은 어떠한가?

☐ 눈 밝은 현자가 빌런이 가진 결핍성을 살필 수 있는가?

☐ 빌런을 사랑하는 사람이 존재하는가?

☐ 빌런은 사랑받기 위해 노력하는가?

☐ 노력한다면 왜 승인받지 못하는가?

☐ 빌런은 자신의 능력을 인지하는가?

☐ 승인자는 빌런의 능력을 알아보는가?

☐ 승인받지 못한 빌런이 결정적으로 분노하는 계기는 무엇인가?

☐ 승인받기를 포기한 빌런이 한 첫 번째 행동은 무엇인가?

☐ 빌런의 처지를 독자는 이해할 수 있는가?

☐ 독자는 빌런의 처지에 측은지심을 느끼는가?

☐ 빌런이 승인받지 못한 원망으로 저지른 행동은 과연 정당한가?

9

지척

Close

적은
멀리 있지
않다

적은 멀리 있지 않다

연인은 적?

결혼은 환상일까? 아니면 환상적일까? 마틴은 로라와 섹스할 때마다 베를리오즈의 〈환상 교향곡〉 CD를 넣는다.

〈환상 교향곡Symphonie Fantastique in C Major, Op.14〉은 낭만파 교향곡의 대표적 명작이지만 내용을 들여다보면 아편에 중독된 작가가 상상하는 몽환적 풍경을 표현한 곡이다.

장엄하고 묵직한 1악장이 시작되면서 로라는 남편에게 속해진다. 침대에서 부엌에서 테라스에서 수시로 입을 맞추며 다가오는 남편. 로라는 행복해 보이지 않고 어딘가 모르게 수동적이고 우울하다. 마틴은 금융계에서 투자 고문으로 일하는 성공한 남자다. 키도 크고 잘생겼다. 로라는 그런 남편을 왜 불안해하며 대할까?

그렇다. 로라는 사이코패스에 결벽증이고 상습 폭행범인 마틴과 결혼했다. 그녀는 그저 신혼여행 이후 그가 변했다고 말한다. 마치 '나도 예전에 젤리를 바닥에 떨어뜨려본 적이 있어'라고 말하는 아이처럼 무책임한 투로.

아무튼, 그녀는 그에게 속해 있다. 성 같은 바닷가 저택에 갇혀 살며 그녀가 24시간 동안 유일하게 상대하는 존재는 사이코패스 남편이다. 마틴의 결벽증이 어찌나 심한지 욕실 걸이에 수건을 길이에 맞춰 걸어두지 않으면 독사 같은 눈으로 질책한다.

로라는 이 집에서 절대로 빠져나가지 못한다. 그녀는 포기했다. 그저 그가 예측불허의 광폭성을 띠지 않도록 요령껏 대처하며 살아왔다. 하지만 대처하지 못하는 일도 있다. 그것은 그녀가 어찌하지 못하는 일들에 속한다. 모르는 남자가 말을 걸어도 그날 밤은 마틴에게 혁대로 피가 터지도록 맞아야 한다. 그녀를 때리고 나면 마틴은 반드시 꽃과 선물 상자를 내민다. 진심으로 로라를 사랑한다는 얼굴로 말한다. "조심해줬으면 좋겠어. 사랑해."

어느 날 마틴은 로라에게 바다로 나가자고 한다. 그가 산책 중 만난 옆집 사내와 보트를 타기로 약속했기 때문이다. 로라는 물 공포증이 있다. 어릴 때 바다에 빠져 크게 상처를 입은 탓이다. 하지만 그녀는 그의 인형이기에 따라야 한다.

그날 밤 셋은 보트를 타고 연안으로 나가지만 예상치 못한 날씨가 그들을 덮친다. 바다 한가운데에서 풍랑을 만난 보트. 비가 쏟아지고 파도가 산처럼 높다. 마틴과 옆집 남자는 수고스럽게 보트의 줄을 당기고 키를 잡으며 사투를 벌인다. 보트는 육지로 돌아가려 한다. 한바탕 정신없이 줄을 다루던 마틴이 돌아보았을 때 구명조끼를 입고 겁먹은 채 앉아 있던 로라가 보이지 않는다. 마틴은 눈이 돈다. "로라. 로라. 내 아내가 사라졌어. 그녀는 수영을 못 한단 말이야!" 밤바다 한가운데에서 실종된 로라의 시신은 결국 찾을 수 없었다. 마틴은 로라의 장례식을 치른다.

로라는 버스에 앉아 있었다. 그녀는 남편에게서 탈출하기 위해 오랫동안 준비했다. 물 공포증이 있음에도 수영장에서 수영을 배웠다. 먼바다에서도 상륙할 위치를 알 수 있게 해변에 늘어선 가로등 몇 개를 깨두었다. 집에는 옷과 돈과 가발도 준비했다. 그녀는 그날 파도를 헤치고 해변으로 기어왔다. 남편이 경찰과 함께 바다를 수색할 시간에 그녀는 물이 뚝뚝 떨어지는 몸으로 귀가해 결혼반지를 변기에 버리고 청바지로 갈아입고 준비한 돈을 가지고 떠났다. 로라의 내레이션이 흘러나온다. "그날 밤 나는 죽었다."

조지프 루벤 감독의 영화 〈적과의 동침〉(1991)은 남편에게서 달아나려는 아내와 그런 그녀를 추격하는 사이코패스 남편 이야기이다. 위험한 것은 가깝게 있다. 휴전선에서 총

부리를 맞대고 있는 적보다 내 화단을 망가뜨리는 이웃집 개가 더 증오스러운 법. 부부 사이는 말할 나위 없다.

적은 가까이에 있다. 이야기 밖 현실에서도 가까운 적과 대적하는 사람은 수없이 많다. 그들은 대부분 여성이나 어린이들이다. 한국가정법률상담소의 통계에 따르면 2019년 한 해 가정 폭력을 행사한 성별의 75퍼센트가 남성이었다. 이는 75퍼센트의 여성과 어린이가 학대를 당했다는 뜻이다. 일부는 영화나 소설처럼 맞서기도 한다. 그들은 방화, 독살, 분노, 살인 등의 방식으로 대응하지만 법은 좀처럼 정당 방위로 인정하지 않는다.

악당의 그림자

다시 로라의 이야기로 돌아가자. 로라의 수영장 동료가 그녀의 죽음을 애도하기 위해 집으로 전화한다. 마틴은 죽은 아내가 수영장에 다녔다는 사실을 알았다. 변기에서 아내가 버린 반지를 찾았다. 마틴은 로라에게 뒤통수를 맞았다는 것을 깨닫는다. 그는 로라를 찾기 위해 사람을 고용한다. 로라에게 자신이 할 수 있는 최고의 고통을 맛보게 해줄 참이다. 결국, 그는 로라가 사는 집을 찾아내고 몰래 들어가 수건을 길이에 맞춰 가지런히 걸어둔다. 그것은 자신이 왔다는 것을 알리는 표시였다.

가까운 사람이 악당이 될 때, 그가 폭력을 행하는 이유는 단순하다. 아이러니하게도 악당들은 자기가 상대를 몹시 믿었다고 생각한다. 그들은 환각에 사로잡혀 있다. 그래서 피해자의 별 뜻 없는 작은 행동도 자신을 배신한 것으로 간주한다.

믿었던 사람에게 뒤통수를 맞으면 배신의 충격이 상당하다. 칼 융은 그것을 '그림자 자각realization of the shadow'이라고 불렀다. 그림자란, 평소 무의식적으로(편하게, 자각하지 않고, 아무런 의심 없이) 대했던 존재를 말한다. 애인, 친구, 가족, 아이, 생각 없이 배운 지식, 관습, 신념 그리고 자신의 무의식 등이 그림자이다.

그런 그림자로부터 자신의 진짜 모습이 어떤지를 듣게 되면 사람은 크게 당황한다. "내가 그랬다고?" "내가 그런 모습이었다고?"

믿었던 친구가 나를 비난하면 당황하는 이유가 바로 그 때문이다. 악당이라면 더하다. 그것들(그림자들)이 악당에게 이렇게 노골적으로 한마디 하는 것이다. "넌 나빠!"

그 말을 들은 악당은 몹시 당황한다. 악당은 결점을 지적당할 때 무척 고통스러워한다. 융은 나보다 나을 것이 없는 대상에게 지적당하는 것보다 스스로에게 지적당할 때 더 심한 분노를 느낀다고 말했다. 고통스러운 자기비판 과정이 진행되는 것이다. 그래서 악당은 믿었던 이에게 배신당할 때, 다시 말해 자신의 그림자를 만날 때 보통 사람보다

적은 멀리 있지 않다

더 극렬하게 분노한다.

마틴도 그랬다. 그는 로라가 죽은 것이 아니라 자신을 떠난 것임을 안 순간 광기에 휩싸인다. 그가 보인 눈빛은 로라에게 속았다는 것 때문이 아니었다. 바로 자신의 그림자를 보아서다. "우린 영원히 한 몸이야"라고 맹세할 때마다 말없이 고개를 끄덕여주던 아내가 자신을 떠날 만큼 자신이 악마임을 깨달았기에 그렇다.

헤라가 헤라클레스에게 내린 열두 개의 과업 중에는 3,000마리의 소와 말이 뒹구는 아우게이아스의 더러운 외양간을 청소하는 일이 있다. 정신 분석가들은 이것이 무의식이 쌓아놓은 본질들을 제거하는 것을 상징한다고 말한다. 악당 역시 마찬가지다. 가까운 사람에게 배신당하면 축사(무의식)를 청소하게 된다. '내가 뭘 잘못했지? 그녀는 사랑한다고 말했으면서 왜 떠났지?' 보통 사람이라면 자신을 들여다보는 과정을 거쳐 자아를 깨닫는 단계로 이동하지만 악당은 그렇지 않다. 그들은 자신의 본위를 보는 단계에서 다음 단계로 넘어가기를 거부한다. 자신에게 문제가 있다는 것을 감당하지 못하고 타인(믿었던 사람)을 원망한다. 남은 것은 분노와 집착뿐이다.

진짜 악당을 만들고자 한다면 가까운 사람, 사랑하는 사람, 정말로 믿는 이에게서 배신당하게 하라. 배신한 사람은 주인공이어야 한다. 주인공은 정의를 찾기 위해, 잘못된 것을 바로잡기 위해, 위기에서 벗어나기 위해 악당을 배신한다. 주인공의 그런 행동으로 악당이 그림자를 보게 만들자.

적이 가까운 인물일수록 서사는 깊어진다

장관은 총리를 만나고 집으로 돌아온다. 그의 아내는 부엌에서 쿠키를 만들며 아들과 통화 중이다. 아내는 전화를 끊고 장관에게 말한다. "마틴에게 여자 친구가 생겼다네요." 장관은 웃으며 위스키가 든 잔을 들고 부엌에서 나와 거실로 간다. 커다란 벽난로 위에 놓인 귀한 장식품들, 아이를 그린 그림, 화려한 귀족이 그려진 루벤스의 그림, 물병에 꽂힌 화사한 꽃들. 그는 위스키 한 모금을 머금고 거실을 둘러본다. 그 모든 것은 그가 이룩한 결과물이다. 영화는 성공한 삶을 사는 장관의 얼굴에서 암전되며 그가 그것들을 곧 잃을 것이라고 말하는 듯하다.

장관은 아들의 여자와 사랑에 빠지고 만다. 안나라는 이름을 가진 그녀는 정체 모를 마성을 지녔다. 마성은 상처 입은 사람만이 가지는 전유물이다. 첫 관계부터 심상치 않다. 그들은 침대가 아닌 바닥에서 뒹군다. 반듯한 침대를 사용하지 못할 만큼 부도덕해서일까. 둘은 옷도 벗지 않고 키스도 없이 삽입한다. 총리실을 드나드는 상류층 두 사람의 첫 관계는 마치 짐승이 흘레하듯 보인다. 보자마자 삽입하고 사정하면서 얼른 끝내버린다. 죄책감 때문일까.

적은 멀리 있지 않다

장관: 아내와 헤어지겠어. 당신과 살 테야.

안나: 아들은요? 마틴은 날 사랑해요.

장관: 젊으니까 이해해주겠지.

안나: 친아들을 잃어도 괜찮아요? 부인을 떠나면 뭘 얻죠?

장관: 당신이지.

안나: 당신은 이미 얻은 걸 얻으려 하고 있어요.

사랑에 빠지면 이기적 마음이 드나 보다. 아내의 생일날, 장인의 저택에서 장관은 아들과 찾아온 안나를 지켜본다. 게이트볼 하는 그녀를, 사진첩을 보는 안나를, 아들과 대화하는 안나를 그리고 아무도 모르게 자신을 훔쳐보는 안나를. 가장 가까운 사람들이 모인 곳에서 가장 가까운 사람의 애인을 가장 가까이에서 지켜보는 것이다. 그 자리에서 아들 마틴은 가족에게 안나와 결혼하겠다고 선언한다.

장관은 시련의 가장 깊은 곳에 봉착한다. 애인이 며느리가 되면 영원히 그녀를 놓치게 된다. 장관은 단념하기로 한다. 단지 슬플 뿐이었다. 안나와 자신은 나이 차이도 있고 사회적 위치도 다르다. 포기하자. 젊은이들끼리 사는 게 옳다.

아들의 것을 빼앗은 아버지 사례는 우리 역사에서도 볼수 있다. 세종대왕의 형 양녕대군은 말년에 셋째 아들 이혜의 첩을 탐했다. 이혜는 아버지에게 사랑하는 여인을 빼앗기고 충격을 받아 정신 이상이 생겼고, 이후 수많은 말썽을

영화 〈데미지〉에서 장관은 아들와 연적이 되었다.

부리며 문란한 삶을 살다 자살 시도 후유증으로 사망했다. 금기라서 치명적일까, 배신이라서 치명적일까. 금기든 배신이든 작가는 '치명적'이라는 단어에 주목할 필요가 있다. 인간이 금기시하는 것에는 치명적인 서사가 존재한다. 금기는 다른 누군가를 결국 배신하게 만든다.

　장관인 아버지가 아들의 여자 친구와 사랑에 빠지는 이 이야기는 루이 말 감독의 영화 〈데미지〉(1992)이다. 영화는 장관인 플레밍의 시선으로 전개되지만 다른 시선으로 살펴보면 역시 긴장감이 존재한다. 아버지가 오빠의 여자 친구 방에서 나오는 모습을 본 여동생의 시선, 남편의 행동반경이 평소와 다름을 깨닫는 아내의 시선, 늘 자신을 응원하던 아버지가 예전 같지 않게 인생의 선택을 들먹이며 결혼을 다시 고려하라고 에둘러 말하는 것을 바라보는 마틴의 시

　　　　　　　　적은 멀리 있지 않다

선. 전부 치명적이다. 이는 모두 긴밀한 관계이기에 그렇다. 가족, 동지, 같은 편 등 가까운 관계에서 대립각이 형성되면 서사가 깊어진다.

영화 속으로 돌아간다. 그러던 차에, 장관이 큰 충격을 받는 일이 생긴다. 안나의 어머니에게서 들은 말 때문이다. 안나가 마틴을 선택한 이유가 죽은 오빠와 닮았기 때문이라는 것. 안나의 오빠는 친동생인 안나를 사랑한 나머지 자살했다. 근친 간 사랑의 아픔, 안나의 마성은 거기서 나오는 것이었다. 안나가 진짜로 사랑하는 사람은 친오빠로, 그녀는 마틴에게 오빠를 투영했다. 안나에게 절연을 선언하고 아들에게 찾아가 사과한다. "인생에는 통제할 수 없는 것도 있단다."

아버지가 무슨 말을 하는지 전혀 짐작하지 못하는 아들 마틴. 안타깝게도 적이 적을 알아보지 못하고 있다. 이렇게 되면 대적 관계가 성립되지 않는다. 장관은 한편으로 안도한다. 그는 아들과 싸우지 않아도 됨을 느낀다.

안나와 장관은 둘만의 공간을 마련하고 사랑을 나눈다. 어느 날 열쇠를 밖에 걸어둔 것도 모른 채 뒤엉켜 있던 그들은 문 앞에서 인기척을 느낀다. 아들 마틴이 지켜보고 있었다. 결혼할 애인과 아버지가 나체로 뒹굴고 있는 모습에 마틴은 할 말을 잃는다. 장관은 상상할 수 없는 비극을 맞이한다.

영화는 퇴폐적이고 유미적이다. 영화는 아들의 애인을

사랑한 아버지의 외골수적인 심리 묘사에 집중하는데, 솔직히 말해서 좀 비현실적이다. 오해하지 마시라. 아들의 여자를 탐한 아버지 이야기가 비현실적인 게 아니라 노년의 아버지가 터무니없이 매력적이라는 게 비현실적이라는 뜻이다. 적은 가까운 인물일수록 긴장감이 높아진다.

주인공과 가까운 인물이 빌런으로 출현하는 작품들

> ✢ 유주얼 서스펙트 (1995년, 영화)
>
> 감독: 브라이언 싱어
>
> 갈등 구도: 카이저 소제 vs 데이브 쿠얀

미국 LA에서 대규모 범죄 유혈 사태가 발생한다. 버벌은 이 사건에서 유일하게 살아남은 용의자라서 수사관 데이브 쿠얀이 그를 체포해 취조한다. 절름발이로서 몸이 불편했던 버벌은 데이브 쿠얀의 취조에 성실하게 임하고 자세하게 진술한다. 그의 말에 따르면 결국 사건의 실마리를 모두 쥐고 있는 사람은 카이저 소제라는 정체불명의 인물이다. 거대 지하 조직의 두목이 카이저 소제라는 것. 복잡한 플롯 안에서 쿠얀이 카이저 소제를 잡기 위해 고군분투하고 마침내 결말에 이 영화의 독보적 장면이 연출된다. 다리를 절던 버벌이 멀쩡하게 걸어 고급 승용차에 올라타는 것. 버벌은 쿠얀의 가족, 연인, 친구 등의 가까운 지인은 아니었지만 수사 과정에서 누구보다 의지할 만큼 지척에서 큰 도움을 주며 공조했다. 수사상 가장 지척에 있는 사람이었다는 점을 생각하면 가까운 인물 빌런에 해당할 수 있다.

현모양처 김지수와 화이트칼라이지만 남편과 사별하고 괴로워하는 이화영은 베스트프렌드이다. 화영을 측은하게 생각한 지수는 살 집을 알아봐주고 반찬을 해다 주는 등 많은 도움을 준다. 어느 날 화영이 지수의 남편 준표에게 반하고 유혹한다. 결단코 친구와 남편의 불륜을 예상치 못했던 지수는 혼란, 분노, 슬픔에 빠져 두 사람과 갈등을 이어간다. 지수 부부도 사실 남편네 집안 반대로 어렵사리 결혼했고 뜨거운 사랑의 마음으로 결혼했던 터였기에 충격이 크다. 결국 지수는 이혼을 결심한다. 이혼한 남편의 질척거림, 상처를 준 친구가 자신의 힘듦을 알아주길 바라는 아이러니 속에서 지수는 자신만의 인생을 살기로 결심한다. 이 드라마는 막장 드라마에서나 볼 법한 소재와 설정, 인간의 복잡한 심리와 삶의 비루한 일면을 배우들의 뛰어난 연기, 촌철살인 대사, 화려한 영상으로 연출하여 높은 평가를 받았다. 가장 가까운 친구가 사실은 자기 인생의 최대 빌런이 될 수 있다는 설정은 흔한 일이라는 점에서 대단히 현실적이다.

가까운 인물이 빌런이 되었을 때 고려해야 할 체크 리스트

☐ 빌런은 주인공과 얼마큼 밀접도를 유지하고 있는가?

☐ 사회적인 위치는? 그의 악행이 드러나면 사회적 지탄이 따라오는가?

☐ 주인공에게 저지르는 악행이 주변인들에게 충격을 줄 수 있는가?

☐ 주인공은 빌런을 얼마나 믿었나?

☐ 빌런이 주인공을 적대시한 계기는 무엇인가?

☐ 주변인들은 주인공과 빌런 중 누구의 편을 드는가?

☐ 주인공을 돕는 조력자는 빌런과 어떠한 관계인가?

　　조력자는 빌런을 주인공에게 다가서게 할 수 있는가?

☐ 주인공은 가까운 사이인 빌런의 악행을 사회에 공개하는가?

☐ 결말에서 빌런과 주인공은 다시 예전의 관계로 돌아갈 수 있는가?

10

빌런이 갖는
열 번째 키워드

전능

God

전지전능과
원죄

전지전능과 원죄

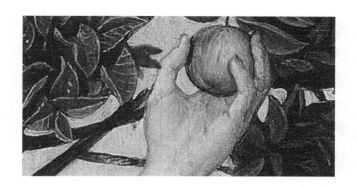

신은 이기적이다

특별한 몇몇 주인공은 신에 의해 역경에 처함으로써 단련된다. 그런데 어떤 신들은 매우 공정하지 못하다. 신은 단지 밉다는 이유 하나만으로 주인공을 조리돌린다. 그런 신은 몹시 사소한 일 때문에 분노하며 무시무시한 권능을 약해빠진 주인공에게 퍼붓는다. 신에게 미움을 사 시험에 드는 영웅들은 반영웅anti-hero의 성질을 지닌다. 다음 장에서 자세히 풀겠지만 반영웅은 어딘가 삐뚤어진 성격의 주인공을 말한다. 반영웅은 스스로 격리한 채 고독한 삶을 산다. 슈퍼맨의 클라크 켄트는 영웅이지만 배트맨의 브루스 웨인은 반영웅이다. 반영웅의 핵심은 상처다.

이러한 반영웅은 일생에 두 번 대적자를 만난다. 2차 빌런은 우리가 잘 아는 그 적들, 영웅의 신분으로 대적하는 빌런이다. 우리가 이번 키워드에서 면밀하게 살펴야 하는 것은 반영웅이 맞닥뜨리는 1차 빌런이다. 1차 빌런은 바로 신이라는 존재이다. 그 신이란 새엄마, 고아원 원장, 스승, 절대자, 아빠, 잘못 태어난 운명, 계급, 낙인 등으로 구체화할 수 있다. 지금부터 가혹하리만큼 몰인정한 1차 빌런, 다시 말해 주인공이 채 성장하지 못한 단계에서 만나는 절대자 빌런을 만나보자.

영화 〈굿 윌 헌팅〉(1997)의 대학교 청소부 윌은 상처를 가진 사내다. 어린 시절 부모에게 버림받은 그는 삶을 정상적으로 영위하지 못한다. 모처럼 찾아온 사랑도 물리쳐버린다. 윌은 반영웅이다. 그는 버림받는 것이 몹시 두렵기에 그럴 상황이 오면 외면하는 것이다. 그는 대학교수 숀에게 "그건 네 잘못이 아니다"라는 말을 듣고서야 반영웅의 틀을 벗어날 수 있었다.

반영웅은 아직 힘을 기르지 못한 시절에 고난을 주는 적을 만난다. 바로 1차 빌런이다. 그들은 주인공이 항거할 수 없는 조건에서 매몰차게 자신의 힘을 내보이는 비겁한 적들이다. 그들이 반영웅에게 끼치는 영향은 자못 크다. 윌의 1차 빌런은 부모였다. 아이에게 부모는 신이다. 윌은 부모에게 버림받은 영향으로 삐딱한 성격을 지닌 채 많은 것이 결핍된 삶을 살아왔다. 언급했다시피 윌은 부모가 자신을 버린 이유를 모른다. 신이 왜 괴롭히는지 모르는 주인공의 전형이다.

그들이 주인공을 미워하고 잔인하게 죽이려는 이유는 의외로 단순하다. "I hate you." 이유 없이 미운 것이다. 주인공은 갖은 모험을 겪으며 이 운명의 수레바퀴를 돌려야 하는 이유를 도무지 알 수 없다. 역경을 겪는 내내 "신이시여, 당신이 나를 미워하는 이유를 모르겠나이다"를 외치지만 신은? 대답하지 않는다. 왜? 신도 이유를 모르니까.

주인공은 이러한 적(신)을 물리친 후에라야 성인이 된다. 아이러니하게도 그것 때문에 진짜 적을 상대할 수 있는 무기를 얻게 되지만 몸에는 지울 수 없는 내상이 생긴다. 반영웅의 옷을 입은 것이다. 신은 관문 수호자로서 주인공을 시험에 들게 하고 단련시키는 존재가 아니다. 관문 수호자라고 하는 적들은 주인공을 성장시킬 뿐 잊을 수 없는 상처를 주지는 않는다.

신은 빌런으로서의 역할을 하며 주인공에게 트라우마를 준다. 1차 고난을 경험한 주인공이 주로 괴팍한 성격을 지니거나 반영웅이 되는 경향은 바로 이 때문이다. 신과 부모라는 적은 전지전능하다는 공통점이 있다. 전지전능에 대항하면 반드시 상처를 입게 마련이다.

태어나자마자 이들에게 미움을 산 주인공은 저주받은 자

들이다. 얼마나 재수가 없으면 그 공평하다는 신(부모)에게 미움을 살까? 하지만 그들은 그런 삶을 살아야 한다. 그들의 이런 트라우마(신 또는 부모로부터 학대받은 트라우마)는 작가에게 아주 유용한 장치가 된다. 부모에게 학대받은 어린 시절의 설정이 구체적일수록 악당이 행하는 무기를 구체적으로 만들 수 있기 때문이다. 영화 〈조커〉(2019)에서 조커의 어머니는 거부 토머스 웨인을 남편이라고 믿는다. 그런 어머니에게 학대받은 조커 역시 망상을 무기로 삼는다. 영화 〈23 아이덴티티〉(2016)의 케빈은 부모의 학대에 대응하기 위해 스물세 개의 인격을 만들어냈고 그것을 악행의 무기로 삼는다.

신이 시험에 들게 한 자들

헤라클레스는 신에게 미움받은 대표적인 고난의 영웅이다. 그에게 빌런은 헤라 여신이다. 헤라클레스는 배 속에서부터 시련을 겪었다. 제우스와 인간 여성 알크메네 사이에서 아이가 탄생할 것을 직감한 헤라는 출산의 여신에게 '저 요망한 년 배에 있는 태아를 나오지 못하게 하라'고 명령한다. 출산의 여신은 헤라의 명령대로 하고, 배 속의 아이는 도무지 나올 생각을 않는다. 알크메네는 산통만 느낄 뿐 고통스레 울부짖는다. 그러자 알크메네의 여종이 허공에 대고 "앗, 아이가 태어났다!"라고 외쳤고 그 바람에 출산의 여신이 '어랏? 그럴 리가 없는데?' 하며 잠시 한눈을 판 사이에 아기(헤라클레스)가 태어났다.

헤라 여신은 아기에게 뱀 두 마리를 보낸다. 아기를 죽이러 간 뱀들은 도리어 아기에게 목이 졸려 죽는다. 신화의 원형에서 영웅은 늘 부모에게 버림받는다. 헤라클레스의 부모도 그랬다. 어미는 아기를 버렸고 제우스는 그 아기를 몰래 데리고 와 잠든 헤라의 가슴을 열고 젖을 물린다. 곱게 곱게 젖을 빨았다면 얼마나 좋았으랴. 젖 빠는 강한 힘에 헤라는 놀라 깨어났고 품에 있던 아기를 내동댕이쳤다. 그때 흘린 젖이 은하수가 되었다. 아기는 '헤라의 영광'이라는 뜻의 헤라클레스라는 이름을 가지지만 헤라는 그런 이름조차 미워했다. 이유는? 없다. 그저 남의 자식이니까. 그것만으로 충분하다.

성인이 된 헤라클레스는 헤라 여신의 저주를 받고 광기에 사로잡힌 채 자기 자식들을 죽여버린다. 제정신으로 돌아온 그는 고통스러워하며 신탁에 의지한다. 앞으로 어떻게 살아야 할지를 묻자 신탁은 고통에서 벗어나기 위해서는 열두 가지 과업을 완수하라고 한다. 전부 헤라가 꾸민 짓이다. 그때부터 헤라클레스는 '죽도록 고생하는 주인공'의 원형이 되었다. 헤라의 저주는 그가 죽어서야 비로소 풀렸다. 헤라클레스는 죽은 후 신이 되었다. 아무런 잘못이 없는, 있다면 제우스의 아들이라는 죄밖에 없는 헤라클레스는 그리스 신화 속 영웅 중 가장 끔찍한 고생을 했다. 헤라의 저주 때문에.

전지전능과 원죄

미켈란젤로의 <천지 창조> 가운데 '아담의 창조' 부분.
신과 부모는 전지전능하다. 그렇기에 인간과 어린아이에게
두 존재는 가장 강력한 빌런이 될 수 있다.

구약 성서의 「욥기」는 욥의 일대기다. 욥이란 '박해받는 자'란 뜻이다. 욥도 신의 미움을 받아 죽도록 고생하는데, 헤라클레스와 달리 그의 고생에는 의미가 부여된다. 욥은 '선한 자의 고통'을 대변한다. 욥을 괴롭히는 존재는 사탄이 아니라 신이다.

신과 사탄이 욥을 두고 경배하는 마음에 관한 내기를 하는데 사탄이 욥의 재산을 빼앗으면 신을 원망할 거라고 말하자 신은 두고 보자고 한다. 신은 욥의 재산을 빼앗고 자식을 죽이고 집까지 없앤 후 그의 행실을 지켜본다. 욥은 신을 원망하지 않는다.

사탄이 다시 신에게 욥의 몸에 상해를 가하면 욥은 신을 원망할 것이라고 말하자 신은 그에게 병을 내린다. 모두가

욥이 무슨 죄가 있어서 그런 고통을 받는지 한탄한다. 하지만 어쩌랴, 신이 행하시는 일인데. 급기야 욥도 왜 이런 끔찍한 고통을 내리는지 이유라도 알고 싶다고 하지만 신은 무섭게 그를 꾸짖는다. 신이 하는 일은 옳고 그름의 가치를 따져서는 안 된다는 것. 인간의 잣대로 보면 신은 선량한 욥에게 무지막지한 해를 입혔다. 이는 '신은 왜 착한 사람에게 고통을 주는가'의 원형이다. 인간은 선하더라도 고통받을 수 있으며, 신의 뜻을 감히 인간의 머리로 평하고 인간 세상의 선과 악의 잣대로 들이대서는 안 된다는 것이다. 나는 착하게 살았는데 왜 나쁜 일만 생기는가에 관한 물음은 우리에게 현실을 직시하게 한다. 권선징악은 오직 인간과 인간 사이의 일일 뿐이다. 욥은 신에게 머리를 조아렸고 신의 뜻대로 자신을 내려놓았다. 신은 그에게 다시 행복을 주었다. "네 시작은 미약하였으나 끝은 창대하리라"라는 유명한 말이 「욥기」에 나온다.

주제 사라마구의 장편 소설 『카인』(2009)에서는 더 용감하게 신에게 대드는 인물 카인을 볼 수 있다. 카인은 동생 아벨을 죽인 인류 최초의 살인자이다. 카인과 아벨은 성실하게 지은 첫 소출을 신에게 바치며 경건하게 연기를 피웠다. 아벨의 연기는 하늘로 올라갔다. 신이 아벨의 경배를 받은 것이다. 그러나 카인의 연기는 피어오르다 허리춤에서 흩어진다. 이는 신이 그를 미워한다는 의미였다.

카인은 여러 번 연기를 피웠고, 여러 날에 걸쳐 다시 곡식을 바쳤다. 신은 역시 받아들이지 않는다. 카인은 도무지 이해할 수 없었다. "왜 그러셔요? 저는 아무런 죄가 없어요. 저는 정성껏 곡식을 키워 신에게 신심을 다해 바쳤어요. 왜 저를 거부하시는 겁니까? 왜요?"

그의 물음에 신은 대답이 없다. 카인은 동생을 동굴로 데리고 가 죽인다. 그러자 신이 나타났다. 그들은 대략 다음과 같은 대화를 나눈다.

신: 왜 동생을 죽인 거냐?

카인: 죽였죠. 하지만 당신 때문입니다.

신: 나 때문이라고?

카인: 내가 죽였지만 실은 당신이 아벨을 죽인 것과 다름이 없습니다. 당신이 내 제물을 받아주었다면 나는 동생을 죽이지 않았을 겁니다.

신: 그것은 널 시험하기 위해서였다.

카인: 웃기지 마세요. 당신이 창조한 나를 왜 시험한단 말입니까?

신: 이놈아. 그럼, 사람을 죽인 게 잘한 일이냐?

카인: 흥. 당신은 지켜보고 있었잖아요. 당신이 완전무결한 분이라면 그것도 막을 수 있었을 겁니다. 그러니 당신은 어떤 목적을 가지고 일부러 내버려둔 거죠. 인간이 당신 이름으로 지은

마리오토 알베르티넬리가 그린 〈카인과 아벨의 희생〉.
신이 카인의 소출을 받지 않는 이유는 아무도 모른다.

죄에 관하여 모든 책임은 당신께 있습니다. 당신이 만드셨으니
까요.

카인은 신에게 바락바락 대든다. 이후 카인은 신의 뜻에
따라 이마에 표식을 받고 이리저리 떠도는 신세가 된다. 카
인은 욥과 달리 좀 더 적극적으로 자신을 대변한다. 욥은
'마음대로 하소서. 당신은 감히 인간에게 선과 악을 판별당
할 분이 아닙니다'라고 조아리는 반면 카인은 '난 죄가 없다.
당신은 무엇 때문에 나를 골탕 먹이는가. 내가 죄인이라면
날 만든 당신도 책임이 있다'는 논리를 내세운다.
　신이 카인의 제물을 받지 않은 이유에 대해서는 여러 가
지 해석이 있다. 카인의 천성이 나쁘기 때문이라는 말도 있
고, 카인이 동생보다 정성을 들이지 않아서라는 말도 있다.

　　　　　　　　　전지전능과 원죄

하지만 진짜 의미는 신만이 안다. 분명한 것은 카인의 처지에서 신은 빌런이다. 신은 전지전능하기에 인간에게 무소불위의 힘을 행한다. 인간은 그런 신에게 따져봤자 고통만 더할 뿐이다.

'데우스 엑스 마키나deus ex machina'라는 말은 희극에서 신이 나타나 모든 갈등을 해소해버릴 때 쓴다. 아리스토텔레스는 『시학』에서 사건은 필연적이어야 하고 데우스 엑스 마키나에 의존해서는 안 된다고 주장했다. 이를테면 이야기 속에서 내내 주인공을 괴롭히던 존재가 갑자기 병으로 죽어 주인공은 행복해진다는 결말의 설정이다. 사건을 신이 단번에 해결해버린다는 이 데우스 엑스 마키나는 신이 화를 낼 때도 사용된다.

신도 적이 될 수 있다. 그리고 그 적은 제멋대로이다. 신의 미움에 합리적인 이유를 묻지 마라. 신이 빌런이 될 때 주인공은 영락없이 상처를 입는다. 주인공은 왜 자신을 미워하는지 묻지만 적은 속 시원하게 대답해주지 않는다.

아이를 배신한 부모

부모는 희생하는 존재일까? 잊을 만하면 부모에게 학대받고 죽은 아이들의 이야기가 기사화된다. 아이에게는 부모가 곧 신이다. 그런 부모가 아이를 적대시하면 어떻게 될까. 여기 부모에게 배신당한 아이들이 있다. 이들은 부모를 빌런으로 삼았다. 아니 부모가 이들을 적으로 삼았다.

토드 필립스 감독은 영화 〈조커〉(2019)에서 조현병인 어머니가 어린 조커를 학대한 이유를 밝히지 않는다. 당시 조커는 어렸고 어머니는 어른이었다. 아버지가 없는 조커에게 어머니는 신과 같았다. 그는 신에게 학대를 받은 것이다. 왜 학대했을까? 우는 아들 때문에 바에서 만난 남자와 섹스를 하지 못했을 수도 있다. 아들의 눈이 자신을 버린 남편의 그것과 꼭 닮아서일 수도 있고 버림받은 자신의 눈과 닮았기 때문인지도 모른다. 학대 이유는 오직 그녀만 안다. 어머니, 전지전능한 그 존재는 굳이 이유를 들며 행동하지 않기에 조커는 왜 당하는지 모른다. 전지전능한 존재가 빌런이 될 때는 이유를 의심하려 들지 않아도 된다. 그들(전지전능한 존재)에게 괴롭힘을 당한 주인공이 그 경험을 잊지 않고 기억한다면 충분하다.

작가나 작가 지망생들은 '어? 신이라고 해서 주인공을 괴롭히는 이유를 그렇게 단순하게 처리해도 되나?'라고 의문을 품는 경우가 많은데 그것을 고민할 시간에 다른 캐릭터가 행동하는 동기를 더 강화하는 것이 유리하다. 신이나 부모가 주인공을 괴롭히는 이유는 생각보다 사소하거나 원초적이거나 혹은 별 이유가 없기 때문이다.

이아손의 아내 메데이아는 태양의 신 헬리오스의 손녀이다. 메데이아는 마녀 키르케의 조카였고 그녀 역시 마녀였

영화 〈조커〉에서 노모를 보살피는 주인공.
그는 어린 시절 어머니에게 학대받았다.
감독은 그 이유를 밝히지 않는다.

다. 메데이아의 아버지 아이에테스는 콜키스의 왕이었다. 콜키스에는 하늘에서 내려온 숫양의 황금 양털이 보관되어 있었다. 아르고호 원정대가 콜키스에 왔다. 원정대를 이끄는 이아손은 황금 양털을 가져가려고 했다. 그것을 내주고 싶지 않았던 콜키스의 왕 아이에테스는 이아손에게 불을 내뿜는 황소에게 멍에를 씌우고 황금 양털을 지키고 있는 용의 이빨을 밭에 뿌리라고 했다. 이아손은 왕의 딸인 메데이아의 도움으로 과제를 수행하고 양털을 가지고 떠난다. 물론 메데이아도 이아손을 따른다. 사랑하는 남자를 위해 조국과 아버지를 버리고 남동생까지 죽였다.

메데이아는 이아손과 함께 코린토스에 정착해서 결혼하고 두 아들을 낳았다. 메르메로스와 페레스이다. 두 아들을 낳기까지 메데이아는 현모양처였다. 이아손 앞에 닥치는 고난을 늘 앞장서서 막아주고 대신해주었다. 남녀 사이에서 일어나는 불행의 책임은 주로 남자에게 있는 법. 이아손과 메데이아도 그랬다. 그즈음 이아손은 바람기가 돌았다. 이아손은 코린토스 왕 크레온의 딸과 결혼하려 했고, 크레온은 그런 이아손을 받아들이기 위해 메데이아를 추방하려고 했다.

두 아들과 버림받은 메데이아는 화가 치밀었고, 이아손에게 복수할 방법을 찾는다. 그녀는 크레온 왕과 딸을 죽인다. 남편이 장가들려던 연적을 죽인 것이다. 여기까지는 삼각관계에서 버림받은 여인이 할 수 있는 비교적 흔한 복수다. 그러나 메데이아는 거기서 한 발 더 나아간다. 메데이아는 이아손에게 고통을 주기 위해 두 아들까지 살해한다. 두 아들을 복수의 도구로 사용한 것이다. "이아손은 내 몸으로 낳은 아이들의 살아 있는 모습을 절대로 보지 못할 것이다." 두 아들을 잃어버린 이아손은 가슴을 쥐어뜯으며 슬퍼하고, 메데이아는 할아버지 헬리오스의 전차를 얻어 타고 홀연히 하늘로 날아가버린다.

메데이아 콤플렉스는 부모와 자녀 간의 적대적인 관계를 일컫는 말이다. 아이 때문에 남편을 잃은 여자, 딸을 낳았다는 이유로 소박을 맞은 며느리, 자식 때문에 꿈을 포기해야 하는 여자 혹은 남자. 그들은 전부 자식을 원망하고 미워한다. 자식은 삶의 희망이기도 하지만 짐이기도 하다.

소설 『인 더 백』(2019)의 주인공 동민은 유일한 혈육인 여섯 살 난 아들을 등에 멘 125리터짜리 캘티 가방에 넣고 길을 걷는다. 백두산이 터지고 식인자가 들끓는 종말의 한반도. 아이를 지키기 위해 그는 고군분투한다. 아이를 지키는 것은 자신의 생존과도 밀접하다. 그는 수시로 과거를 회상한다. 종말이 오기 전 그는 가난한 작가였다. 아들은 그와 아내에게 짐이었다. 그들 부부는 아이가 없었다면 이렇게 곤궁하지 않았을 것이다. 동민은 생활비를 구하기 위해 아끼던 책을 여행용 가방에 넣고 다니며 판다. 책장에서 책을 꺼내 가방에 담으려는 순간 아무것도 모르는 아들은 여행용 가방 안에 들어가 앉아 뱃놀이 흉내를 내고 있다. '내가 이 빌어먹을 꼬맹이 때문에 이 소중한 책들을 팔아야 하는가?' 동민은 가방 뚜껑을 닫고 아이를 가둬 죽이려 한다. 동민은 메데이아 콤플렉스를 가진 존재이다.

신화에서 조국과 아버지를 배신하고 남동생까지 죽이면서 이아손을 따라갔던 메데이아가 이아손에게 당한 배신의 강도는 자신의 사랑을 뛰어넘은 것이었다.

로댕에게 버림받은 카미유 클로델은 정신 병원에 감금되다시피 한다. 동생이 그렇게 조치한 것이다. 동생 폴 클로델은 유명한 시인이기도 하다. 그녀를 병원에 가둔 사람은 동

1880년 마리 스튜디오에서 조각하고
있는 카미유 클로델의 모습이다.
그녀는 1차 빌런인 어머니에 의해 평생
병원에 갇혀 있어야 했다.

생이었지만 그 뒤에는 어머니가 있었다. 어머니는 태어날
때부터 카미유를 싫어했다. 카미유를 낳기 전 사내아이를
낳았지만, 생후 2주 만에 목숨을 잃었다. 이후 두 번째 아이
를 갖게 되었고, 아들을 바랐지만 태어난 아이는 딸이었다.
실망한 그녀는 딸을 남자 이름인 카미유라고 이름 지었다.

　딸은 말이 없었고 얼굴은 어딘지 모르게 우울한 빛이 가
득했다. 여타의 소녀처럼 애교를 부리지도 않았고 묻는 말
에 대답도 하지 않았다. 게다가 소아마비로 절름발이가 되
었다. 아이는 그저 마당에서 흙을 만지며 혼자 노는 것만 좋
아했다. 카미유에게 따뜻하게 대한 사람은 오직 아버지뿐

전지전능과 원죄

이었다. 딸은 유명한 조각가 로댕의 수하에 들어가 그를 도왔다. 당시 여자가 조각 예술을 한다는 것은 굉장히 드문 일이었다. 카미유의 어머니는 그것도 못마땅해했다. '저 아이는 대체 무슨 생각으로 저렇게 사는 것일까?'

카미유는 로댕의 아이를 가졌지만 낙태했다. 이후 로댕으로부터 독립해서 작품에 매진했지만, 예술가로서 환호받지 못했고 점점 나락으로 빠졌다. 그녀는 빈곤에 둘러싸여 살았다. 급기야 자신의 모든 불행이 로댕 탓이라며 히스테리를 부리고 정신 착란을 일으킨다. 로댕은 그녀로부터 급격하게 멀어졌다.

카미유의 어머니는 그녀를 저주받은 아이라고 생각했다. 아들이 아니었기 때문이다. 어머니는 동생 폴을 시켜 카미유를 몽드베르그 요양소에 감금했다. 카미유는 정신병이 아니었다. 늘 상대방의 의지에 이용당했고 그것을 뒤늦게 깨닫고는 분출하는 감정을 표현하는 데 서툴렀을 뿐이다. 그녀는 어머니와 동생에게 병원에서 꺼내달라고 편지를 보냈다. 어머니는 답하지 않았다. 그녀는 어머니에게 왜 나를 미워하냐고 묻는다. 역시 답은 돌아오지 않았다.

어머니는 평생 그녀를 찾지 않고 죽었다. 어머니가 죽었지만 카미유는 그곳에서 나오지 못했다. 동생 폴은 1년에 한두 번 그녀를 만났다. 1943년 카미유는 79세의 나이로 요양소에서 숨을 거뒀다. 그곳에서 30년을 보낸 카미유의 진짜 적은 로댕이 아니라 그녀에게 한 번도 사랑을 주지 않은 어머니였다.

카미유는 자신의 2차 빌런이자 본질적 빌런, 로댕을 만나기 이전에 1차 빌런인 어머니에게 큰 내상을 입었다. 사랑받지 못한 아이가 자라면 사랑에 서툰 법. 로댕을 사이에 둔 삼각관계의 틀에 섰을 때 연적 로즈 뵈레(로댕의 애인)처럼 대등한 입장을 내보이지 못한 것도, 배 속 아이까지 지우면서 로댕과 만났다가 헤어지는 일을 반복하고 결국 버림받았다는 자책에 속절없이 히스테리만 부린 것도, 화단에 자신의 예술성을 피력하지 못한 것도 어찌 보면 1차 빌런인 어머니로부터이다.

비록 그때가 여성에게 불리한 시대였을지라도 카미유가 외향적인 인물이었더라면 더 화려한 삶을 살았을 것이다. 로댕에게도 멋지게 복수했을지도 모르겠다.

아이를 버린 부모는 동양에도 존재한다. 『사기史記』의 「본기本紀」 중 '항우 본기 편'에서 유방은 저 혼자 살려고 아이들을 수레에서 내던진다. 한왕 유방은 초나라 항우의 군사들에게 쫓기고 있다. 초나라 군사들은 황허강의 한 줄기인 영벽靈璧의 동쪽 수수睢水까지 쫓아왔고 유방은 데리고 온 군사 10만을 전부 잃었다. 초군에게 둘러싸였을 때 사방이 어두워지며 바람이 불자 잠시 초군이 허둥지둥했다. 그사이 유방은 주특기를 발휘해 달아났다. 달려라, 달려. 목숨부터 살

전지전능과 원죄

고 봐야 한다. 유방의 가족들은 패현(강소성과 산동성 경계 지역)에서 기다리고 있었다. 유방은 패현에 들러 아들 효혜와 노원을 수레에 태우고 계속 달렸다. 그러나 초나라 군사들의 기마술은 뛰어났다.

덜미를 잡힐 듯하자 유방은 아들들을 수레 아래로 냅다 던져버렸다. 초군들이 당황할 때 간격을 넓히려는 것이다. 한 번도 아니고 여러 번. 그럴 때마다 함께 달리던 신하 등공이 아들들을 구했다. 아들을 주워 유방의 수레에 태웠다. 유방은 위급할 때마다 아들을 던졌다. 그때마다 효혜와 노원을 구한 등공이 결국 따졌다. "아니, 상황이 아무리 급해도 그렇지 아들을 미끼로 버립니까?"

유방은 황제가 될 재목이어서 인정에 초연한 것일까? 아니면 천하의 나쁜 놈이라서 그랬을까? 이유를 알 수 없다. 사마천은 유방이 뭐라고 대꾸했는지 『사기』에 기록하지 않는다. 자기가 살려고 한 짓임이 분명하지만, 유방 정도 되는 인물이라면 다른 뜻이 있으리라 짐작하기도 한다. 분명한 것은 그런 짓거리도 범인凡人 아닌 유방이기에 가능한 일이다. 신은 자신의 잘못을 탓하지 않는다.

조선의 21대 왕 영조는 한순간 세자에 대한 신뢰를 거두었다. 사도세자는 그런 아버지에게 묻는다. "왜 저를 미워하시나이까." 영조는 분명한 대답을 해주지 않는다. 후세들은

영화 〈사도〉의 한 장면. 영조의 모습이다.
사도세자에게 영조는 왕이자 부모이며
신이었다. 신의 미움에는 이유가 없다.

노론과 소론의 대립, 영조의 출생 콤플렉스, 사도세자에 대한 기대가 과도했다는 등 여러 가설을 내놓지만, 이유는 단순하다. 아들이 밉기 때문이다. 자식이라고 해도 이유 없이 미울 때가 있다.

신의 미움에 감히 이유를 달지 말아야 한다. 여호와가 욥을 내칠 때도 이유는 없었다. 영조도 그랬다. 사도세자는 조현병을 앓고 있었다. 그는 불안증에 시달렸고 심약했다. 세자는 궁 안에서 100명이나 되는 내관들을 제멋대로 죽였다. 아비는 그런 아들이 못마땅했다. 아니 차라리 잘되었다 싶었다. 저놈이 밉다. 그러니 바꿔야겠다. 나는 왕이니까. 왕은 이유를 대지 않는 법이다. 죽여라. 사도세자는 그렇게 죽고 영조는 세손을 더욱 귀여워했다. 아버지가 범인이었

전지전능과 원죄

다면 저런 식으로 아들을 죽이지 못했으리라. 아버지가 왕이었기에, 부모이자 신이었기에 가능한 일이다.

강간으로 태어나다

신, 부모와 함께 주인공이 자신에게 가해지는 박해에 감히 질문하지 못하는 요소가 또 있다. 바로 원죄original sin이다. 원죄는 배 속에서부터 죄를 가지고 태어난 것이다. 원죄는 아담과 이브가 선악의 사과를 먹고 인류가 죄로 물들었다는 신학의 명제이다. 원죄는 아담의 후손에게 적용된다. 원죄는 나의 잘못이 아니다. 아담의 후손인 인류는 선조의 잘못에 연대 책임을 지고 죄를 입은 것이며 평생토록 신에게 사죄해야 한다. 역시 분통 터질 일이지만 그들이 신에게 부당하다고 항변할 수 없다.

이사카 고타로의 소설 『중력 삐에로』(2003)에 나오는 주인공 하루는 파블로 피카소가 죽던 날 태어난다. 하루는 두 살 위의 형 이즈미와 아버지, 어머니와 함께 살았는데 평범한 부모님이나 형과 달리 굉장히 특이한 존재이다. 잘생기고 그림도 잘 그리고 똑똑하지만 성적 행위를 지독히 혐오한다. 잘생긴 하루에게 반한 여학생들이 접근하면 매몰차게 무시한다. 하루는 성인이 되어서도 섹스에 관한 일이라면 결벽증에 걸린 사람처럼 거부한다. 하루는 어머니가 강간당해 낳은 아이였기 때문이다.

가족은 친자식, 친형제처럼 대하지만 하루는 다르다. 그는 늘 상실감에 젖어 있고, 자신이 가진 유전자를 의식한다. '강간범의 피가 내 몸에 돌고 있어.' 그 빌어먹을 유전자는 인간이 늘 중력에 갇혀 있듯 자신을 가두는 원죄였다.

하루의 가족(아버지, 어머니, 형)은 그림에 소질이 없다. 그러나 하루는 그림을 무척 잘 그린다. 하루는 그런 재능에도 주눅이 든다. 마음씨 고운 아버지는 이렇게 말한다. "네가 그림을 잘 그리는 이유는 피카소가 죽은 날 태어났기 때문이야." 소설은 강간으로 태어난 하루의 행동과 의식을 담담하게 추적한다.

『중력 삐에로』는 자신의 몸을 구성하고 있는 한 조각인 강간범의 유전자 때문에 얽히고설키는 하루의 감정과 행동을 차분하게 보여준다. '아무리 진부한 범죄라도 그것 때문에 한 번뿐인 인생이 마구 뒤틀리고 있다.' 하루는 별생각 없이 엄마를 강간한 유전적 친부에게 인생을 걸 만큼 고통스러운 분노를 느낀다. 과연 하루는 자신의 원죄를 극복할 수 있을까.

죄인의 자식이라는 원죄

야밤에 임금이 시퍼런 칼을 뽑아 들고 대왕대비전 방문을 발로 찼다. 대비는 임금의 어머니이고 대왕대비는 임금의 할머니를 지칭하는 말이다. 임금이 들어오자 궁녀들이 늙은 대비를 둘러싸고 막았다. 임금이 칼을 들어 올리자 궁녀들을 살리기 위해 대비가 튀어나왔다. 대비는 손자에게 일갈한다. "주상, 칼을 잡고 들어온 목적이 이 할미가 아니오. 애꿎은 궁녀들을 왜 죽이려 드시오." 그러자 화가 머리끝까지 치오른 임금은 노인네의 가슴에 머리를 들이받아버렸다.

연산군이 할머니 인수대비를 직접 머리로 들이받았다는 일화는 야사에 나오는 이야기지만, 아무튼 그날 밤 무서운 일이 있었던 것은 사실인 모양이다. 그 증거로 그날 밤 임금(연산)은 아버지 성종의 후궁 두 사람을 때려죽였다. 귀인 정 씨와 귀인 엄 씨는 족보상 연산의 어머니뻘 되는 사람들이다. 그것도 그녀들의 아들(배다른 동생)을 시켜 묶인 어미를 때리게 했다. 귀인 정 씨와 귀인 엄 씨는 인수대비와 함께 연산의 어머니 윤 씨를 폐서인한 자들이었다. 연산군은 할머니 인수대비는 어쩌지 못해도 어머니를 죽인 두 여자를 제 손으로 박살 낸 것이다.

연산은 인수대비에게 이렇게 말한다. "할머니께서 우리 어머니를 죄인으로 만드셨지요? 그리고 저를 임금의 자리에 앉히셨습니다. 소손은 죄인의 자식입니다. 고로 소손이 죄인입니다. 죄인이 제멋대로 행동하는 게 뭐 어때서요?"

연산은 성군이 될 수 없었다. 그는 옥좌에 오를 때부터 할머니가 씌워준 죄인의 자식이라는 멍에를 써야 했기에 그렇다. 인수대비는 폐비 윤 씨의 아들 융(연산군)을 임금 자리에 앉힌 것이 큰 실수였다고 한탄한다. 인수대비가 누구인 가. 남자로 태어났다면 임금이 되고도 남았을, 천부적 정치 능력을 지닌 세조의 며느리 한 씨이다.

성종 대代가 태평성대인 것은 자못 인수대비의 정치력이 한몫했다. 성종은 효자였을지언정 성군은 아니었다. 실록 에서 수많은 신하가 성종의 덕을 칭송하고 있으나 그는 어 머니 인수대비의 치맛자락에 폭 싸인 지질함의 극치를 달 리는 임금이었다.

성종이 태종(29명)과 함께 가장 많은 자식(28명)을 만든 왕인 것도 다 이유가 있었다. 왕은 종묘와 사직을 지킬 의무 가 있다. 지키는 방식은 왕자의 생산이다. 왕은 많은 자식을 낳아야 종묘에 그 역할을 다했다고 할 수 있다. 조선 후기 철 종이나 순종을 보더라도 대가 끊기면 왕조도 끝난다. 성종 이 자식을 많이 둘 수밖에 없었던 이유는 어머니 인수대비 가 정치를 전담하다시피 했기 때문이다. 한명회 등 훈구대 신과 힘겨루기를 한 사람은 성종이 아니라 인수대비였다. 성종이 할 일이라곤 그저 이곳저곳 처소를 다니며 후궁을 안고 아이를 낳아대는 것뿐이었다. 뭐 그것도 임금의 역할 이었으니 할 말은 없다.

그런 성종이 중전 윤 씨와 낳은 아들이 세자 융이었다. 중 전 윤 씨가 왕의 얼굴에 흉터를 낼 만큼 투기가 심했다고 기 록되어 있으나 그것은 패자의 기록일 터. 중전은 내명부를

　　　　　　　　　　　　전지전능과 원죄

다스릴 책무가 있었고 그러자면 시어머니가 장악하고 있던 곳간 열쇠를 받아내야 했다. 하지만 호랑이 같은 시어머니 인수대비가 그런 중전의 도전을 가만히 둘 리 없다. 중전은 폐서인이 되었고 사약을 받았다.

전략가 인수대비가 윤 씨를 폐했다면 그 아들도 폐했어야 했다. 하나 그녀는 그렇게 하지 않았고 폐비 윤 씨의 아들이 왕이 되었다. 연산은 어머니의 죽음을 알고부터 죄인의 자식이 되어야 했다. 왕권이라는 것은 조금의 흠결도 자리를 위협한다. 죄인의 자식이 된 연산은 어머니를 죽인 자들을 모조리 살육한다. 갑자사화이다. 아버지 성종과 할머니 인수대비가 주동자였지만 대궐 바닥에는 매일 다른 이들의 핏물이 줄줄 흐른다.

후세가 폭군이라고 말하는 연산의 광증은 원죄 때문이었다. '죄인의 자식'이라는 원죄가 없었다면 그는 성군은 못 되었더라도 조선 10대 왕으로서 당당히 묘호는 받았을 것이다.

1차 빌런은 주인공이 어릴 때 심각한 내상을 입힌다. 그들은 신이고 부모이고 왕이다. 원죄이고 출생의 비밀이기도 하다. 주인공은 그것에 감히 항변할 수 없다. 그들을 만났을 당시 물리적으로 저항할 수 없는 상태였기에 그렇다. 주인공은 그들의 미움을 평생 지고 가야 한다. 왜 나를 미워했느냐고 물어봐도 그들은 대답해주지 않는다. 주인공은 그들로 인해 얻은 상처로 전형적인 악당의 특징에서 벗어난다. 본론에서 만나는 2차 빌런보다 서론에서 만나는 1차 빌런이 주인공을 더 아프게 한다.

신은 이유를 대지 않는다. 그래서 신이 적이 되면 주인공은 고달프다. 명심하라. 강력한 존재는 무조건 이기적이다.

✤ **오디세이아** (기원전 6세기경, 서사시)

지은이: 호메로스

갈등 구도: 포세이돈 vs 오디세우스

바다의 신 포세이돈은 판테온의 12주신 중 하나이며 제우스 다음가는 서열을 지닌 신이다. 그는 크로노스의 세 아들 중 하나로 형 제우스(하늘)와 동생 하데스(지옥)와 함께 세상의 3분의 1인 바다를 차지했다. 그의 삼지창은 제우스의 번개창과 비교해도 전혀 밀리지 않는다. 그럼에도 그리스 신화에서 포세이돈의 위상은 여타의 신보다 비중이 낮다. 깊은 바다라는 동떨어진 곳에서 주석하는 그는 올림포스산에 찾아올 일이 드문 까닭이다. 그는 거친 바다의 속성처럼 까다롭고 다혈질이며 매섭다. 또 어떨 때는 잠잠한 바다처럼 아무 일에도 신경 쓰지 않기도 한다. 포세이돈은 형 제우스와는 다르다는 것을 보여줄 참인지 자식들을 끔찍이 아꼈다.

외눈박이 괴물 키클롭스들은 섬에 살고 있었다. 그중 폴리페모스라는 키클롭스는 다른 키클롭스와 떨어져 혼자 양을 키우며 살고 있었는데 트로이 전쟁을 끝내고 이타카로 돌아가던 오디세우스를 가둔다. 오디세우스는 동굴을 탈출하기 위해 폴리페모스의 눈을 찌른다. 문제는 폴리페모스가 포세이돈의 아들이란 점이다. 오디세우스는 포세이돈의 저주를 받아 10년 동안 고향 이타카에 돌아가지 못하고 죽도록 고생한다. 제우스도 그만하면 불쌍한 오디세우스를 돌려보내주라고 했지만 포세이돈은 꿈쩍도 하지 않았다. 오디세우스가 포세이돈이라는, 그리스 신 중에서 두 번째로 강한 신의 노여움으로 갖은 고생을 하는 이야기가 바로 대서사시 「오디세이아」이다. 포세이돈이 아들을 장님으로 만든 오디세우스를 응징하는 일이야 크게 이상할 것은 없지만 오디세우스가 저지른 일에 비해 너무 가혹한 시련을 주었다는 것이 주목할 점이다. 굳이 포세이돈을 이해하자면 형 제우스에게 느끼는 자격지심의 발로일지도 모른다. 트로이 전쟁에서 제우스는 중립을 지킨다면서도 은근히 트로이군을 지원한 반면 포세이돈은 노골적으로 그리스군을 지원했다. 오디세우스는 신에게 과도한 미움을 받은 대표적인 영웅이다.

❖ **아무도 모른다** (2004년, 영화)

감독: 고레에다 히로카즈

갈등 구도: 아키라와 동생들 vs 엄마

엄마는 집을 나가고 딱 한 번 집에 왔다. 엄마는 얼마간의 돈을 맏이 아키라에게 건네고 크리스마스 전에 돌아오겠다고 말한다. 엄마는 돌아오지 않았다. 아키라는 동생들과 지낸다.

전지전능과 원죄

돈은 금세 바닥났다. 먹을 것이 떨어지자 인근 편의점에 유통기한이 지난 음식들을 얻어먹인다. 아키라는 엄마에게 전화를 건다. 엄마는 어제 헤어진 듯 말한다. "무슨 일 있니? 금방 갈게." 아키라는 엄마가 책임감을 버렸다는 것을 깨닫는다. 아키라와 교코는 최선을 다해 동생을 돌보지만 부모 부재의 한계를 느낀다. 급기야 어느 날 막냇동생 유키가 싸늘한 채로 발견되었을 때도 아키라와 교코는 눈물을 흘리지 못한다.

영화 <아무도 모른다>는 부모에게 버림받은 네 명의 남매 이야기이다. 극 중 아키라의 엄마는 무슨 이유로 아이들을 버렸는지 자신의 의중을 구체적으로 드러내지 않는다. "엄마는 행복하면 안 되니?"라는 말로 자신만의 삶을 원하는 것으로 보이지만 수화기 너머로 들리는 목소리로 봐서는 또 누군가에게 의지하며 사는 것 같다. 아키라와 동생들은 엄마에게 그 어떤 이유도 듣지 못한 채 버려졌고 고통스러운 나날을 보낸다.

신적 존재가 빌런일 때 고려해야 할 체크 리스트

☐ 신(부모)도 빌런이 될 수 있는가?

☐ 주인공은 어린 시절 부모나 부모와 같은 존재에게 학대받은

경험이 있는가?

☐ 주인공의 신(부모)은 자비로운 존재인가?

☐ 신(부모)은 당신의 주인공에게 절대적인 영향을 미치는가?

☐ 신(부모)이 당신의 주인공을 싫어하는 데에 특별한 이유가 있는가?

☐ 주인공은 신(부모)에게 대항하는가?

☐ 빌런이 된 신(부모)에게 상처받은 주인공은 인생의 2차 빌런을

만났을 때 어떻게 되는가?

☐ 주인공은 신(부모)의 원죄적 만행을 극복할 수 있는가?

11

양면성

Double Face

가면을 쓴 악당, 본질에 가까워지다

가면을 쓴 악당, 본질에 가까워지다

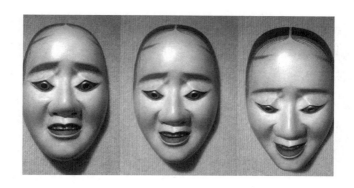

비슈누의 얼굴

우리는 빛을 선善이라고 여긴다. 빛은 에너지이며 사물을 밝게 하고 세상을 안락하게 만든다. 그렇다면 어둠은? 어둠은 나쁜 것일까? 흔히 어둠을 악으로 상징하지만 어둠도 존재 가치가 있다. 창조하는 것은 곧 파괴하는 것이다. 집을 짓기 위해서는 산을 먼저 깎아내야 한다. 새 지식을 얻으려면 기존 지식을 버려야 한다. 창조가 있으려면 파괴가 수반되어야 한다. 그렇다면 어둠은 빛의 반대가 아니라 빛을 받아들이는 요소가 아닌가? 칠흑 같은 우주 공간에서 빛을 가진 행성이 왜 아름다운가? 어둠은 빛을 소멸하는 것이 아니라 빛을 존재하게 한다. 사실 우리는 빛보다 어둠에 더 익숙하다. 자궁에서 세상으로 나올 때 우는 이유도 빛이 싫어서다. 그러나 곧 빛에 적응하고 빛을 숭배하며 어둠을 미워한다.

여기 어둠 편에 서고자 하는 자들이 있다. 그들은 빛보다 더 넓고 광활하고 깊은 것이 어둠이라고 주장한다. 우주 만물의 근원이 어둠이며 자신들은 그 파장과 맞닿아 있다고 느끼지만 선뜻 그 사실을 말할 수 없다. 당당하게 어둠 편에 서고 싶지만 그럴 수 없다.

악당은 악이 인간의 본성에서 선보다 지분이 많다는 것을 알고 있는 자들이다. 그들은 어둠을 숭배한다. 그러나 대놓고 내색하지 않는다. 빛을 숭배하는 자들에게 들키면 위태롭기 때문이다. 그들은 빛에 속하고 싶진 않다. 빛과 어둠의 중간 지대가 있다면 거기에 서 있으련만. 어둠에 속하지 않은 채 빛을 거부할 수 있다면 빛을 숭배하는 자들로부터 자신을 보호할 수 있다.

힌두교는 그 점을 잘 알고 있다. 창조의 신 브라흐마Brahma와 파괴의 신 시바Shiva 사이에는 비슈누Vishunu가 존재하기에 그렇다. 비슈누는 창조와 파괴 사이에서 균형을 유지하는 신이다. 브라흐마, 시바, 비슈누는 힌두교의 삼주신이다. 브라흐마와 시바는 자신들 사이에 존재하는 비슈누를 경모하기로 한다. 악마들은 주로 비슈누의 옷자락 뒤에 숨어 있

힌두교의 삼주신, 시바(좌), 비슈누(중), 브라흐마(우).
아무래도 비슈누가 우주의 중심으로 보인다.

다. 시바는 물론이거니와 브라흐마 역시 비슈누의 지대에 존재하는 악마를 인정하고 그들을 위협하거나 은총을 내려 준다.

그런데 재미있는 것은 오직 비슈누만이 악마와 거래하지도 은총을 내리지도 않는다. 비슈누는 악마를 무시한다. 빌런이 머무르기에 이보다 좋은 장소가 또 어디에 있을까. 잘 만들어진 빌런 캐릭터는 선악의 구분이 모호하다. 악을 거부하는 모양새를 지니며 중간 지점에서 선을 옹호하듯 행동하려 한다. 비슈누의 가피를 얻으며.

그렇다면 그들이 중립을 선언하는 것인가, 천만에. 그들은 중립에 관심 없다. 그들이 사랑하는 것은 어둠이다. 천

가면을 쓴 악당, 본질에 가까워지다

착하고 사모하는 것은 '근원의 악'이다. 하나 그들은 절대로 어둠의 자리에 서지 않는다. 표적에게 들키기 때문이며 악을 행하는 데 방해가 되기 때문이다. 그들은 어둠으로 들어오지 않고 중립에 머무른다. 대신 가면을 쓴다. 가면을 쓰는 순간 빛을 마음껏 증오할 수 있다. 우리는 그것을 '비슈누의 얼굴', '비슈누의 가면'이라고 부른다.

우리 안에도 빛과 어둠이 있다. 빛만 숭배하고 어둠을 무시하면 우리의 무의식은 오류를 낸다. 마음 깊숙이 어둠이 저장되어 있다가 우울증, 자살, 혐오, 편협한 행동으로 나타난다. 그래서 우리 내면에 어둠이 존재한다는 사실을 인정하고 관리하는 것이 중요하다. 로버트 존슨이 쓴 『당신의 그림자가 울고 있다』(1991)에 의하면, 심리학에서는 그것을 '그림자 작업'이라고 부른다. 뜻하지 않은 행운이 생기면 쓰레기를 치운다든가 빗물에 신발을 적신다든가 때로는 더러운 것을 일부러 만지는 심리학자들도 있다고 한다. 이것은 그림자를 관리하는 상징적인 행위며, 그들이 그림자의 존재를 알고 있다는 뜻이다. 악당들은 인간의 그런 점을 이용한다. 중립을 지키려는 인간의 무의식을 파고든다. 자신들은 비슈누의 가면을 쓰고서 말이다. 이번 키워드에서 언급할 빌런은 중립에 서 있는 악의 추종자이다.

가면을 쓴 반동 인물, 그들이 진짜 적이다

빌런이란 주인공과 대적하는 자이며 어둠에 선 자들이다. 그들은 선을 행하는 주인공(영웅)에 맞서 악을 행한다. 빌런이라는 단어와 비슷한 듯하나 다른 뜻을 지닌 유사 용어로 반동 인물, 안타고니스트antagonist가 있다. 반동 인물의 어원은 빌런과 출발부터가 다르다. 반동 인물(안타고니스트)은 극문학에서 만들어진 개념이다. 주인공(주동 인물protagonist)과 반목하며 대립하는 존재가 반동 인물이다. 선을 행하는 주인공에 맞서 악을 행하는 자, 빌런도 반동 인물이지만 주인공에게 선의의 뜻을 가지고 대립하는 여타의 존재들도 반동 인물에 속한다. 예를 들면, 주인공과 의견을 달리하는 애인, 주인공을 살리기 위해 거짓말을 하는 하인은 반동 인물이다. 『삼국지』에서 유비의 빌런은 조조이지만, 유비의 반동 인물은 무수히 존재한다. 관우가 죽자 당장 손권에게 복수하려는 유비에게 지금은 무모하다며 말리는 제갈량도 반동 인물 중 하나이다.

무서운 것은(이 챕터의 핵심이기도 하다) 빌런이 반동 인물 자리에 숨어 있을 때다. 앞에서 설명한 비슈누의 가면을 쓴 자들이다. 그들은 자신의 목적을 위해 주인공을 기만한다. 그들은 주인공을 돕다가 결정적일 때 배신한다. 대의를 부르짖고 규칙을 만들어 건설적인 방향을 제시하지만 그 언행은 자신의 이득을 취하기 위함이다. 우리는 이들을 중립 악(neutral evil)이라고 부른다. 중립 악을 들여다보기 전에 혼돈 악(chaotic evil)과 질서 악(lawful evil)부터 살펴볼 필요가 있겠다. 혼돈 악은 절대 악을 신봉한다. 스테레오타입의 악당이 여기에 속한다. '지구를 멸망시키리라' '악마를 숭상하자' '저 나라는 공산주의라서 나쁘다' 등의 가치 판단이 분명하다. 한마디로 세상을 혼돈에 빠뜨리려는 미친 악당이 여기에 속한다. '나는 미칠 거야. 지구를 멸망시켜버릴 거야.' 이렇게 부르짖는 악당이다.

반면 질서 악은 규칙을 신봉한다. 법률이나 도덕, 법규 등을 제시하고 자신의 악을 실행하기 위해 그것을 이용한다. 조직을 배신한 부하를 죽이는 보스, 법도를 어긴 왕비를 내쫓는 폭군, 교칙을 어긴 친구를 고발하는 학생 등이다. 이들은 자신의 이익을 위해 규칙을 교묘히 이용하고 결과를 정당화한다. 그들은 제멋대로 행동하지 않는다. 늘 무언가를 제시하고 상대가 그것을 위반할 지점을 찾는다. 작품 속에서 정치가, 변호사, 신하 등의 유형이 바로 질서 악에 속한다. 이런 자들 역시 스테레오타입이라고 할 수 있다. 영화 〈대부〉(1972)에서 가문을 지키기 위해 친족까지 서슴없이 죽이는 마이클은 질서 악을 실행하는 자이다. 이들에게는 대의를 위해 악을 저지른다는 사명감이 존재한다.

한편 중립 악은 기회주의자라고 할 수 있다. 이들은 가식적이다. 외면은 선이지만 내면은 악을 추종한다. 버스 정류

장에서 다리 아픈 할머니를 공손히 버스에 태워드린 청년이 정류장 의자에 할머니가 두고 간 지갑을 자기 가방에 슬쩍 넣는다. 눈물을 흘리며 데모하자고 동료들에게 제안한 사람이 약속한 날짜에 나타나지 않는다. 딸의 학비를 벌기 위해 마약을 파는 학교 교사, 돈을 주면 살인을 하는 의사. 이들 모두가 중립 악이다. 자신의 이익을 위해서라면 비록 잘못된 일이라도 흔쾌히 행한다. 소시오패스는 전형적인 중립 악이다. 비슈누의 가면을 쓴 자들이다. 이러한 중립 악은 이득이 없으면 악을 행하지 않는다. 도리어 집단이나 상대방에게 도움을 주기도 하다. 그들은 가면을 쓴 채 선량한 모습을 유지한다.

미친 과학자

다른 가면도 있다. 기술 응용적 노력을 바탕으로 욕망을 충족하려는 영리한 자들, 바로 매드 사이언티스트[mad scientist]이다.

헨리 지킬은 자신의 단점이 쾌락을 탐하는 것이라고 고백했다. 근엄한 의학 박사이자 법학자인 그는 내면에 자리한 오만한 욕망을 감추기 위해 많은 시간 부단히 노력했다. 자신의 그림자를 억누르며 마음속으로 중간 지점에 깊은 고랑을 파 선과 악을 철저하게 분리해 살아왔다. 그는 이제 그러지 않기로 한다. 그는 약물을 개발해 자유를 누리기로 한다.

지킬은 매드 사이언티스트의 원형이며
가면을 쓴 인간이다.

그는 자신이 위선적이라고 여기지 않는다. 사람은 누구
나 이중적이며 내면에는 독립적인 인자가 여럿이 존재한다
고 말한다. 약물을 복용하면 잠깐 지독한 고통이 찾아오지
만 곧 몸이 가벼워지고 이성적인 삶을 살아야 한다는 강박
이 사라지고 영혼의 자유로움을 만끽할 수 있었다. 지킬은
하이드가 된다. 지킬은 자신이 가진 지식과 기술로 또 하나
의 가면을 만든 것이다.

한쪽 외모에서 선함이 보였다면 다른 쪽은 노골적인 악인의
외모였다. 악은 그 육신에 기형과 타락을 새겨놓았다. 그러나
나는 거울에서 그 추악한 모습을 보아도 조금도 놀라지 않았다.
도리어 반가웠다.

❖『지킬 박사와 하이드 씨』 중에서

지킬은 하이드가 되어 진정한 자유를 누렸지만, 곧 문제가 생겼다. 약물을 복용하지 않았는데도 하이드로 변해간 것. 비슈누의 가면을 쓰고 중립 지대에서 악을 만끽하는 순간은 짧았다. 그는 곧 어둠 저쪽으로 끌려가고 만다.

매드 사이언티스트, 즉 미친 과학자의 이중성에 관한 시초는 『지킬 박사와 하이드 씨』(1886)이다. 루이스 스티븐슨이 사흘 만에 썼다는 이 소설은 헨리 지킬이라는 미친 과학자의 고백이다. 매드 사이언티스트 작품들은 19세기에 팽만했던 과학 기술 발전으로 인한 인간성 말살을 비판하는 장치로 사용되었다.

영국의 소설가 허버트 조지 웰스가 쓴 『모로 박사의 섬』(1896)에서도 미친 박사가 나온다. 모로 박사는 11년간 외딴섬에서 동물들을 인간으로 변형하는 실험을 한다. 모로 박사가 만든 인간 동물은 다양하다. 곰과 개를 섞은 인간, 표범 인간, 하이에나와 돼지가 섞인 인간, 원숭이 인간 등이 있다. 모로 박사는 자신의 지적 호기심을 충족하기 위해 인간과 동물을 이용해서 서로의 특징을 합성하는 과학적인 수술을 한다.

그는 지킬과 달리 사이코패스적 냉담성을 보인다. 동물에게 가하는 고통을 차가운 시선으로 바라보며 오직 실험 성과에 집중한다. 그는 지적 열망이 주는 기묘하고 희열에 찬

가면을 쓴 악당, 본질에 가까워지다

광기를 순수하게 즐겼다. 외과 실험으로 타자 학대와 정신적 가학을 저지르며 자신의 숨은 악마성을 드러내는 모로 박사는 지식을 이용해서 본성을 찾는 매드 사이언티스트의 전형이다.

반영웅, 선하지 않은 주인공?

조건 하나, 작품 속 주인공이어야 한다. 조건 둘, 정당함(선)을 상실한 자여야 한다. 보너스 하나, 결핍된 성격을 가지면 더 좋다. 이러한 조건을 가졌다면 그 캐릭터는 반영웅이다. 반영웅이란 빌런은 아니지만 빌런의 조건을 가진 주인공을 말한다. 반영웅anti-hero의 특징은 선의善意가 없다.

맥베스는 선한 자가 아니다. 그는 왕을 살해하고 왕위를 찬탈한 장군이다. 악한 자, 맥베스는 작품 속 주인공이기에 영웅이지만, 정의감이나 선의가 없는 인물이다. 이런 유형을 '고전적 반영웅'이라고 부른다.

영화 〈태양은 가득히〉(1960)에도 고전적 반영웅이 등장한다. 친구를 죽이고 돈과 애인을 가로채려는 톰 리플리가 그 주인공이다. 그는 친구 필립의 아버지에게 필립을 미국으로 데리고 와달라는 부탁을 받는다. 부잣집 도련님 필립은 톰을 마치 하인 부리듯 한다. 톰은 요트에서 필립을 죽이고 시신을 바다에 버린다. 톰은 필립 행세를 하며 필립의 돈을 인출하고 필립의 애인 마르주를 넘본다. 그의 계획이 성사

되기 직전, 바다에 버린 필립의 시체가 요트 밧줄에 엉킨 채 발견되고 경찰은 톰이 필립을 죽였다는 것을 확신한다. 영화는 아무것도 모르는 톰이 경찰의 전화를 받으러 가는 것으로 끝을 맺는다.

반영웅의 다른 유형은 실패한 주인공이다. 이 유형은 결국 벽을 느끼고 악에 굴복한 실패자다. 실패의 원인은 역부족이다. 그는 애초에 깊은 상처를 지니고 있으며 상처를 극복하기 위해 부단히 시도하지만 곧 한계를 느낀다. 그 한계는 육체적 정신적 한계가 아니다. 외부 조건의 한계이다. 『엿보는 자들의 밤』(2017)을 쓴 작가 빅터 라발은 '고독한 여성은 스스로를 파멸시키고, 고독한 남성은 세계를 파멸시킨다'고 말했다. 아무리 노력해도 하늘이 자신을 돕지 않음을 안 순간 그들은 자포자기가 되고 결국, 악에 넘어간다. 자신이 파멸할 것을 알면서도 몸을 내던지는 이들을 '비극적 반영웅'이라고 부른다.

윌리엄 프리드킨 감독의 영화 〈엑소시스트〉(1973)에 나오는 카라스 신부는 비극적 반영웅의 유형이다. 가톨릭 신부인 카라스는 아마추어 권투 선수이면서 정신의학을 전공한 특이한 이력이 있다. 정신의학자나 권투 선수가 되지 못했다는 것만 봐도 그는 자신이 원하던 삶을 살지 못한 인물임을 알 수 있다. 그는 홀로 남은 어머니를 보살피지 못한 죄책감 때문에 회한과 우울증에 사로잡혀 마약으로 버틴

가면을 쓴 악당, 본질에 가까워지다

다. 그런 카라스에게 여배우 크리스 맥닐이 찾아와 딸의 몸에 빙의된 악령을 물리쳐달라고 부탁한다. 교황청으로부터 퇴마 의식을 허락받은 그는 소녀의 몸 안에 숨어 있는 악령과 싸우지만, 악은 어머니에 대한 죄책감을 이용해 그를 괴롭힌다. 카라스는 자신의 힘으로 악령을 물리칠 수 없음을 깨닫고 창문에서 뛰어내려 자살한다. 자신의 몸을 희생해서(악령을 자신의 몸에 씌게 하고) 악을 제거한 것이기에 서사적으로는 성공한 플롯이지만 카라스 신부 캐릭터는 비극적 반영웅이다. 브라이언 드 팔마 감독의 〈스카페이스〉(1983)에 나오는 주인공 토니도 미국에 정착하려다 뜻을 이루지 못하고 총질로 파멸한다. 역시 비극적 반영웅이다.

반영웅은 선의도 없지만 악의도 없는 자로 상정된다. 그들은 악당이 아니다. 자신의 욕망을 위해 악행을 저지르는 중립 악의 부류도 아니다. 그들은 오직 결핍되어 있을 뿐 선악에 관심 없다.

주인공은 정의롭다는 보편성과 개인의 고유성을 함께 가져야 하지만 반영웅은 정의의 보편성보다 개인의 고유성이 더 강화된 인물들이다. 요즘의 반영웅들은 정의에는 눈곱만치도 관심이 없다. 당연하다는 듯 신경질을 부리고 노골적으로 결핍을 드러낸다. 이런 반영웅은 사회에 무관심하고 친구에게 냉담하며 연인에게는 무심하지만 결정적일 때 선을 선택한다.

선의도 악의도 없지만 결국 선을 행하는 자. 그들이 반영웅, 안티히어로anti-hero이다. 선을 추종하는 전통적 주인공을 클래식 히어로classic hero라고 정의한다면 선도 악도 좋아하지 않는 주인공을 안티히어로라고 구분하면 되겠다. 슈퍼맨은 클래식 히어로이고 배트맨은 안티히어로이다. 영화 <셰인>(1953)의 앨런 래드는 클래식 히어로이고 <하이눈>(1952)의 게리 쿠퍼는 안티히어로이다.

2차 세계 대전 당시 북아프리카 모로코는 유럽에서 돈 있는 사람들이 미국으로 가기 위해 모이는 곳이었다. 릭은 모로코에서 카페(술집)를 운영한다. 릭의 가게는 매일 사람들로 가득 찼다. 흥청대는 피아노 음악과 술과 음식이 가득하지만 모인 사람들의 표정은 어딘가 모르게 초조해 보인다. 그들은 어떻게 하면 안전지대인 미국으로 갈 수 있을지 고민하고 있다. 돈과 권력이 있다고 해서 탈출할 비자를 구할 수 있는 게 아니기 때문이다. 그들은 그곳에서 배나 비행기편이 생기기를 기다리며 카드 게임을 하고 시간을 보낸다.

릭은 그런 손님들에게 깍듯하지 않다. 손님들은 비자를 얻기 위해 릭에게 갖은 노력을 하지만 릭은 끄떡없다. 한 손님이 자신이 온 유럽에서 환영받는 존재라며 거만하게 명함을 내밀다가 면전에서 수모를 당하기도 한다.

릭은 남의 일에 나서서 무언가를 책임지지 않으려 한다.

가면을 쓴 악당, 본질에 가까워지다

그는 친구도 거래 상인도 믿지 않으며 정치인은 더더욱 믿지 않는다. 그는 모로코를 점령하고 있는 독일군과도 좋은 관계를 유지한다. 그는 착한 남자가 아니다. 독불장군이다. 가게에서 릭을 흠모하는 아리따운 여자가 따지며 묻는다. "릭! 어젯밤 어디 갔었어요, 대체 누구랑 있었냐고요?" 그는 말한다. "오래전 일은 기억하지 못해. 꺼져!"

그런 릭에게 라즐로와 엘사 부부가 찾아온다. 라즐로는 독일군이 찾으려는 반군의 일원이다. 이 부부는 누구보다 미국으로 가는 여권이 절실하다. 릭은 테이블에 앉은 엘사를 본 순간 경직된다. 둘 사이의 관계를 아는 피아노 연주자는 이런 노래를 부른다. "키스는 키스일 뿐, 진실한 감정은 세월이 흐르면 날아간다." 사실 릭은 그동안 가면을 쓰고 살아왔다. 그는 낭만을 알고 사랑할 줄 아는 남자였다. 릭은 샴페인을 마실 때면 늘 상대의 눈을 보며 '당신의 눈에 건배'라는 말을 잊지 않았다. 상대는 오직 한 사람, 엘사였다.

과거, 릭과 엘사는 연인 사이였다. 전쟁이 발발하자 둘은 파리를 탈출하기로 하지만, 엘사는 약속 장소에 나타나지 않았다. 시간이 흐른 지금, 그녀는 다른 남자의 여인이 되어 있었다. 엘사는 릭에게 남편과 자신의 여권을 부탁하고 있다. 그는 심경이 복잡해진다. 가게에는 온통 독일군과 독일군에 부역하는 프랑스 군인이 득실하다. 과연 릭은 자신을 버린 옛사랑과 그녀의 남편을 위해 움직일까.

그날 밤 엘사가 찾아온다. 둘은 오해를 풀고 서로 진짜 사랑하고 있었음을 확인한다. 릭은 라즐로의 비자만 책임질 테니 엘사는 자신 곁에 남으라고 말한다. 엘사는 고개를 끄덕인다. 릭은 연적을 이겼고 애인을 되찾았다. 여기까지만 보면 릭은 악당이거나 주인공이다. 그러나 우리는 릭이 가면을 쓴 존재임을 잊지 말아야 한다. 그는 엘사를 붙잡아두는 것이 과연 옳은 일인지 고민한다. 그는 결국 가면을 벗기로 한다. 엘사 곁에는 자신보다 라즐로가 더 필요하다는 것을 깨닫고 그녀에게 라즐로를 지키라고 말한다. 그녀는 가지 않으려 한다.

릭은 본심을 말한다. 잠시 본심을 내보인 릭은 다시 가면을 쓰더니 엘사에게 비웃듯 말한다. "고상하게 보이고 싶은 생각 없어. 삼각관계는 싫어!" 릭은 라즐로에게 말한다. "이 여자, 나에게 찾아왔었소. 당신을 위해 거짓으로 날 사랑한다고도 말했소. 하지만 그건 다 당신을 위해서였소." 결국, 엘사와 라즐로는 미국행 비행기에 오르고, 릭은 안개 너머로 비행기가 사라지는 하늘을 본다.

가면을 쓴 빌런은 종국에는 가면을 벗는다. 그들은 자신의 초라한 모습을 드러낸다. 나약하고 겁 많고 두려운 탓에 가면을 쓴 것이다. 반영웅의 캐릭터는 더더욱 그렇다. 밤낮

가면을 쓴 악당, 본질에 가까워지다

〈카사블랑카〉(1942)는 영화가 시작하고 3분의 1
지점이 될 때까지 주인공 릭이 반영웅임을 보여준다.

선글라스를 벗지 않는 엘튼 존처럼 그들은 가면을 쓰고 본
심을 꼭꼭 숨긴다. 하지만 그들도 종국에는 가면을 벗고야
만다. 빌런은 노골적으로 어둠을 숭배하지 않는다. 중립 지
대에 서서 빛을 증오하는 자들이야말로 진짜 빌런이다. 그
러기 위해서는 자신을 숨길 필요가 있으며 가면이 필요하
다. 이 조건은 반영웅에게도 해당된다.

본인보다 무서운 적은 없다

릭이 가면을 벗어서 본래의 나약한 모습을 드러냈다면
가면을 벗어서 본래의 강한 모습을 되찾은 인물이 있다. 바
로 아서 플렉이다. 토드 필립스 감독의 영화 〈조커〉(2019)는
가면을 벗음으로써 자아를 찾은 인물의 이야기다. 수많은

영화가 조커를 그렸지만, 조커라는 한 인간의 내면을 고찰한 것은 이 작품이 처음이다. 아서 플렉은 광대 짓으로 생계를 이어간다. 그는 자신을 감추어야 살 수 있음을 잘 안다. 그는 노트에 이런 글을 쓴다. "정신병의 제일 나쁜 점은 사람들 앞에서 아닌 척을 해야 한다는 것이다."

하나 그의 몸 안에도 사랑, 꿈, 가정, 행복이 들어 있었다. 그는 가면을 쓴 채 그것들을 억누르고 살아왔다. 그가 살포시 욕심을 낸 것은 코미디언이 되겠다는 꿈이었지만 그것 또한 그 앞에 나타난 가면 쓴 빌런들에 의해 좌절된다. 그가 존경해 마지않던 코미디언 머레이 프랭클린도 아서 플렉을 조롱하는 빌런 중 하나이다. 머레이 프랭클린의 가면을 본 조커는 결국 총을 잡는다. 세상 모든 이가 가면을 쓰고 있다는 것을 깨달은 아서 플렉은 자신의 가면을 벗기로 한다.

아동 병원에 총을 가지고 갔다는 이유로 직장에서 잘린 아서는 계단을 내려오면서 계단 벽에 쓰인 'Don't Forget to Smile!'이라는 문장에서 'Forget to'를 지워버린다. 'Don't Smile.' 그는 이제 웃지 않기로 한다. 평생 쓰고 있던 가면을 벗어버리고 진짜의 모습이 된다. 계단에서 춤을 춘다. 아주 유명한 이 장면은 조커가 가면을 벗었고 자유를 찾았으며 강해졌다는 것을 보여준다.

그는 내면에 숨어 있던, 가면에 가려져 있던 자신의 진짜 모습을 세상에 보인다. 코미디언이 데뷔하듯. 그게 악인지

가면을 쓴 악당, 본질에 가까워지다

선인지는 자신도 모른다. 그는 그저 가면을 벗었을 뿐이지만 군중은 그런 그를 따른다. 조커의 탄생이다. 빌런은 노골적으로 어둠을 숭배하지 않는다. 가면을 쓰고 중립 지대에 서서 빛을 증오하는 자들이 진짜 빌런이다. 그들은 자신을 숨길 필요가 있고 그래서 가면을 쓴다. 가면을 쓴 빌런이 가장 무서운 빌런이다.

가면을 쓴 빌런이 등장하는 작품들

✥ **파이 이야기** (2001년, 소설)

지은이: 얀 마텔

갈등 구도: 리처드 파커 vs 파이 파넬

동물원을 처분하고 배에 올라타 태평양을 건너던 파이 일가족은 폭풍우를 만나 배가 전복된다. 파이는 벵골 호랑이 리처드 파커와 구명보트에서 함께 지낸다. 망망대해, 좁은 보트에서 벵골 호랑이에게 잡아먹히지 않기 위해 사투를 벌이는 소년의 이야기 속에는 무서운 상징들이 숨어 있다. 리처드 파커는 파이 파넬의 본능을 상징하며 그가 생존하기 위해 만들어낸 하나의 가면이다. 파이는 살기 위해 호랑이가 되어 인육을 먹고 목마름을 견디며 본능과 이성을 오간다. 자기 안에 잠재된 본능을 거대한 호랑이로 상징한 이 소설은 '가면을 쓴 자아'를 가장 잘 보여준다. 주인공 파이와 빌런인 리처드 파커의 갈등은 생존을 위해서는 서로가 없어서는 안 될 존재임을 보여준다. 갖은 고생 끝에 파이와 리처드 파커는 해변에 도착했고 수척한 리처드 파커(본능)는 비틀거리며 깊은 숲으로 들어가버린다. 함께 고생한 본능이 사라지는 것이 슬픈 파이는 리처드 파커를 목놓아 부르지만 리처드 파커는 사라진다. 파이는 다시 가면을 쓴다.

가면을 쓴 악당, 본질에 가까워지다

뉴욕 발레단의 니나. 순수하고 우아한 백조 연기로는 최고에
꼽힌다. 일상에서는 자신의 인생을 지배하는 엄마 없이는 아
무것도 못 하지만 새롭게 각색한 〈백조의 호수〉에서 주인공
을 맡게 되면서 큰 혼란과 변화를 맡게 된다. 니나는 완벽한
백조 연기와 달리 흑조를 연기할 때는 불안하다. 더욱이 릴리
라는 라이벌이 새로 입단하면서 니나의 불안감은 더욱 커진
다. 우아하고 정교하게 기술을 구사하지는 못하지만 카리스
마와 관능적인 매력이 일품인 릴리. 니나는 흑조를 제대로 표
현하지 못하는 데 대한 스트레스가 커지며 큰 광기에 사로잡
힌다. 이 영화는 니나가 흑조 연기를 할 때 흑조 가면을 쓴 듯
한 분장을 함으로써 인간의 이중성을 가시적으로 주목하는
점이 뛰어나다. 흑조와 백조가 교차되는 무대 장면은 인간 내
면의 혼란, 즉 연약함과 강인함, 선함과 악함을 적나라하게 묘
사한다. 니나는 광기와 환시에 사로잡혀 결국 자해하면서까
지 무대를 완성하고야 만다. 마치 백조의 니나가 가면을 쓴
상태였던 듯, 완벽한 흑조로 거듭난 것이다.

가면을 쓴 빌런을 설정할 때 고려해야 할 체크 리스트

- ☐ 빌런은 반동 인물일 수도 있고 반동 인물에 둘러싸일 수도 있다.

  그럴 때 반동 인물과 빌런이 서사에서 분명하게 구분되는가?

- ☐ 당신의 빌런은 '혼돈 악' '중립 악' '질서 악' 중 어느 부류에 속하는가?

- ☐ '중립 악'이라면 어떤 행동에서 그것을 알아볼 수 있는가?

- ☐ 빌런이 쓴 가면은 어떠한 외부 환경 때문에 만들어졌나?

- ☐ 빌런이 쓴 가면은 내적인 성찰이 가미된 것인가?

- ☐ 빌런이 단순히 광기를 보이는 것과 가면을 쓴 것은 엄격하게 구분되는가?

- ☐ 정당성을 상실한 자가 파멸하는 방식에서 결국 가면을 벗게 되는가?

- ☐ 나약함을 가리기 위해 가면을 씌웠다면 가면을 벗게 되는 계기에

  빌런을 강하게 만들 만한 개연성이 내포되어 있는가?

- ☐ 가면을 벗은 빌런은 클라이맥스에서 어떤 모습으로 주인공과 대적하는가?

가면을 쓴 악당, 본질에 가까워지다

12

빌런이 갖는
열두 번째 키워드

카리스마

Charisma

권위,
행동할 수
없다면
사용하지 마라

권위, 행동할 수 없다면 사용하지 마라

실행할 힘이 없는 카리스마는 외면받는다

'신의 은총'이라는 뜻인 카리스마charisma는 고대 그리스어에서 유래되었다. 주로 사람들을 아우르는 특출한 능력을 말하며 초인간적인 비범함을 뜻한다. 단어 뜻대로 신이 내린 은혜로운 축복이니 아무나 가지는 게 아니다. 카리스마는 특출난 몇몇에게 주어지는 능력이다. 아마도 신은 당신의 뜻을 전하기 위한 효율적인 방법을 찾으려 했을지도 모른다. 모래알보다 많은 인간 한 명 한 명의 꿈에 일일이 나타나시어 신성의 의지를 전하기에는 너무 힘들었을 테니까. 의지도 굳고, 목소리 좋고, 같은 값이면 잘생기고 매력 있는 한 명의 이마에 꿀을 발라놓으면 흩어져 있는 인간들은 그를 중심으로 모일 테고 그의 입을 통해 한 말씀 탁, 하면 되는 것이다.

카리스마는 묘한 매력으로 사람을 움직이게 하는 힘이다. 카리스마를 보유한 인간은 주변인부터 사로잡는다. 주변인들은 그의 곁에 머무르고 싶어 하고 그를 추종하며 그를 위해 죽기를 맹세한다. 측근이 생기는 것이다. 측근이 만들어지면 많은 사람의 시선을 사로잡을 수 있다. 이제 권위 authority가 생기는 것이다. 권위를 확보한 리더가 그 권위를 이용해서 공동체 구성원에게 이익을 합당하게 나누어주면 신뢰를 얻는다. 리더는 그 신뢰를 바탕으로 공동체를 다스린다.

권위를 중심으로 모인 집단이 대중을 향해 움직이면 그것은 정치가 된다. 그 자체로 정치적이다. 막스 베버는 유고집 『경제와 사회Wirtschaft und Gsellschaft』에서 '지배의 사회학'이라는 정치 방식을 설명했는데, 명령에 순응하도록 영향력을 행사하는 방식으로는 합리적 지배, 전통적 지배, 카리스마적 지배가 있다고 했다. 합리적 지배는 올바른 규약으로 대중의 순응을 얻는 방식이고 전통적 지배는 예부터 지켜진 전통에 의지해서 명령하는 것이다. 카리스마적 지배는 비일상적인 성스러움에 관한 믿음을 이용해서 대중을 힘으로 지배하는 것을 말한다. 물 위를 뚜벅뚜벅 걷거나 태어나자마자 천상천하 유아독존을 외친 것은 바로 카리스마적 지배

유형이다.

악당은 주로 팀을 이끈다. 악당은 주인공과 대적하기 위해 조직원들을 다스리게 되는데 여기서 카리스마를 발휘한다.

악당의 카리스마는 주인공을 향해 선보이는 능력이 아니다. 그가 데리고 있는 수족들, 즉 자신의 영역에 소속된 이들에게 보이는 능력이다. 독자는 그것을 엿보며 악당의 능력치를 가늠한다. '와, 저 악당, 상당히 카리스마가 있어. 저런 매력이라면 주인공이 감당하기 쉽지 않겠는데.' 이렇게 생각하는 것이다.

빌런에게 카리스마를 장착하는 것은 중요하며 잘 사용하면 강력한 캐릭터를 구축할 수 있다. 악당은 자신의 힘을 꼭꼭 숨겨두었다가 결정적인 때 주인공에게 가장 강력한 타격을 입히는 존재이다. 그 행동을 위해 작가는 악당에게 여러 꾸밈을 입히게 되는데 그중 하나가 카리스마이다. 그러나 작가가 빌런을 끝까지 보살펴주지 않으면 오히려 독이 된다. 초반에는 이 땅의 모든 귀신을 잡아먹을 듯 눈을 부라리던 악당이 후반에는 주인공의 주먹 한 방에 과자처럼 부스러지는 일이 허다하다. 빌런이 카리스마를 보였다면 그 카리스마에 합당한 힘이 있어야 한다. 카리스마가 공갈포가 되게 해서는 안 된다.

카리스마 빌런이 실행력을 내보이는 지점은 다름 아닌 클라이맥스이다. 조커는 처음보다 후반에 더 강하다. 주인공의 옛 애인을 가차 없이 폭탄으로 터뜨려버리고, 병원 건물 하나를 혼자 폭파한 조커는 대표적인 카리스마와 실행력을 갖춘 악당이다. 조커 외 카리스마를 지닌 빌런으로 다스 베이더를 들 수 있다. 그러나 다스 베이더는 조커보다는 행동의 상승력이 떨어진다. 초중반에 강한 카리스마를 보이지만 후반에는 주인공에게 속절없이 무너지고 반성한다(물론 다스 베이더는 카리스마가 아닌 다른 면모에서 조커를 능가하는 자질이 있다).

악당이 극이 진행될수록 초반에 보인 카리스마만큼의 힘을 발휘하지 못하는 까닭은 어투, 눈빛, 파워 등의 인상적인 효과에만 신경 쓰기 때문이다. 캐릭터의 카리스마는 '한계 효용 체감의 법칙'으로 설명된다. 카리스마란 대단히 강력한 불꽃과 같아서 초반에 너무 크게 사용해버리고 후반에 그것보다 강한 것을 보여주지 못하면 반응은 반감한다. 이는 매우 중요한 사실이다. 카리스마를 입힐 때에는 클라이맥스에서 악당이 내보일 펀치의 강도를 가늠하고 적절하게 조절해야 한다. 악당은 클라이맥스에서 가장 강력한 힘을 보여야 한다. 이번 장에서 논할 카리스마에 관한 핵심은 바로 악당의 실행력이다. 주인공이든 악당이든 카리스마를 탑재하겠다면 카리스마만큼의 실행력이 중요하다. 10의 카리스마를 보였다면 적어도 10만큼의 실행력을 갖추어야 한다.

도시 하나를 전멸시킨 살라딘

아이유브 왕조의 창시자 살라딘은 예루살렘을 두고 십자군과 싸운 인물이다. 예루살렘은 무함마드가 승천한 곳에 지은 알아크사 모스크가 있는 이슬람의 성지이고 예수가 십자가에 못 박혀 죽은 곳이기에 기독교의 성지이다. 또한 다윗 왕이 고대 이스라엘 왕국의 수도로 삼고 히브리 민족을 살게 한 땅이기에 유대교의 성지이기도 하다. 한마디로 중세 유럽에서 가장 골치 아픈 도시가 예루살렘이었다.

12세기 중반 예루살렘은 보두앵 4세가 다스리는 기독교인의 땅이었다. 예루살렘 왕국이다. 1187년 하틴 전투에서 십자군에 승리한 살라딘은 예루살렘 왕국을 견고하게 다스리던 보두앵 4세가 죽자 그곳을 함락하기 위한 대규모 공세를 펼친다.

리들리 스콧 감독의 영화 〈킹덤 오브 헤븐〉(2005)은 이 시기의 이슬람 지도자 살라딘과 십자군 지도자 보두앵 4세의 카리스마를 보여주고 있다. 당시 예루살렘은 십자군이 점령하고 있었지만 보두앵 4세는 이 도시가 오직 십자군만의 도시가 아님을 잘 알고 있었다. 예루살렘은 동쪽과 서쪽의 민족에게 중요한 곳이었다. 이 도시는 이슬람과 기독교의 성지이기도 하지만 중앙아시아의 산물이 서유럽으로 들어가는 경유지로 어느 한쪽이 길을 막으면 다른 쪽은 혈이 막히는 형국이었다. 보두앵 4세는 길게는 기독교 성지의 영구

확보와 경제력 확보를 위해 이슬람과 합의해야 한다고 생각했다. 이에 이슬람 상인의 통관을 허용하고 이슬람 세력과 합의 가능한 규약을 맺고 적당하고 느슨하게 지냈다. 언젠가 한번 붙을 사이가 아닌, 함께 공유하는 사이가 되어야만 평화를 유지할 수 있다고 믿었다.

유럽에서 막 도착한 일부 영주들은 예루살렘 왕국의 그런 태도가 못마땅했다. 그들은 이교도를 몰아내고 예루살렘을 청정 지역으로 만들러 왔기에 이슬람과 적당하고 느슨하게 섞여 사는 예루살렘 왕국의 보두앵 4세를 이해할 수 없었다.

어느 날 보두앵 4세 휘하의 인물 르노 드 샤티용이 케락 성채를 지나던 죄 없는 이슬람 상인을 급습하는 일이 벌어진다. 샤티용은 전쟁주의자로 보두앵 4세에게도 골치 아픈 인물이었다. 그 일로 인해 엄청난 수의 이슬람 군대가 샤티용의 성으로 밀려왔다. 살라딘이 데리고 온 이슬람군 병력은 지구의 반을 뒤덮을 만큼 까마득했다.

이블랭의 영주 발리앙과 그의 기사들이 나섰지만 조족지혈에 불과했다. 살라딘에게 생포된 발리앙이 죽음을 목전에 두었을 때 멀리서 북소리가 들린다. 저 멀리 지평선 아지랑이 너머 금박을 입힌 거대한 십자가가 보인다. 연이어 구름처럼 등장하는 십자군들. 그 군세 역시 나머지 지구의 반을 뒤덮을 기세다. 그들 맨 앞에 어딘가 모를 힘겨운 모습을 한 채 안장 위에 뻐딱하게 앉아 말을 몰아 오는 자는 바로 보두앵 4세이다. 예루살렘 왕국의 통치자가 몸소 출격한 것.

검은 구름이 열리고 그 사이로 굵은 빛줄기가 뿜어 나오는 사막의 양쪽 끝에 각자의 부대를 세워놓고 살라딘과 보두앵 4세는 또각또각 달려 나가 마주 선다. 동서양 최고의 통치자들이 조우했다. 둘은 손바닥을 내보이며 왕들의 인사를 나눈다. 살라딘은 죄 없는 이슬람 상인을 마구잡이로 죽인 십자군을 응징하러 왔다고 말하자, 보두앵 4세는 함부로 병력을 움직이지 않기로 한 약속을 살라딘이 어겼다고 탓한다. 강인하고 단단한 살라딘의 모습과 달리 보두앵 4세는 비스듬하고 지쳐 보인다. 살라딘은 그런 상대를 걱정스레 바라본다.

보두앵 4세는 유전으로 문둥병을 앓고 있었다. 그래서 얼굴을 가리고 가면을 쓴다. 그는 탁월한 싸움꾼이었고 훌륭한 경세가였다. 이런 인물은 평시에도 말달리듯 일하기 마련이다. 결국, 보두앵 4세는 격무에 지쳐 몸이 망가졌고 그가 오래 살지 못할 것이란 소문은 온 유럽에 퍼졌다. 보두앵 4세가 그런 몸을 이끌고 온 것은 전쟁을 피하고자 하는 의지임을 살라딘은 잘 알았다. 그러니 보두앵 4세를 바라보는 눈이 차마 매정할 수 없다.

보두앵 4세는 먼저 잘못을 인정하며 이슬람을 공격한 자들은 자신이 직접 벌하겠다고 한다.

　"이슬람의 왕은 다마스쿠스*로 돌아가시오. 우리 쪽 책임자는 내가 직접 벌하리다." 뭉그러진 얼굴을 가리기 위해 은으로 만든 가면을 쓰고 지친 듯 기울어진 채 말 위에 앉아 있지만 보두앵 4세의 목소리는 세상 누구도 무릎 꿇릴 만큼 또렷하다. 그는 살라딘에게 한마디를 더 보탠다. "서로를 위해 철수해요."

　질병에 희석되어 동공조차 가늠할 수 없는 보두앵 4세의 눈은 여차하면 한판 붙는 것이니 잘 생각하라고 경고한다. 결국 살라딘은 십자군 측이 잘못을 인정하는 모습을 보고는 군대를 돌리기로 한다. 얼핏 보두앵 4세의 차가운 기백이 살라딘을 이긴 것처럼 보이지만 실은 살라딘이 흔쾌히 양보한 것이다. 그 증거로 감독은 보두앵 4세가 먼저 고개를 숙이도록 주문했다. 에드워드 노턴이 분한 보두앵 4세는 예루살렘 왕의 자존심이 사라지지 않는 한도에서 턱을 내리듯 살짝 고개를 움직인다. 그러자 살라딘도 답례한다. 그의 답례는 턱이 아니라 그저 눈꺼풀만 아래로 내렸다가 올리는 정도다. 살라딘의 승리다. 살라딘은 상태가 나빠 보이는 보두앵 4세에게 자신의 주치의를 보내주겠다고 제안하고 보두앵 4세는 다시 이마에 손을 대고 감사를 표한다. 슬

❖ 지금의 시리아. 예루살렘을 정복하기 전 살라딘이 머물던 도시.

영화 〈킹덤 오브 헤븐〉에서 살라딘과 보두앵 4세가
대면하는 명장면. 왕들은 그들끼리의 법이 있으며,
각자의 카리스마로 서로를 응대한다.

렁슬렁한 몸짓이지만 왕이 왕에게 감사의 인사를 표하는
광경은 어느 작품에서도 볼 수 없는 매우 귀하고 멋진 장면
이다.

살라딘은 자신의 진지로 돌아가고 보두앵 4세는 사고를
친 샤티용의 성채로 방향을 꺾는다. 이것이 〈킹덤 오브 헤
븐〉의 그 유명한 케락 전투 신이며 전쟁 영화 마니아 사이
에서 최고의 장면으로 인정받는 신이다.

보두앵 4세의 카리스마가 전투적이라면 살라딘의 카리
스마는 인내와 양보에서 나온다. 전투와 인내는 각자의 방
식으로 표현되며 우리는 두 사람의 카리스마에 곧 매혹되
고 만다.

막스 베버의 이론에 따라 카리스마가 비일상적인 성스러
움에 관한 믿음을 이용해서 대중을 힘으로 지배하는 것이

권위, 행동할 수 없다면 사용하지 마라

라면 살라딘의 인내와 관용이라는 카리스마 발현 방식은 이 당시 권능자 이슬람 지도자로서는 매우 비일상적이고 보기 드문 태도가 아닐 수 없다. 이런 의외성으로 그는 적과 자신의 군중을 매료했다. 살라딘은 극 초반에 보여준 관용적 태도를 자신의 이미지로 삼고 착착 움직인다. 관객들은 극 후반으로 갈수록 살라딘의 이 카리스마가 어떤 식으로 실행되는지 똑똑히 보게 되고 그 실행의 힘이 카리스마보다 더 우위에 있음에 감동하고 흥분한다. 다음 두 가지 장면.

충분히 시간을 들여서 경고했지만, 도무지 말을 듣지 않는 발리앙과 십자군의 대항에 살라딘은 결국 예루살렘 성을 포위하기로 결심한다. 살라딘은 도시 하나를 말 그대로 결딴낸다. 발리앙과 기사들은 이슬람의 엄청난 공격에 맞서 용감하게 싸우지만 역부족이다. 아무리 죽여도 이슬람군은 파도처럼 밀려온다. 이길 수 없는 싸움임을 깨달은 발리앙은 협상을 요청한다. 거의 다 이긴 전쟁이었고 굳이 협상할 필요가 없었지만, 흔쾌히 젊은 용사와 마주한다.

발리앙은 보두앵 4세와 사뭇 다르다. 더 진지하고 결기에 차 있지만 말에는 조리가 없다. 우린 끝까지 싸울 테다, 우린 용기를 잃지 않는다, 자꾸 밀려 들어오면 예루살렘 성을 잿더미로 만들고 자신도 죽어버리겠다고 엄포한다. 살라딘의 눈에는 당찬 아이로밖에 보이지 않는다. 게다가 이미 성안의 십자군이 전의를 잃었다는 것을 알고 있다. "성안에 여자들이 많지 않냐? 그들을 다 죽일래?" 살라딘의 말에 발리앙은 그저 노려보기만 한다. 이번에도 살라딘은 슬그머니 웃으면서 관용을 베푼다.

> **살라딘**: 맹세코 여자와 성안 사람들의 목숨을 보장하겠다. 백성은 물론이고 기사들까지도. 그러니 우리가 입성할 수 있도록 조용히 성을 비워라.
>
> **발리앙**: 정말입니까? 우리 십자군은 과거 예루살렘에 입성했을 때 당신들을 가차 없이 죽였습니다.
>
> **살라딘**: 나는 당신들과 달라. 나는 살라딘이다, 살라딘.

발리앙은 도시를 내주는 조건으로 도시 안의 사람들의 목숨을 보장받는다. (영화에서는 살라딘이 조건을 제안하는 것으로 나오지만 실제 역사에서는 발리앙이 살라딘에게 편지를 보내 가족과 자신의 안위를 보장해달라고 요구한다.)

대면을 마치고 돌아가는 살라딘에게 발리앙이 묻는다. "당신에게 예루살렘은 과연 무엇이었습니까?" 그러자 살라딘이 빙긋이 웃으며 말한다. "아무것도 아니었지. 전부이기도 하고." 이는 개인적으로는 아무것도 아닌 무의미한 전쟁을 치르고 있다는 뜻이고, 자신이 다스리는 이슬람 전체로 보았을 때는 반드시 공략해야 할 가치 있는 일이라는 뜻이다. 살라딘 개인은 이런 정치적 명목보다 인간 자체를 더 중

<킹덤 오브 헤븐>에서 예루살렘에 입성한 살라딘은
나뒹구는 십자가를 주워서 공손하게 세워놓는다.

요시했다. 살라딘은 클라이맥스에서 실로 가차 없는 공격력을 보여주었고 또한 관용이라는 실행력을 여실히 보여주었다. 전반부에 보인 카리스마를 후반부에 몸소 드러낸 것이다.

마지막 장면에서 그는 카리스마의 실행력을 또 한 번 선보인다. 폐허가 된 예루살렘에 입성한 살라딘은 군복이 아닌 술탄 정복을 입고 왕성으로 들어간다. 건물은 반파되고 거리엔 온통 시체가 쌓여 있고 이런저런 잔해들로 가득하다. 그는 걷다가 복도 한편에 나뒹구는 십자가를 주워 든다. 그리고 곱게 탁자 위에 모시듯 놓아둔다. 적의 상징인 그 물건을 훼손하거나 모욕할 생각은 없다. 존중받으려면 존중해야 하는 법이다.

그는 등장할 때도 훌륭했지만, 클라이맥스 이후에도 마찬가지였다. 후반 실행력은 전반부의 카리스마를 뒤받친다.

이것이야말로 빌런의 품격을 상승시킨다. 살라딘은 카리스마를 가진 빌런 캐릭터의 대표적 표본이다.

카리스마와 지질이는 한 끗 차이

영화 〈바스터즈: 거친 녀석들〉(2009)에서 독일군 친위대 장교 한스 란다의 등장은 어마어마한 캐릭터가 극을 좌지우지하리라는 관객의 기대감을 한껏 부풀렸다. 오두막에 들어와서 우유를 달게 마시고 만년필을 소제하며 바닥 아래에 숨어 있는 유대인을 색출하는 첫 장면은 속된 말로 '후덜덜'했다.

제82회 미국 아카데미 시상식에서 남우조연상을 받은 크리스토프 발츠는 이 영화에서 신기에 가까운 연기를 선보인다. 그가 연기한 한스 란다 대령은 근엄하지 않다. 삐딱한 입을 굳게 다물고 깊은 생각이 끝나면 어깨를 한번 으쓱한다. 눈이 마주치기라도 하면 살포시 웃음을 짓는다. 무시무시한 독일군 코트를 펄럭이면서도 만나는 모든 사람에게 깍듯하게 예의를 차리고 궁금한 점을 차분하게 묻는다. 질문 속 친절함에는 정체 모를 사악함이 배어 있다. 머뭇머뭇 묻는 말에 대답하다가 그가 놓은 덫에 덜컥 걸렸다는 사실을 깨닫는 순간, 고개를 들어 그를 바라보면 그는 표적을 노려보며 딱 굳어 있다.

베버의 이론에 적용해봐도 그에게는 비일상적인 성스러

움이 존재한다. 바로 들여다보는 힘이다. 그와 마주 앉은 사람은 자신의 속내를 훤히 드러내 보일 것만 같은 수치스러움을 느낀다. 냉혹하고 잔인한 여타의 독일군 장교에게서는 느낄 수 없는 한스 란다만의 카리스마이다.

과거 한스 란다는 유대인 가족을 잡다가 꼬맹이 하나를 놓친다. 그때 간신히 살아남은 쇼산나는 성인이 되어 극장 주인이 되었다. 프랑스를 점령한 독일군은 쇼산나의 극장에서 총통을 모시고 특별 상영회를 열기로 한다. 쇼산나를 좋아한 독일군 장교는 독일군 장교 파티에 초대하고 거기서 그녀는 한스 란다 대령을 만난다. 한스 란다는 성인이 된 쇼산나를 알아보지 못한다. 그녀는 그 태도가 진실인지 가식인지 알 수가 없다. 그가 누군가. '들여다보는 카리스마'를 발휘하는 악당이 아닌가.

늘 그렇듯 한스 란다는 쇼산나를 들여다보려 한다. 쇼산나는 벌벌 떤다. 그가 자신을 알아보기 전에 한시바삐 이 자리를 떠야 한다. "그만 일어나볼게요." "잠깐." 한스 란다는 그녀의 어깨를 살포시 눌러 앉힌다. 오스트리아 전통 페이스트리인 슈트루델을 먹고 가라는 것. 이건 또 뭔가. 무슨 꿍꿍이속일까. 접시가 놓이자 쇼산나는 얼른 먹고 일어나려는 마음에 포크를 잡지만 그는 다시 쇼산나의 행동을 막는다. 크림이 오면 먹자는 것. 슈트루델은 반드시 크림을 얹어 먹어야 한다는 것이다.

주문한 크림이 왔다. 그는 작은 스푼을 잡고 슈트루델 위에 크림을 잔뜩 올린 다음 반을 갈라 입에 넣고 씹어댄다. 쇼산나에게도 그렇게 먹어보라는 듯 눈빛을 보낸다. 씹으면서 쇼산나를 바라보는 한스 란다. 그는 들여다본 것일까? 자기 앞에 앉은 여인이 오래전 오두막에서 놓친 꼬맹이임을 기억하는 것일까? 왜 슈트루델을 함께 먹자고 했을까? 슈트루델이라는 음식의 맛을 느끼기 위해서는 크림을 넣어야만 하듯, 그래서 크림이 올 때까지 기다렸듯 유대인 색출도 그렇다는 것일까? 기다리고 끝까지 색출해서 남은 하나를 꼭 잡아서 완벽해지겠다는 의지를 보인 것일까? 그렇다면 쇼산나를 알아본 것일까?

그러나 안타깝게도 한스 란다는 한니발 렉터만큼 위대한 악당으로 인정받지 못한다. 그렇게 되지 못한 이유는 바로 극 후반에 보이는 다소 맥 빠진 모습 때문이었다.

영화 〈바스터즈: 거친 녀석들〉에서 한스 란다 대령은 자신이 보여준 카리스마만큼 실행하는 힘을 보여주지 못했다. 초중반에 보여준 무시무시한 카리스마는 이야기 후반에 종적을 싹 감추었다. 그는 자신의 안위를 위해 돈을 협상하고 훈장까지 요구하며 달아나려다 도리어 제 꾀에 속는 모습을 보인다. 그러다가 이마를 벗겨 죽임을 당한다.

엄청난 카리스마를 가졌고 극의 흐름을 제멋대로 휘저을 수 있는 인물이 끝에 가서는 하찮고 지질한 모습으로 추락

권위, 행동할 수 없다면 사용하지 마라

쇼산나와 한스 란다가 다시 만나고 함께
슈트루델을 먹는 장면은 〈바스터즈: 거친 녀석들〉의
백미이며 언제 봐도 소름이 끼치게 만든다.

한 것이다. 배우의 연기는 최고였지만 캐릭터는 최악이었다.

이유는 있을 것이다. 쿠엔틴 타란티노 감독은 〈바스터즈:
거친 녀석들〉의 서사를 애초부터 주인공과 한스 대령을 상
호 대적자로 맞추지 않았다. 영화는 타란티노 특유의 나열
과 조합의 형식이기에 감독은 대령을 처음부터 비열한 사
내로 꾸미고 마지막까지 그런 모습만 보여주는 것으로 끝
내야 했다. 익살스러운 분위기를 유지할 필요도 있었을 것
이다. 그렇게 보면 중심에 단단하게 서서 혼자 서사를 끌고
가야 했던 한니발 렉터와 한스 란다를 단순히 비교하는 건
무리일지도 모른다. (한스 란다라는 캐릭터가 형편없다는 말이 아
니다. '들여다보는 빌런' 한스 란다 대령 캐릭터는 영화사에서 두 번
다시 나오지 않을 실로 멋진 악당 캐릭터이다.)

문제는 관객이 초반에 한스 란다의 너무 큰 카리스마를 보아버린 것이다. 캐릭터에 대한 기대가 지나치게 컸다는 뜻이기도 하다. 위대한 배우 크리스토프 발츠가 연기한 최고의 카리스마 캐릭터 한스 란다 대령은 극 후반의 잘못된 처신 때문에 형편없이 망가진다. 한스 란다 정도라면 히틀러의 목을 우두둑 비틀어버리고 극장에 직접 불을 질러야 한다. 아니 2차 세계 대전을 종식할 만한 엄청난 짓이라도 해야 했다. 그처럼 무시무시한 인물이 있는 한 독일군은 패망할 수 없다.

빌런에게 카리스마를 부여하려면 그만한 실행하는 힘을 보여주어야 한다. 카리스마가 강할수록 그것에 걸맞은 사고를 쳐야만 한다. 그러지 못하면 지질이가 되어 외면받는다.

카리스마는 캐릭터를 강화하는 장치이며 신의 선물답게 보는 이가 한껏 기대감을 갖게 하는 힘이다. 따라서 극 후반에 그만한 힘을 보여야 한다. 빌런의 행동과 선택이 구차해도 되지만, 파급력은 커야 한다.

권위, 행동할 수 없다면 사용하지 마라

✣ **악마는 프라다를 입는다** (2006년, 영화)

감독: 데이비드 프랭클

갈등 구도: 미란다 vs 앤디

패션 잡지 〈런웨이〉의 편집장 미란다는 그야말로 전 세계 패션을 주도하는 파워 리더이다. 저널리스트가 꿈이었던 앤디는 '런웨이'에 입사하여 미란다의 비서가 되지만 점차 이곳도 하나의 정치판임을 깨닫는다. 앤디는 미란다의 업무 스타일을 파악하고 그녀의 신뢰를 얻기 위해 노력한다. 허들을 간신히 넘으며 신임을 얻은 앤디는 그녀의 가정사까지 알게 되면서 가까워짐을 느낀다. 앤디는 작가 톰슨으로부터 회사가 미란다를 내치려 한다는 정보를 듣고 그녀를 도우려 하지만 미란다는 괜히 그 자리에 오른 것이 아니었다. 미란다는 일찌감치 수를 쓴 상태였고 앤디는 미란다의 이기심과 냉철함에 학을 떼며 이곳은 자신이 있을 데가 아님을 깨닫는다.

미란다는 조직의 수장으로 바늘 하나 들어가지 않을 정도로 카리스마와 깐깐함을 보이며 극 후반까지 절대로 무너지지 않는다. 조직에서 무서운 장악력을 보이는 만큼 자신의 힘을 드러내 보임으로써 앞서 보여준 카리스마가 진짜임을 확인시켜준다.

영화 〈사냥꾼의 밤〉에서 해리 파월은 자신을 선교사라고 말하고 다니지만, 사실은 사기꾼에다 연쇄 살인마이다. 그는 자동차를 탈취한 죄로 교도소에 갇힌다. 거기서 사형수 벤 하퍼를 만나고 그가 1만 달러를 훔쳐 숨겼단 사실을 알게 된다. 해리의 손가락에는 'LOVE'와 'HATE'라는 문신이 있다. 해리는 수시로 허공을 보며 신에게 주절주절 묻는다. 그는 신을 들먹이며 선량한 척 사람들에게 환심을 사지만 그의 목적은 돈이다. 벤 하퍼의 아이들이 돈을 숨긴 것을 모르는 해리는 하퍼 부인 윌라에게 접근해 결혼한다. 그는 현란한 말솜씨와 카리스마로 윌라를 단번에 장악한다. 윌라는 점점 망가지고 결국 그의 말이라면 어떤 것도 믿게 된다. 그는 윌라의 정신을 자신의 것으로 만든 후 가차 없이 그녀를 죽이고 시신을 호수 바닥에 가라앉힌다.

해리의 무서움은 완벽한 이중성에 있다. 윌라에게는 강력한 카리스마를 보이고, 마을 사람들에게는 인자한 남편이자 선교사로 둔갑한다. 그는 아버지를 자칭하며 돈을 숨긴 남매에게 그것의 행방을 묻는다. 존과 펄은 그에게서 달아나 쿠퍼 부인에게 몸을 의탁하고 그는 느릿느릿 말을 타고 아이들을 쫓는다. 마치 어디에든 나타나는 악마와 같다.

결국, 그는 쿠퍼 부인의 헛간에서 경찰에게 잡히는데 여기서 그의 참모습이 드러난다. 그간 해리를 극도로 혐오하던 존이 그에게 달려들어 '아버지'라고 부르며 숨겨놓은 돈을 갖다 바치는 것. 해리 파월이 그간 중얼거린 세뇌는 결코 허튼짓이 아니었고 몹시 강력했다.

✣ **핏빛 자오선 (1985년, 소설)**

지은이: 코맥 매카시

갈등 구도: 홀든 vs 소년

판사 홀든은 글랜턴이 이끄는 인디언 사냥꾼 무리의 정신적 지주이다. 그는 폭력을 신봉하고 신학, 철학, 화학, 천문학, 외국어에 능통하다. 생김새도 일반인과 다르다. 민머리에 눈썹이 없고 아이처럼 키와 손발도 작다. 그는 인간의 폭력을 상징하는 악의 화신이다. 그는 벌거벗은 채로 사막을 걸어 순찰을 돌고 익사하는 동료를 능숙하게 구출하고 자신의 말이 결코 틀리지 않다는 것을 몸으로 보여준다.

홀든 판사는 야생에서 인간은 하나의 짐승과 같다는 점을 분명히 주장하며 자신 또한 인간이라기보다 사막에 떨어진 야생의 고결한 악임을 자칭한다. 홀든 판사의 카리스마는 영원성에서 나온다. 그는 자신이 불멸의 존재라고 말한다. 소년이 무리에서 떨어져 세월이 흐른 후 홀든 판사를 다시 만났을 때도 그는 같은 모습을 하고 있었고 누군가에게 같은 말을 하고 있었다. 그는 허울뿐인 카리스마를 지닌 악당이 아니며 자신이 초월적 존재임을 확실히 증명했다.

카리스마 빌런을 설정할 때 고려해야 할 체크 리스트

☐ 빌런은 어떤 능력을 지녔는가?

☐ 빌런이 사람을 모으는 힘은 무엇인가?

☐ 사람들이 빌런을 무슨 이유로 매력적이라고 생각하는가?

☐ 외형적으로 뿜어내는 성적 매력은 무엇인가?

　(목소리, 외모, 걸음걸이, 손짓)

☐ 내적으로 뿜어내는 매력은 무엇인가?

　(고통의 인내, 깊숙한 고찰, 배려심, 판단력, 집중력, 정치력, 직관력 등)

☐ 빌런이 보이는 카리스마는 지속적인가?

☐ 내뱉은 말을 지킬 능력이 있는가?

☐ 결심한 것을 반드시 하고 마는가?

☐ 위생 습관, 식사 습관은 어떠한가?

☐ 운동 능력은 어떠한가?

13

빌런이 갖는
열세 번째 키워드

이인자

Second in Command

세대 교체인가
반역인가,
이인자의 반란

세대 교체인가 반역인가, 이인자의 반란

조력자가 되거나 빌런이 되거나

이인자는 원래 일인자의 경쟁자였다. 그러나 결투에서 지고 자신의 처지가 새로이 규정된 것이다. 결투란 꼭 대적하거나 레슬링을 한바탕 치르는 것만은 아니다. 가늠하고, 팽팽하게 줄을 밀고 당기며, 혈통 경쟁에서 거론되고, 민중의 평판 순위에 오르며 일인자와 담판을 짓는 것도 포함된다. (일인자는 주인공일 수도 그렇지 않을 수도 있다. 만약 주인공과 결투 후 그대로 파멸하면 그들은 이인자가 아닌 대적자로서의 빌런이다.)

결투에서 패배한 이들은 추방되어 은둔하거나 일인자의 감시선 안에서 존재해야 한다. 그들은 일인자에게 도전했다는 이유로 고통의 시간을 보낼 수밖에 없다. 고개를 들면

하늘보다 더 높은 곳, 왕좌에 앉아 노려보는 그 존재가 보인다. 받들고 외쳐야 한다. "일인자시여!" "My lord." "My majesty!" 마음은 절절 끓어오르지만, 그가 눈치채지 못하게 미소를 보여야 한다. 올라간 입꼬리 안쪽 어금니는 닳아 없어진 지 오래다. 몸을 낮추며 수모를 겪는 와중에도 오직 빠뜨리지 않는 것이 있다. 바로 진 이유를 복기하는 것. 이들이 바로 이인자들이다.

이들은 일인자와 비등한 능력을 지녔음에도 왕좌를 차지하지 못했다. 이들은 자신이 일인자보다 모자란 부분이 있다는 것을 인정한다. 가장 명확한 것은 힘이다. 그렇다. 파워가 약했기에 졌다. 그러나 운(신의 선택, 왕의 선택, 민중의 선택), 리더십(인덕, 무리, 조력자), 혈통(차자, 서자, 외척) 따위의 문제도 승부의 주요한 요소임을 안다. 그의 능력과는 무관한 것들이기에 힘의 열세보다 그런 요소의 부재가 더 아쉽다. 그것만 보강되었다면 충분히 이겼을 것이기에.

이들이 일인자보다 월등한 것이 있다면 눈치다. 상황 파악 능력이라고도 한다. 이인자는 오차 없이 계산하는 자들이다. 무엇이 부족해서 이인자가 되었는지 알고 있으며 자신의 미래까지도 알고 있다. 그들은 일인자에게 맞설 기회가 올 것인지 아니면 영원히 주저앉아야 하는지를 가늠한다. 그리고 두 가지 선택을 한다. 다시 기회를 노리거나 일인자의 조력자가 되거나. 두 선택 모두 일인자로 등극할 가능성은 50퍼센트이다.

기회를 노리는 자들은 회복 가능한 것을 정확하게 보강한다. 실력, 힘, 자금, 포섭 따위가 그것이다. 운이나 덕이나 혈통은 인위적으로 보강할 수 없지만 그것들은 가능하다. 또 반드시 놓치지 말아야 할 것이 있다. 바로 협력자를 규합하는 것이다. 인덕이 없기에 스스로 모을 수 있는 무리의 규모는 한정되어 있다. 자신의 덕으로 채우지 못하는 규합의 빈 공간은 외부의 다른 힘을 끌어들여 채운다. 준비가 다 되었으면 더욱 낮게 움츠리고 기회를 노린다. 꼭 한 번은 빈틈이 생긴다는 것을 그들은 잘 알고 있다. 그걸 놓치면 끝이다. 이기면 일인자가 되고 지면 파멸이다. 절반의 승률이다.

적극적으로 일인자에 조력하는 것 또한 승산이 있다. 일인자에게 아들(세습자)이 없다면 대체자로서 왕좌를 이어받을 가능성이 있기 때문이다. 이때는 오랜 시간 조력자로서 최선을 다해야 한다. 이들은 인내심이 강하고 명석하다. 1980년대 신군부에서 전두환의 뒤를 이은 노태우가 좋은 예다. 그러나 일인자의 아들(세습자, 젊은 경쟁자)이 존재하면 선택은 다시 두 갈래로 나뉜다. 야망을 버리고 영원히 조력자로 남을 수도 있다. 야망을 버리지 못한다면 음모와 술수라는 최악의 방법을 쓰게 된다. 독살 등 급변 사태를 만들어 일인자를 단숨에 처치하고 서둘러 대체자가 되는 것이다. 이때 일인자의 아들은 미약해야 한다. 서둘러 그를 제거하

세대 교체인가 반역인가, 이인자의 반란

면 성공이다. 힘이 아니라 술수다. 몹시 위태롭고 불안한 행보이지만 방법은 그것 외에 없다.

조력자와 협력자는 구분해야 한다. 협력자는 계약을 주고받는 사이다. 하지만 조력자는 무조건 주는 관계다. 스승, 부하, 아내, 신, 동료 등이 있다.

일인자가 누구이냐에 따라 명망이 바뀐다

권력은 늘 교체되는 속성이 있다. 이인자가 일인자를 제압했을 때 어떤 일이 벌어질까? 일인자가 선善일 때 그는 찬탈자가 되고 배신의 플롯을, 일인자가 악惡일 때는 세대 교체자가 되어 건국의 플롯이 적용된다. 전자는 이인자가 빌런이고 후자는 일인자가 빌런이 된다(만년 이인자가 와신상담, 절치부심해서 대의명분이 분명하고 정당한 방법으로 일인자를 물리치고 자리에 올랐다면 그는 빌런이 아니다. 영웅이고 주인공이다. 우리는 지금 이인자가 주인공의 적이 되는 조건을 살펴보고 있다).

찬탈자의 배신 플롯의 예는 〈라이온 킹〉(1994)에서 무파사를 죽인 스카를 들 수 있다. 사바나 정글의 왕 무파사는 어린 아들 심바를 후계자로 내세우고 합리적인 정치를 한다. 하이에나와 함부로 사냥하는 무리를 멀리 보내 자신의 왕국과 경계를 짓게 했다. 무파사 지배하의 동물들은 사자에게 이유 없이 사냥당하지 않는 합리적인 사회에 속해 있다. 그런 무파사에게는 동생이 있는데 바로 권력에서 멀어진 스카다. '스카Scar'는 흉터란 뜻이다. 그는 건강한 형 때문에 서열에서 밀려났다. 형의 자리는 막 태어난 조카 심바가 이어받을 터였다. 스카는 심바의 탄생 공표일에도 나타나지 않는다.

그는 심바를 유인해 무파사를 절벽에서 죽이고 하이에나 떼와 협력해 왕의 자리에 오른다. 스카의 행보는 형을 죽이고 형수를 취한 『햄릿』의 클로디어스 왕, 문종의 아들 단종을 죽이고 왕이 된 조선 세조의 것과 같다.

세대 교체자로서 건국의 플롯이 적용되는 예는 고려를 건국한 왕건이 있다. 그는 후고구려를 세운 궁예왕의 장군 출신이다. 궁예는 그를 이인자인 시중으로 삼고 아꼈지만, 그에게 배신당했다. 궁예는 부하들을 믿지 않았고, 황후와 아들인 황태자를 죽이고 폭정을 일삼았다. 자연히 민중의 원성이 높아만 갔고 이인자 왕건이 신망을 얻었다. 결국, 정변이 일어났다. 왕건은 나주 호족의 지원과 궁예 수하 장수들의 호응을 받으며 궁예를 몰아내고 새 나라를 건국한다. 바로 한반도에서 474년 동안 존속한 고려이다.

이렇게 이인자를 어느 쪽 관점에서 보느냐에 따라 찬탈 빌런과 차세대 주자로 나뉜다. 이인자로 살아온 왕건은 궁예에게는 빌런이었고 민중에게는 세대 교체자였다. 중요한 것은 교체 시기의 이슈 선점이다. 어느 나라든, 어떤 조직이든 권력 교체의 필요성이 대두되는 시기가 온다. 쿠데타에

세대 교체인가 반역인가, 이인자의 반란

성공한 이인자가 내세우는 명분이 합리화되면 그는 세대교체자가 되고 합리화되지 못하면 정권 찬탈자가 된다.

대부분 왕위 찬탈자는 이슈 선점, 즉 대의명분이 미약하다. 조건이 맞았다면 애초에 그들이 일인자가 되어야 했다. 그들은 일인자보다 어떤 부분에서 하자가 있고 또 어떤 부분에서는 자격이 안 되는 인물이었다. 세상은 일찌감치 그들에게 그 점을 공지했다. 그들은 세상으로부터 제외 도장을 받았지만 단념하지 않고 인위적인 방식으로 되돌렸다. 자격 없는 자가 위치를 차지하면 지독한 자기 연민에 사로잡힌다. 그 자리에 오르기까지 자신이 행했던 일들에 대한 자괴감에 평생 괴로워한다. 수양대군 세조가 그랬고 형의 귀에 독을 부어 죽이고 왕이 된 클로디어스가 그랬다. 클로디어스는 조카 햄릿이 자신이 저지른 짓을 알까 봐 노심초사했다. 찬탈에 성공한 이인자는 응징을 당해 몰락하는 경우만큼이나 스스로 무너지는 경우도 많았다.

이인자는 협공한다

그들에게 협력자는 필수다. 한번 졌기에 힘을 보강하는 차원에서 협력자를 구한다. 이들을 '외부 이익 협력자'라고 한다. 이인자로 있으면서 일인자가 거느리던 부하들을 장악하는 것도 협력자를 얻는 방식이다. 일인자에게 충성하던 그들을 자기 쪽으로 끌어들이려면 계약이 필요하다. 이인자

1948년 영화 〈햄릿〉에서의 햄릿. 그의 삼촌
클로디어스는 형과 조카 햄릿까지 죽이고
일인자가 된 찬탈자로서의 이인자다.

는 원하는 자리에 오르면 그들에게 대가를 주어야 한다. 스
카는 하이에나들에게 프라이드랜드의 동물을 마음껏 사냥
하라고 허락했다. 하이에나들이 스카를 따르는 것은 존경해
서가 아니라 이익 때문이다. 찬탈 서사에서 이인자 빌런은
일인자에 비해 약한 존재다. 그들은 자신의 부족한 힘을 외
부에서 끌어들이고 힘을 제공한 자에게 반대급부를 약속한
다. 그리고 왕좌에 오른 후 끌어들인 외부의 힘을 감당하지
못해 파멸한다.

　만약 이인자가 외부 이익 협력자 없이 제힘으로 물리친다
면 독립 찬탈자가 된다. 그는 외로운 떠돌이일 가능성이 크

다. 이런 자들은 홀로 강하다. 하지만 혼자의 힘이라면 세대 교체자라고 부르기 어렵다. 왕위에 앉는다는 것은 명분과 주변의 승인이 있어야 하는 법. 한번 실패한 이인자가 외부 이익 협력자 없이 스스로의 힘으로 재도전에 성공했다면 그는 곧 집단의 승인 과정을 거쳐야 하며 통과하지 못하면 폐위된다. 『삼국지』의 여포가 그렇다. 그는 동탁의 이인자였고 스스로의 힘으로 동탁의 자리를 차지했지만, 곧 무리로부터 버림받았다. 이인자는 외부 이익 협력자를 구한다. 협력자는 딱 자신의 모자란 능력만큼을 채워줄 수 있어야 한다. 그 조율이 성공한다면 오래 남고 실패하면 협력자의 힘이 도리어 창으로 돌아온다.

강한 일인자에게서 살아남는 더 강한 자

사실 실력 있는 이인자란 존재하지 않을지도 모른다. 대부분 이인자는 애초에 죽임을 당하기 때문이다. 토사구팽兎死狗烹이다. 일인자가 왜 그 자리에 올랐겠는가. 이인자보다 더 영리하고 강해서다. 일인자는 절대로 이인자를 키우지 않는다. 토끼 사냥이 끝난 사냥꾼은 배가 불러도 사냥개를 잡아먹어야만 한다. 권력의 속성이다.

강력한 일인자 아래에서 누군가가 오랫동안 이인자로 존재한다면 그는 진짜가 아닐 가능성이 크다. 그는 '강력한 일인자'가 세운 허수아비 정승이거나 덕망 있는 척하는 얼굴마담일 것이다. 이인자만큼이나 일인자도 영리하다. 따라서 일인자를 물리치고 쿠데타에 성공한 이인자는 드물고 그런 이인자가 있다면 그는 역사에 이름이 오른다.

태종은 셋째 아들에게 왕위를 이양한 후 상왕이 되었다. 그는 아들이 몇 시간씩 처박혀 있는 처소를 불쑥 찾았다. 방에는 온통 마방진魔方陣이 펼쳐져 있고 벽마다 수리를 푸는 기구들이 가득하다. 상왕 태종은 세종이 바닥에 넓게 퍼뜨려놓은 방진 조각을 가리키며 심드렁하게 묻는다. "저것들을 풀고 계셨소?"

세종은 아무런 말이 없다. 그는 자신이 공부한 세상을 펼치려 하지만 늘 아버지 태종에게 막혀왔다. 자신의 세상과 아버지의 세상은 다른데, 아버지는 그것을 모른다. 이럴 거라면 왕위를 왜 물려주었는지 도무지 이해가 가지 않는다. 세종은 아버지 태종이 몹시 두렵다. 또 태종은 혀를 끌끌 찬다. "이러니 그냥 방진이라 하지 않고 마귀 마魔 자를 붙여서 마방진이라 하는 거지요. 마귀한테 홀린 듯 한번 빠지면 헤어날 수 없으니까. 쯧쯧."

상왕은 틀어박혀 방진 풀기에 빠져 있는 작금의 왕이 마음에 안 든다. 마방진이란 숫자를 배열하는 놀이를 말한다. 정사각형에 같은 칸을 두고 1부터 차례로 숫자를 중복하거나 빠뜨리지 않고, 가로, 세로, 대각선 수들의 합이 같도록 만들어야 한다. 형제를 죽이고 아버지와 눈을 부라리며 고

되게 차지한 왕 자리를 기껏 물려줬더니 이런 퍼즐 놀이만 하고 있다니.

실무 지향적인 태종과 이론 지향적인 세종은 치국의 도를 바라보는 시각이 서로 달랐다. 세종은 자신의 나라를 책에서 배운, 이상적인 도의 나라로 만들고 싶었다. 그가 군왕의 도를 학學에 근거해서 이기理氣로 풀어내려 할라치면 어느새 상왕이 나타나 눈을 부라린다. 아버지는 정치란 본능으로 하는 것이며 책에서 배운 것과는 다르다고 역설한다. 세종은 아버지의 서슬 퍼런 눈에 주눅이 든다.

태종: 그래, 저 방진들은 푸셨소?

세종: ……아직 못 풀었습니다.

태종: 내가 풀어드릴까?

상왕 태종은 벽에 세워놓은 사각의 방진들을 우르르 밀어버린다. 그리고 가운데 자리에 방진 조각 한 개만 딱 박아놓는다. 놀라는 세종. 태종은 다 풀었다며 아들을 느긋하게 돌아본다. "숫자 하나만 남겨두고 다 버리면 되지!" 방진 하나는 왕을 뜻한다. 주변의 더하고 곱하는 골치 아픈 숫자들을 다 버리면 더는 고민할 게 없다는 뜻이다. "33 방진도 못 풀고 쩔쩔매고 있으면서 세상의 방진은 어떻게 풀 참이오? 세상은 천 방진, 만 방진이오. 왕의 방진은 이렇게 하는 것

드라마 〈뿌리깊은 나무〉의 한 장면. 마방진에 빠진
아들 세종을 한심하게 여기던 태종은 권력을 나누지
말란 취지에서 방진 조각 하나만을 남겨둔다.

이오! 오직 하나!"

SBS 드라마 〈뿌리깊은 나무〉(2011)에서 태종은 권력을
나누지 말라고 아들에게 충고한다. 상소 하나 수결하는 것
에도 종일 신하들과 고민하고 토론하고 심사숙고해 답을
찾아내려다간 결국 그들에게 권력을 빼앗긴다는 뜻이다.

이방원은 아버지 태조의 개국 공신 이거이, 친형제 방간,
이복형제 방번, 방석, 정적 정도전 일파, 자신을 왕위에 오
르게 한 민무질 형제, 이숙번, 아들 세종의 장인 심온까지
가차 없이 없앴다. 이인자가 될 자라면 혈족, 공신, 수하를
불문했다. 이인자를 모조리 없앤 후에야 아들 충녕에게 안
전하게 왕위를 넘겼다.

무릇 일인자는 그래야 한다. 일인자는 조직을 다스리는

세대 교체인가 반역인가, 이인자의 반란

자가 아니라 조직을 매 순간 장악하는 자이다. 일인자는 야성野性이 있어야 한다. 인仁이라는 무기는 다스릴 순 있어도 장악할 수 없다. 냉혹한 권력의 현실이다. 그런 일인자 아래에서 그 일인자만 한 다른 인물이 살아 있을까? 일인자가 살려둘까? 천만의 말씀.

이인자는 기회가 올 때까지 일인자의 의심을 사지 않도록 처신해야 한다. 중국 공산당 부주석 린뱌오는 전쟁의 신이었다. 1927년 시작된 국공 내전 때 10만 공산군으로 60만 국민당군과 싸워 이겨 국민당 장제스로부터 전쟁 귀신이라는 별명을 얻었다. 그는 마오쩌둥의 공식 후계자였다. 이인자였던 그는 일인자 마오쩌둥과 문화혁명 때 실력을 대결했다. 결국, 마오쩌둥을 암살하려던 쿠데타 모의가 발각되자 가족을 비행기에 태우고 달아나다가 몽골 사막에서 격추되어 사망했다. 바로 9·13 사건이다.

야망이 없다면 이인자는 일인자 앞에서 더욱 자신을 낮추어야 한다. 린뱌오가 죽고 이인자가 된 저우언라이는 프랑스 유학을 다녀온 지적인 사람으로 중국인에게 인기가 좋았다. 그는 더럽고 냄새나고 무식한 마오쩌둥에게 무릎걸음으로 기어가 사안을 설명했다. 다른 중국 혁명 공신들은 전부 문화혁명에 타격을 받았지만 그만은 끝까지 살아남았다. 마오쩌둥에게 린뱌오는 빌런이었고 저우언라이는 빌런이 아니었다.

역사에서 이인자는 애당초 거세당한다. 서사에서도 마찬
가지다. 작가가 이인자 빌런을 만들겠다면 먼저 강력한 일
인자를 만들어야 한다. 강력한 일인자가 꼭 주인공이 될 필
요는 없다. 일인자는 오직 이인자 빌런을 단련하기 위한 운
동 기구일 뿐이다.

이인자 빌런의 고난 역시 치밀해야 한다. 이인자는 그 자
체로 보면 또 하나의 영웅이다. 주인공과 마찬가지로 이인
자 역시 조지프 캠벨이 말한 '영웅의 여정'(태어남-부름-모험-
귀환)을 걷는다. 빌런인 이인자가 왕권을 탈취했을 때, 즉 고
난을 겪고 최고에 올랐을 때 비로소 주인공과 만나게 된다.

작가는 이인자의 개인 역사를 만들 때는 그 어떤 빌런보
다 심사숙고해야 하며 그가 낮은 자리에서 웅크리는 동안 겪
는 깊디깊은 고난을 설정해야만 한다. 그래야 강력한 빌런이
만들어지며 그런 이인자 빌런 앞에 마주 선 주인공의 서사도
덩달아 강력해진다. 우리는 이인자를 함부로 평가해서는 안
된다.

세대 교체인가 반역인가, 이인자의 반란

✢ **몬스터 주식회사** (2001년, 극장 애니메이션)

감독: 피트 닥터

갈등 구도: 랜달 vs 설리반

몬스터주식회사의 설리반과 랜달은 아이들의 비명을 수집하는 회사의 대표 몬스터들이다. 랜달은 실적 면에서 설리반 뒤를 잇는 이인자이다. 랜달은 〈몬스터 주식회사〉의 속편인 〈몬스터 대학교〉(2013)에서 순진한 캐릭터로 나오는데 설리반에게 수모를 당한 후 줄곧 그를 미워하게 된다. 랜달은 설리반의 기록을 깨기 위해 노력하지만 그를 당해낼 수 없어 밤마다 작업장에 몰래 나와 기록을 충당하는 수를 쓴다. 거기에 더해 아이들을 납치해서 비명을 추출하기 위해 기계를 만들고 있다. 설리반이 꼬마 아이 부를 데리고 오자 부를 납치해서 기계를 실험하려 하며 부를 미끼로 설리반을 다른 이계로 추방해버린다. 어떻게 보면 일인자가 되기 위해 부단히 노력하는 이인자이며 설리반이 추방당했을 때 잠시 일인자가 되지만 설리반이 돌아오고 비명보다 웃음 에너지가 더 강력함을 알게 되자 곧 설 자리를 잃는다. 랜달은 질투와 시기의 상징이며 학창 시절부터 성인이 될 때까지 능력 면에서 주인공 설리반을 당할 수 없다.

❖ 친구 (2001년, 영화)

감독: 곽경택

갈등 구도: 동수 vs 준석

준석은 늘 일인자였다. 동수는 그의 절친한 친구이면서 그의 뜻을 따르는 행동대장이었다. 동수는 준석을 이길 수 없다. 딱 한 번 준석에게 "내가 니 시다바리가?"라며 대들지만, 준석의 쏘아보는 시선 한 방에 고개를 숙이고 말았다. 성인이 된 동수는 준석과 다른 길을 가려고 마음먹고, 준석의 아버지를 배신한 차상곤의 조직에 들어간다. 역시 이인자였다가 쿠데타를 일으킨 상곤은 동수에게 이렇게 말한다. "일등만 있으면 썩으니까, 내가 이등이 돼가지고 일등 정신도 차리게 하고, 발전적으로 나가기 위해 그랬다 아이가." 동수는 준석 아버지를 염해주는 것을 끝으로 준석과 헤어진다. 준석과 동수는 서로 다른 조직에 몸담게 된 이상 적일 수밖에 없다.

영화 <친구>는 주축 인물 중 하나인 이인자 동수를 빌런이 아니라 주인공으로 그려놓는다. 영화는 준석과 동수, 두 사람이 말로 내뱉지 못하는 우정을 말하면서도 늘 준석의 그림자에 갇혀 있던 동수의 외로움을 부각한다. 동수는 일인자가 되고 싶은 야망이 있으나 내면에는 준석을 사랑하는 우정이 더 깊다. 동수는 준석과 비교했을 때 하나 부족한 게 있다. 바로 외형적 리더십이다. 학교, 폭력 조직 등 집단적인 공동체 안에서 고독하고 내면적이고 우울한 동수는 쾌활하고 친구들을 토닥이며 아우르는 준석에게 늘 밀린다.

이인자 빌런을 설정할 때 고려해야 할 체크 리스트

☐ 빌런은 서사의 시작에서 일인자와 어떤 관계인가?

☐ 빌런의 약점은 무엇인가?

☐ 일인자를 존경하는가?

☐ 빌런을 따르는 수하들이 존재하는가?

☐ 빌런은 자신의 명예와 욕심 중 무엇을 더 중요하게 생각하는가?

☐ 일인자를 제압할 때 사용할 그만의 숨겨진 능력이 있는가?

☐ 클라이맥스에서 일인자에게 어떤 말을 하는가?

☐ 협력자에게 무엇을 약속하는가?

☐ 빌런이 반란에 성공한다면 후계자를 어떻게 처리하는가?

14

여성

Female Villain

한을 품지 않고
악을 뿌린다

한을 품지 않고 악을 뿌린다

여성이 빌런이 되지 못한 이유

우리는 살인 면허를 지닌 남성 요원을 다스리는 여성 국장도 보았고, 사막을 누비며 쌍둥이 빌딩을 무너뜨린 테러리스트를 체포하는 여성 정보 분석가도 보았다. 또 블랙홀의 비밀을 푼 천재적인 여교수도 있었고, 광자 엔진을 흡수해 우주 최강의 히어로가 된 여성 전투기 조종사도 있었다. 인육을 먹는 박사를 살살 구슬려 연쇄 살인마를 쫓던 그녀는 FBI 아카데미 수석 졸업자였다. 혹자는 아직 갈 길이 멀다고 생각하겠지만 여성은 당당히 서사의 주인공으로서 매력을 뽐내고 있다. 그런데 악당은? 위대하고 철학적이고 세상을 뒤집을 만한 무시무시한 여성 악당을 당신은 기억하는가? 멋진 여성 주인공은 많은데 빌런은 좀처럼 드물다.

왜 작품에서 여성 악당이 남성 악당만큼 활약하지 못했을까? 체력적인 한계 때문에? 사악함의 정도가 차이 나서? 남성만큼 똑똑하지 못해서? 품성이 잔인하지 못해서? 야망이 없어서라고? 땡, 정답은 바로 이거다. 위대한 남성은 하찮은 여성을 때릴 수 없다는 '정신적 우월주의' 때문이다.

유사 이래, 다른 경제 분야도 그랬지만 유희에 관한 분야, 특히 돈을 주고 놀이를 소비하는 주체는 남성이었다. 서사 매체는 놀이의 대표 주자이다. 대공황 이후 세계 경제의 암흑기와 산업기를 극복하고 폭발적인 소비기에 들어선 1950년대부터 2000년대까지 문화 소비의 주체는 부르주아 백인 남성이었다. 여성은 남성이 슬며시 보여주는 그들을 위해 만들어진 문화를 마지못해 즐길 수밖에 없었다. 그런 문화에는 남성 우월주의가 눅진하게 녹아 있다. 전통, 가족, 국가, 남성, 백인은 작품 속에서 청고淸高한 대상이었다. 또 정의, 시장 경제, 민주주의, 도덕, 힘, 아들, 자동차 등은 남성이 반드시 지켜야 할 가치였다. 서사에서 그런 것들을 훼손하는 빌런이 여성이어서는 절대 안 된다.

그들, 위대한 소비 주체는 악의 제국에 맞서 두 번의 세계대전에 참전했고 인류 공산화를 막기 위해 목숨도 버릴 뻔한, 마천루를 빼곡하게 세우기 위해 넥타이를 편하게 풀지도 못하고 잠들었던 일등 인류였다. 늙어서도 여전히 세계의 부조리와 악에 맞서는 역전의 용사들이었다. 하느님 외 그들이었다. 그들은 자신이 세계를 만들었다고 믿는다. 역사도 그들의 전시품이다. 그들은 아버지가 돌아가시면 가정을 지켜야 했고 마을이나 공동 근거지가 위태로우면 말을 타고 총을 잡아야 했다.

그런 그들이 넥타이를 풀고 푹신한 의자에 앉아 얼음 넣은 위스키 잔을 홀짝이며 이야기를 감상하고자 한다. 이야기 속 영웅이 여정을 떠나고 있다. 소명을 받고 조력자를 만나고 스승을 만나 껍데기를 깬다. 악당을 응징하기 위해 깊고 깊은 동굴을 지나고 엘릭시르를 구하기 위한 클라이맥스에 이르러서 악당과 조우한다. 그런데 악당이 여자라고? 무찔러야 하는 존재가 하찮은 여성이라고? 저 가냘픈 가슴과 배에 정의의 주먹을 날려야 한다고? 있을 수 없는 일이다. 그건 용사가 해서는 안 되는 일이었다. 체면이 구겨지는 일이다. 절대로 빌런의 자리를 여성에게 내주어서는 안 됐다. 빌런은 신 다음으로 강한 힘을 가진 자신들과 맞짱 뜰 만한 남자여야 했다. 히틀러처럼 강하고, 칭기즈 칸처럼 공포스럽고, 시저처럼 노련하고, 나폴레옹처럼 고집스러워야만 정의롭고 단단한 주먹을 날릴 수 있다.

돈줄을 쥔 그들에게 악당이 여성이라는 것은 자존심이 허락하지 않았다. 악당이라면 종국에 응징당하는 존재인데

한을 품지 않고 악을 뿌린다

그런 악당이 여성이라면 여성을 응징해야 한다는 뜻이 된다. 그럴 수 없다. 여성은 자신들이 지켜야 할 존재니까. 백번 양보해서 여성에게 히어로 자리를 내주면 내주었지 빌런은 차마 안 되는 것이다. 그들에게 여성은 늘 보호받거나 피해를 보는 대상이어야 했다. 작품에서도 백인 가정주부는 싱크대 앞에 서 있으면서 피를 철철 흘리며 들어오는 남성을 치료하고 걱정하고 열기를 식혀주는 역할을 부여받았다. 흑인 여성이나 아시아 여성은 고작 하녀 역할이었다. 존경받는 여성은 존경받는 남성의 부인 정도였다. 무엇보다 여성은 범행의 대상이었다. 물론 가해자는 남성이다. 여성 인권 차별을 논할 때 소설이나 영화는 이러한 논장論場의 근거 있는 샘플이 될 수 있다.

여성 빌런이 그나마 자연스러웠던 장르는 로맨스 드라마 장르다. '여자의 적은 여자'로 구축되는 서사에서 주인공을 시기하는 팥쥐 캐릭터가 바로 여성 빌런이었다.

이제는 다르다. 아직 많은 분야에서 고질적으로 존재하는 차별이 격파되어야 하지만 여성이 사회 주축으로 올라섰고, 문화 시장은 여성 위주로 돌아가고 있다. 여성은 남성으로부터 분리되어 사회 권력을 쟁취하기 위해 도전하고 있다. 문학과 영상도 여성 소비자를 대상으로 기획되고 있다. 20세기까지 세계를 주름잡던 역전의 용사들은 이제 수명을 다했고 그들의 후예는 치열한 경제 환경 속에서 아버

1975~1979년까지 방영되었던 TV 시리즈 〈원더
우먼〉의 주인공 린다 카터. 이전에는 여성 악당을 좀처럼
허락할 수 없었기에 원더우먼은 히어로에 머물렀다.

지 세대의 자신감을 잊은 지 오래다. 남성은 이제 문화를 즐
길 의지가 없다. 반면 여성은 문화의 주체가 되었다. 물론
이번 장의 키워드가 남녀 평등은 아니다. 우리는 빌런 이야
기를 하고 있다. 이제 양성이 평등하다는 시선에서 남성보
다 상대적으로 아래에 있었던 여성 지위를 높여야 한다. 그
것은 빌런을 논할 때도 마찬가지이다.

한을 품으면 오뉴월에 서리? 태풍이 아니고?

여전히 세부적으로 생각해봐야 할 문제가 있다. 여성적

　　　　　　　　한을 품지 않고 악을 뿌린다

빌런, 즉 '전통적으로 여성이 맡았던 조건' 속 여성 빌런과 인간적 빌런, 그러니까 '오직 악을 추구하는 인간을 그리되 그 빌런이 여성'인 경우를 분류해야만 한다. 전자의 예는 〈미저리〉(1990), 〈하녀〉(1960) 등을 들 수 있고, 후자는 〈원초적 본능〉(1992)을 들 수 있다. 후자는 빌런을 남성으로 치환해도 무리가 없다.

분류 역시 남성과 여성의 사회 차별적 의미가 내포된 구분임을 인정하지 않을 수 없다. 우리는 남성에게 '전통적으로 남성이 맡았던 조건 속' 남성 빌런과 인간적 빌런, 그러니까 '오직 악을 추구하는 인간을 그리되 그 빌런이 남성'인 경우를 묻지 않기 때문이다.

감히 왜 이런 불손한 분류를 시도하느냐면 우리 사회에는 여전히 여성만의 상황(직업, 조건, 계급)에 관한 전통적 선입견이 존재하기 때문이다. 하녀, 여대생, 산파, 몸 파는 여성, 미인계, 여성 스파이, 수녀, 간호사, 비서 등의 직업과 엄마로서의 사명감(직업을 가져 아이에게 미안하다), 이혼녀를 보는 시선(남편 없이 혼자 벌어서 아이를 기를 수 있나), 군인으로서 직업 정신에 대한 의심(여자가 체력이 될까), 일부一夫의 순종(유부녀가 외간 남자를 좋아해도 되나) 등의 차별적인 사고가 현실에는 엄연히 존재한다. 이것은 사회가 진보하면서 반드시, 또 빠르게 사라져야 할 선입견임이 분명하나 작품의 소재 선택과 관련된 문제로 접어들면 작가들은 존재하는 그 요소를 다루지 않을 수 없다. 주제가 아닌 소재의 측면에서 그렇다. 작가라면 현실을 직시하고 존재하는 현실 조건을 작품에 다루어야 할 때가 많다(일명 통속通俗의 조건이다).

이야기 속 캐릭터는 현실에 근거를 두고 가장 진실에 가까운 조건에서 뛰어놀아야 한다. 핍진성이다. 현실에서 여성 해방이 아직 이루어지지 않았다면 작품 속에서도 마찬가지여야 한다. 애석하게도 모든 작품이 여성 해방의 지침서가 될 수는 없다.

이에 조심스럽지만 전자는 불평등한 현실에 순응하는 여성 빌런을, 후자는 악을 지닌 인간으로서의 여성 빌런을 연구해보는 것이다.

여성상의 울타리 안에서 생겨난 빌런

여성이라고 하면 떠오르는 전통적인 관념들이 있다. 그 울타리 안에서 만들어진 여성 빌런은 본성을 숨기고 전통에 순응한다. 그리고 결정적인 시점이 왔을 때 악의를 드러낸다.

필립 K. 딕의 소설 「도매가로 기억을 팝니다」(1966)를 파울 페르후번 감독이 영화로 만든 〈토탈 리콜〉(1990)은 주인공의 아내 로리가 중요한 빌런으로 등장한다. 더그와 로리는 8년 차 부부다. 로리는 아름답고 착한 여자다. 로리는 더그가 화성으로 이주하자고 말하자 그의 기분이 나쁘지 않도

한을 품지 않고 악을 뿌린다

록 현명하게 거절한다. "다시는 그런 말 하지 말아요. 이 평온하고 좋은 생활을 왜 망가뜨리려 해요. 아이참, 당신도."

더그는 화성에 끌린다. 매일 화성으로 가서 정체를 알 수 없는 한 여자를 만나는 꿈을 꾼다. 늘 그렇듯 주인공은 아내 말을 듣지 않는다. 그는 가짜 여행을 보내주는, 그러니까 실제가 아닌 의식으로 여행을 보내주는 리콜이라는 여행사를 찾아간다.

여행사는 싸고 안전한 '자아 여행'을 제안한다. 화성에서 되고 싶은 인물이 되어 실컷 놀 수 있다는 것이다. 더그는 의식 여행을 가려던 참에 의문의 발작을 일으킨다. 싸구려 여행에 실패하고 돌아온 더그는 함께 일했던 친구들이 이전과 다르다는 것을 깨닫는다. 그들은 더그를 잡아 가둔다. 더그는 자신에게 엄청난 무력이 있다는 것을 알게 된다. 한편 로리는 그 리콜이라는 회사가 그의 두뇌를 망가뜨렸다고 분노한다. 사실 더그는 하우저라는 인물이었고 화성 반란군이었다. 기억이 조작된 채로 지구에 살고 있었던 것. 아내 로리는 더그로 살고 있는 하우저를 감시하기 위해 독재자 코하겐이 보낸 수하였다.

전통적 여성상의 옷을 입고 활약하는 여성 빌런은 주로 주인공의 아내 혹은 가까운 여인으로 분장한다. 또는 보스를 보좌하는 애인이자 비서, 간호사에 준하는 역할이다. 그

영화 〈토탈 리콜〉의 한 장면. 아내가 본성을
드러내는 이야기 패턴은 고전적 여성 빌런의
흔한 설정이었고 지금도 사용된다.

들은 주인공에게 접근하고 결국 주인공을 속이는 역할을
한다. 성을 매개로 접근하거나 순종과 헌신을 보이다가 결
정적일 때 주인공의 뒤통수를 친다. 하나 그들은 대부분 클
라이맥스까지 활약하지 못한다. 클라이맥스에서는 실제 적
이 출현하기 때문이다.

　아내, 또는 아내로 대변되는 빌런은 주인공이 진짜 적을
만날 수 있게 하는 징검다리 역할을 하는 경우가 많았다. 그
들은 곧 정체가 발각되고 측은한 눈빛을 보이며 이 모든 게
다 누군가가 시킨 일이라고 실토한다. 측은지심을 느낀 주
인공이 망설이면 그녀는 기회를 놓치지 않고 칼을 휘두른
다. 그러다가 제압당하면 다시 아내의 눈빛으로 돌아온다.
"우린 사랑했잖아요."

　　　　　　　　　한을 품지 않고 악을 뿌린다

전통적인 여성상의 옷을 입고 만들어진 빌런의 패턴은 이런 이중성을 내보인다. 아내란 순종하고 지고지순하다는 일반적인 시각을 살짝 비틀고 거기에 맞는 악을 부여한 것이다.

가정이나 사회에서 억눌려 있다가 교묘하게 자신을 드러내는 카멜레온 유형이다. 이런 설정은 과거에 흔히 쓰였고 지금도 활발히 사용되고 있다.

불안을 무기로 삼은 사이코패스 여성

여성 사이코패스 캐릭터는 잘 만들어지지 않았고 알려진 캐릭터도 드물었는데 그 이유 역시 전통적인 여성상에 갇힌 남성적 인식에서 기인한다. 여성이라면 단정하고 차분하고 순종적이어야 한다는 남성적인 시각에서 보면 머리카락이 헝클어지고 맨발로 뛰어다니며 입안에 피를 머금고 괴성을 지르는 괴물화된 여성 이미지란 소설 묘사에서도 영화 연출에서도 좀처럼 멋진 그림이 만들어지지 않는다고 여긴 것 같다. 작가나 영화 제작자 들은 어쩌다 여성 사이코패스를 발굴해도 우리에 갇힌 희귀한 줄무늬 사자를 보듯 했다. 그 와중에 영리한 대가들은 여성 사이코패스 빌런을 선점했고 성공을 거두었다. 그 대표 작가가 스티븐 킹이다.

'미저리 채스턴' 시리즈로 유명한 베스트셀러 작가 폴 셸던은 늘 그렇듯 콜로라도 산장에서 원고를 완성한 후 차를 몰고 뉴욕의 출판사로 가던 중 눈보라에 미끄러져 차가 뒤집히는 사고를 당한다. 눈을 떠보니 한 여성이 그를 바라보고 있다. 그는 침대에 누워 있고 코가 부러지고 팔 하나와 두 다리가 부목으로 고정되어 있다. 여성은 폴에게 안심하라고 말한다. 어깨 탈골, 골반뼈, 정강이뼈, 종아리뼈가 복합 골절되었지만, 그녀가 밤새 뼈를 직접 맞추었다고 한다.

여자는 자신을 애니 윌크스라고 소개했다. 그녀는 전직 간호사였다. 폴은 애니 덕에 살아났고 안정을 되찾았다. 그녀가 간호사라는 것이 너무도 다행스러웠다. 애니는 지극정성으로 폴을 간호한다. '미저리' 시리즈를 거실의 잘 보이는 탁자 위에 모아둘 만큼 애니는 폴의 팬이다. 눈보라가 치고 애니의 집은 고립된다. 팔을 움직이지 못하는 폴의 면도를 끝낸 애니는 조심스레 그의 원고를 읽어볼 수 있냐고 부탁한다.

"내 원고를 보고 싶다고요? 난 원칙주의자요. 원고를 볼 수 있는 사람은 편집자, 대리인 그리고 내 목숨을 구해준 사람이지요." 폴은 흔쾌히 '미저리' 원고를 그녀에게 넘긴다. 감격하는 애니. 그녀는 폴의 원고가 든 가방을 가슴에 품고 폴을 바라본다. 정말로 작가를 사랑하고 작품을 아끼는 팬의 흥분되고 선한 눈이다.

다음 날 밤 애니가 벌컥 문을 연다. 무섭게 눈을 부라리고 있다. 애니는 미저리를 살려내라고 요구한다. 주인공 미

한을 품지 않고 악을 뿌린다

저리를 죽인 서사가 마음에 들지 않았기 때문이다. 폴은 그녀가 부리는 히스테리에 놀라 정신을 못 차린다. 애니는 폴의 부러진 다리를 마구 흔들어대며 소리친다. "나의 미저리는 이런 인물이 아니라고!" 그녀는 직접 정성스럽게 감아준 붕대가 헝클어지는 것도, 폴이 고통스레 몸부림치는 것도 아랑곳하지 않는다. '이 여자, 미친 여자구나'라고 실감하는 폴.

"이 원고를 태워요." 애니는 폴에게 원고를 직접 불로 태우게 한다. 사지가 부러진 폴은 그녀의 집에 고립되었고 밖으로 나가려고 갖은 사투를 벌이지만 실패한다. 폴은 애니가 마련해준 타자기로 '미저리' 소설을 그녀가 원하는 대로 다시 쓰게 된다. 애니의 집착은 점점 심해지고, 친절하다가도 어느 순간 괴물이 된다. 그녀는 폴을 아이를 돌보듯 고립시키고 장난감처럼 대한다. 아무래도 깊은 정신 이상 증세가 있는 듯하다.

애니는 전통적 여성의 옷을 입은 빌런이다. 미저리라 이름 붙인 돼지가 그녀의 유일한 가족이다. 남편이 갑작스레 떠나고 외로움이 그녀를 악마로 만들었다. 병원에서 일하며 미친 듯이 '미저리' 시리즈를 읽었다. 오직 그녀를 대변하고 위무한 것은 폴의 소설 속 미저리 채스턴이라는 인물이었다. 그리고 애니는 자신이 가져보지 못한 신생아들을 교묘히 살해한 전력이 있다.

영화 〈미저리〉(1990)의 한 장면. 애니는 남성에게
충실해야 할 여성이 그렇지 않은 행동을
보임으로써 공포를 자아낸다. 지극히 남성적인
시각에서 만들어진 여성 빌런이며 지금도 그런
여성 빌런을 표현하는 작업이 계속되고 있다.

애니는 그가 쓴 원고를 수시로 받아 읽고 마음에 들지 않는 부분은 되돌리며 수정을 요구한다. 심지어 그를 앉혀두고 자신의 이야기를 소설에 넣기를 요구한다. 몸이 구속된 폴은 그녀가 하라는 대로 쓴다.

아니 쓸 수밖에 없다. 다시 쓴 원고에 흡족해하는 애니. 두 사람은 촛불을 켜고 만찬을 나누는데……. 폴은 그녀를 제압하고 이 집에서 빠져나가기 위해 계략을 꾸민다.

애니가 전통적 여성상에 속한 빌런인 이유는 다음과 같다. 먼저 폴과 애니는 힘이 뒤바뀌었다. 폴은 휠체어를 탄 신세이고 애니는 육중한 몸을 가졌다. 두 다리가 부러진 폴은 힘으로 애니를 이길 수 없다. 애니의 악은 가히 몸을 오

한을 품지 않고 악을 뿌린다

그라뜨릴 만큼 강하지만 결국 그녀도 힘을 사용해야만 악의 정점에 설 수 있다. 주인공과 빌런의 전통적 구조를 그대로 두고 남성과 여성만 바꿨을 뿐이다. 클라이맥스에서도 그녀와 폴은 뒤엉키며 결투하는데 역시 힘쓰는 것 외에 더 깊은 방식으로는 들어가지 못했다.

두 번째로 폴은 기회를 얻기 위해 애니의 순종적 시중에 의지한다. 초를 가지고 와달라고 하거나 약을 달라고 하면서 위기를 모면하거나 반격을 준비한다. 이는 전통적 여성상의 울타리 안에서 만들어진 악당의 한계를 여실히 보여주는 장면이다. 애니가 요즘 캐릭터였다면 그냥 묶어놓은 채 지하에 가두고 마약을 강제로 투여해 작가의 영감을 고조시킨 후 원하는 소설을 쓰게 했을지도 모른다. 원하는 것을 들어주고 씻겨주고 먹여주며 강요하는 방식이 아니라. (물론 작가는 순종하면서도 히스테리를 일으키는 미묘한 공포를 살리기 위해서 이런 설정을 한 것이다.)

마지막으로 애니는 지극한 가정 결핍의 상처가 있다. 병원에서 수많은 신생아를 죽인 것도 거기에 기인한다. 우리가 느끼는 애니의 무기는 그녀의 불안한 시선이다. 애니는 언제 폭발할지 모르는 시한폭탄과 같다. 다른 여성 주부와 달리 버림받고 혼자 돼지와 함께 살아야 하는 처지를 비관해 비가 오면 권총을 만지작거리며 슬픈 얼굴로 우울에 빠진다. 애니의 악은 가정을 꾸리며 사는 여성이라면 응당 가

저야 한다고 여겨지는 전통적 행복의 결핍에서 나온다. 애니라는 빌런은 종국에는 폴을 남편의 자리에 두고 싶어 한다. 『미저리』(1987)는 사이코패스 여성 빌런을 그런 전통적인 조건 안에 두고 악을 뿌리게 한다.

가깝게 비교할 만한 작품이 토니 스콧 감독의 영화 <더 팬>(1996)이다. 빌런인 길 레너드는 야구선수 보비 레이번을 추종하는 광팬이다. 그는 비루한 영업 사원이고 무능한 남편이며 아버지이다. 게다가 어린 시절 선수의 꿈을 접었던 아픔이 있다. 그는 슬럼프에 빠진 야구 선수 보비를 실패한 자신에게 투영하고, 보비를 위해 살인까지 마다하지 않는다. 그러나 고맙다는 말 한마디를 듣지 못하자 보비에게 악마성을 드러낸다. 이 점은 폴의 소설 원고 속 미저리라는 인물에 자신을 투영한 애니와 동일하다. 하지만 레너드는 보비를 응원하거나 응징하는 것으로 자신의 삶을 찾으려 했다. 그에게는 악의 독립성이 존재했다.

애니는 달랐다. 원고를 수정시킴으로써 자아를 찾은 것에 만족하지 않고 폴과 가정을 꾸리려 했다. 그녀는 해머로 폴의 두 발을 부러뜨리고 사랑한다고 말한다. 전통적 여성의 길을 가고자 했던 것이다. 결국, 애니는 두 발의 총알로 폴과 함께 죽으려 하다가 죽임을 당한다. 애니가 원고를 수정하고 원고 속 미저리를 살린 것에 만족하며 폴을 돌려보내려 했다면, 그러다가 장렬하게 죽음을 맞이했더라면 여성 빌런으로서 최고의 자리를 차지했을지도 모른다.

애니는 하녀의 전형이다. 작가는 주인을 공손히 모시는 하녀를 변주해 여성 빌런을 만들었고 그것이 1980년대 사회를 장악하고 있는 남성들에게 주요하게 먹혔다(소설은 1987년 출간되었고 영화는 1990년에 개봉했다). 애니는 전통적 여성상 울타리 안에서 설계된 여성 빌런이다. 외롭고 못생기고 히스테리를 부리는 여성스럽지 못한 괴물. 이성적이고 정상적인 남성을 괴롭히는 막돼먹은 공포의 괴물이다. 영화에서 명배우 캐시 베이츠가 연기한 애니 윌크스는 대단히 악마적이지만 또 인간적이며, 진화되지 못한 캐릭터이다. 쿠엔틴 타란티노의 <킬 빌>(2003)도 마찬가지다. 가정을 만들기 직전에 당한 일을 복수하는 주인공의 서사, 아이를 위해 칼을 숨기는 여성 빌런, 그들은 어쩔 수 없는 모성을 드러낸다.

스티븐 킹의 소설 『미저리』는 여성 빌런 역사에 한 획은 그은 기념비적인 작품이고, 밀실에 갇힌 인간의 공포를 점층적으로 표현했으며, 두 인물만으로 긴박한 스릴을 구축한 경제적 서사의 대표적인 작품이다. 애니 윌크스 역시 최고의 여성 빌런 중 하나임이 틀림없다.

여전히 여성 사이코패스 빌런은 귀하다. 존재하는 몇 안 되는 캐릭터도 전통적인 여성상에 기댔거나 간신히 그 선을 넘었을 뿐이다. 그리고 여성상의 울타리 안에서 만들어진 빌런 캐릭터는 지금도 먹히고 있다.

자기 스스로 '사랑해선 안 될 여자'라고 말하는 빌런

이제 사상 최악의 여성 빌런이 등장할 차례다. 그녀는 여성적 조건에 기대어 악행을 저지르지 않는다. 오히려 어떤 남성보다 주체적으로 자신의 길을 닦아나간다.

그녀는 자신의 감정을 다룰 줄 안다. 타인의 심리를 다스린다는 뜻이다. 주변인들은 전부 그녀를 중심으로 움직인다. 그녀를 주목하고 따르며 그녀에게 몸을 준다(남자든 여자든). 그녀의 일거수일투족은 오직 그녀를 위한 것이다. 살인도 마찬가지다. 다른 여성 빌런처럼 복수, 재산, 자식, 부모, 독립 따위를 위해 사람을 죽이지 않는다. 심리학을 전공한 그녀는 자기 능력을 시험해보기 위해 부모를 죽였다. 1억 달러의 유산, 종마 같은 복싱 선수를 전남편으로 두었고(그도 죽었다), 지금은 매력적인 로큰롤 스타와 즐기며(곧 죽는다) 샌프란시스코 대저택에 산다. 명석한 두뇌와 치명적 마성과 관능적인 육체를 가진 소설가가 오직 관심을 두는 것은 욕망적 살의殺意뿐이다. 그리고 곧 죽을 주인공이 나타난다.

그녀는 양성애자이다. 남녀 가리지 않고 주체적으로 섹스를 즐기며 어떤 특정한 목적을 위해 몸을 이용하지 않는다. 그녀가 누군가와 잔다면 그것은 오직 쾌락을 위해서이다. 그 쾌락은 조금은 흔치 않은 방식이다. 그녀는 오르가슴

한을 품지 않고 악을 뿌린다

의 극치를 위해서 관계 중 상대를 죽인다. 암컷 사마귀가 수 컷을 먹는 이유는 배고 있는 알을 위해서라지만, 그녀의 남성 사냥은 오직 철철 넘치는 애욕을 위해서이다. 그녀를 움직이는 것은 몸 안에 고인 악의 욕망적 지시뿐 다른 것은 없다. 욕망이 이성을 지배하고 있기에 욕망이 저지른 살인을 감추기 위해 이성을 활발하게 사용한다. 그녀 이름은 캐서린 트러멜.

〈원초적 본능〉(1992)의 캐서린 트러멜은 여성이면서도 그 자체가 악이 되는 최고의 빌런이다. 영화는 첫 장면부터 무시무시하다. 남자 몸에 올라타 흐느적거리던 여인은 남자의 두 손을 침대에 묶고는 그를 오르가슴에 들게 하는 순간 침대 끄트머리에 숨겨놓은 얼음 깨는 송곳으로 사정없이 내려찍는다. 피 칠갑이 되어 죽은 사람은 로큰롤 가수 조니. 캐서린과 일 년 반 동안 성관계를 한 그는 작가인 그녀의 소설 67쪽 장면과 똑같은 형태로 죽었다.

캐서린에게 섹스는 자신의 사악함을 감추는 데 쓰인다 (여성 빌런은 성을 목적과 교환하는 데 사용하는 경우가 많다). 그녀에게 성이란 허리춤에 찬 여러 무기 중 하나다. 그녀의 허리춤에는 바주카포나 보이 나이프, 소이 수류탄 같은 무기가 수두룩하다. 섹스는 리볼버쯤 될까.

"난 숨길 게 없어요. 그러니까 당당하죠." 다리 꼬기 하나로 검사와 형사를 매혹하며 용의 선상에서 벗어나는 캐서

최고의 여성 빌런이 등장하는 〈원초적 본능〉의 한
장면. 캐서린의 성과 눈물은 목적을 위해 쓰이나
전통적 여성성을 가진 빌런의 그것과는 달리 최고의
무기가 아니다. 그녀와 게임 하는 상대는 다 죽는다.

린. 보고 싶은 게 있으면 다 들춰봐라, 감추지 않아도 이긴
다는 뜻이다. 캐서린은 여타의 여성 빌런처럼 몸이나 마음
을 매개로 속이고 결정적일 때 의도를 드러내는 방식으로
원하는 것을 얻는 그런 지질이가 아니다.

그녀가 소설을 쓰는 이유도 살인하기 위해서이다. 살인
의 방식은 소설에 명시된 그대로이다. 신문을 받으면 "내
가 소설 속 내용대로 살인을 따라 할 만큼 멍청한 줄 알아
요?"라며 방어한다. 살인을 위해서 그 어려운 장편 소설을
쓰고 그게 또 베스트셀러가 된다. 수사팀이 초빙한 심리학
자는 캐서린을 '생명에 대한 경외심이 결여된 극도의 사이
코패스'라고 정의한다. 그는 형사들에게 경고한다. "당신들

한을 품지 않고 악을 뿌린다

은 매우 위험한 환자를 쫓고 있는 겁니다."

이쯤 되면 동생을 먹은 트라우마 때문에 평생 고생해야 했던 한니발 렉터나 베트맨이 없으면 못 사는 조커는 서당의 어린아이에 불과하다. 캐서린 트러멜은 대과 복시에 합격한 종6품급쯤 될까. 아무튼 그녀는 어떠한 트라우마 없이 스스로 쾌락을 추구하는 독립형 악당이다.

이제 주인공이 나설 차례다. 형사 닉은 단번에 감이 오지만 증거가 없어 그녀를 섣불리 체포할 수 없다. 닉은 단서를 찾기 위해 캐서린을 관찰하는데 그런 닉을 보며 그녀는 쾌재를 부른다. 또 한바탕 춤출 상대가 생긴 것이다. 그녀는 책을 한 권 쓸 때마다 상대를 골라 소설 소재로 써먹은 후 죽이는 패턴을 반복하는데, 이번에 걸린 놈은 대충 버둥거리다 늘어지는 고등어가 아니고 아주 강하게 팔딱 뛰는 청새치이다. 게다가 잘생긴 형사라니.

"그 여자는 다른 사람 뒤에 숨지 않을 것입니다. 어디서든 당당할 거예요." 닉은 동료들에게 캐서린이 죄책감 없이 행동할 거라고 확신에 찬 목소리로 말한다. 닉은 안다. 그녀가 자신과 비슷한 부류임을.

우리는 첫 번째 키워드에서 악당과 주인공은 서로를 투영한다는 것을 알았다. 형사 닉도 과거 관광객 두 명을 죽인 경험이 있다. 사고로 위장했지만 닉에게도 캐서린과 비슷한 가학적 살인 욕구가 있었다. 그것 때문에 그를 사랑했던 정신과 의사 베스는 늘 초조해했다. 캐서린 역시 그가 자신과 동일한 부류임을 안다. 신문하고 캐서린을 바래다주는 차 안에서 그들은 대화를 나눈다.

> **닉**: 용케 거짓말 탐지기를 속였군.
> **캐서린**: 기계를 속이는 일은 쉬워요. 형사님도 사람을 죽였을 때 탐지기 테스트를 했죠?
> **닉**: 사고였소. 난 결백했고 그래서 탐지기 검사를 통과했소.
> **캐서린**: 그럼 우린 둘 다 통과했으니 결백한 거네요. 그렇죠?

이제 빌런과 주인공은 서로를 투영했다. 그녀는 형사 닉을 가지고 논다. 술과 마약과 담배를 끊은 닉 앞에서 자꾸 담배 연기를 뿜고 긴장의 고삐를 풀게 한다. 닉과 사이가 좋지 않았던 형사를 죽인 후 닉을 용의자로 몰아 자신이 앉았던 신문실 의자에 똑같이 앉히기도 한다. 파탄 난 그의 가정사를 건드리기도 하고, 과거의 일을 수면 위로 띄워서 주변인들이 그에게서 멀어지도록 한다. 결국, 성적 욕구가 쌓인 그를 유혹해서 완벽하게 자신의 것으로 만든 다음 그의 주변을 하나하나 제거해나간다. 그의 동료 거스를 죽이고, 애인 베스를 그가 직접 죽이게 만든다.

그녀는 닉의 보호자 베스를 죽임으로써 닉을 죄책감에서 벗어나게 한다. 캐서린은 자신이 저지른 그간의 살인을

한을 품지 않고 악을 뿌린다

베스의 짓으로 뒤집어씌우고 퇴출당한 닉을 복귀하게 했다. 경찰서에서 점점 궁지에 몰리는 닉을 위해 주변을 정리해준 것이다. 조직에서 구원받은 닉은 전말을 알면서도 꼼짝없이 캐서린의 노예가 된다. 그런 닉 앞에 나타나 '후후 넌 내 하수인이야'라고 비웃는 대신 울며불며 사랑했다고 말하는 캐서린. 사람을 다루는 데 천재적인 면목이 드러나는 명장면이다. 캐서린은 이제 먹이를 자기 손 안에 완전히 가두었다. 그녀는 느긋하게 먹이를 먹는다. 침대 아래에는 얼음송곳이 있다.

여성 빌런이 시시해지지 않으려면?

남성 빌런으로 치환해보면 된다. 〈원초적 본능〉 서사의 판은 전부 캐서린이 깔았다. 그것 하나만으로 그녀는 최고의 빌런 자리에 설 수 있다. 캐서린은 능동적으로 악을 뿌릴 줄 안다. 위대한 여성 빌런을 만들려면 그녀가 얼마나 독립적으로 악을 뿌리는가를 고민해야 한다. 여성을 남성으로 바꾸어도 서사에 아무런 위화감을 주지 않는다면 성공한 셈이다.

동양의 여성 빌런이라면 〈링〉(1998)의 사다코를 떠올리는 사람이 많다. 장르는 다르지만 사다코 역시 독보적인 여성 빌런이다. 하나 이 동양의 여성 빌런은 끔찍할 정도로 수동적이다. 사다코를 남성으로 바꾸었을 때 어울릴지 한번 상상

해보자. 원한에 사로잡혀 복수를 위해 악행을 저지르는 남자
……. 더는 말할 필요가 없을 듯하다. 여성 빌런은 이제 〈전
설의 고향〉 부류의 신파와 한을 버리고 악을 뿌려야 한다.

우리 사회 곳곳에 아직 청소되지 못한 남녀 차별적 요소
가 너무도 많다. 작가인 당신은 무의식적으로 그것을 당연
하게 받아들이고 있지 않은가? 당신이 창조한 여성 빌런의
모습은 지금 어떠한가? 당신의 여성 빌런이 주로 주방에서
활약하는가? 성을 매개로 주인공을 속이려 들지 않는가? 불
리할 때마다 전통적인 관습을 내세우지 않는가? 남성으로
치환했을 때도 여전히 독립적이고 강력한 존재인가?

오직 악이란 성별을 구분 짓지 않고 존재한다. 작가는 굉
장한 '여성 빌런'이 아니라 굉장한 빌런을 만들어야 한다.

한을 품지 않고 악을 뿌린다

❖ **토르: 라그나로크** (2017년, 영화)

감독: 타이카 와이티티

갈등 구도: 토르 vs 헬라

여성 빌런으로 헬라를 언급하지 않을 수 없다. 그녀는 '죽음의 여신'으로 불린다. 북유럽 신화의 제우스 격인 오딘이 아버지이고 천둥의 신 토르와 장난의 신 로키가 이복동생이다. 그녀는 잔인하고 제어하기 힘들기에 오딘이 봉해놓았던 참이다. 그녀는 토르와 로키를 보자마자 무릎을 꿇으라고 요구할 정도로 자존감이 강하다. 토르의 천둥 망치도 한 손으로 바스러뜨리고 토르의 한쪽 눈도 가볍게 실명시켜버리는 그녀는 히어로 장르에 딱 어울리는 악당 그 자체이며 히어로가 감당하기 어려울 정도의 무력과 카리스마를 지녔다. '아스가르드는 영토가 아니라 국민'이라고 했던 오딘과 달리 자신을 따르지 않는 아스가르드 사람들을 하찮게 여기고 대항하는 자들은 가차 없이 죽인다. 그녀는 과거에 수많은 문명을 파괴하며 아버지 오딘의 칼 노릇을 했지만, 어느 날 오딘이 개과천선하겠다며 토르를 가지려 하자 화가 났고 오딘에 의해 봉인되었다. 그런 헬라가 깨어나자 우주에서 가장 힘이 센 토르조차 감당하기 어려워 자신이 봉했던 라그나로크 전쟁의 종말자 수르트를 불러올 정도였다. 헬라는 지금껏 등장한 판타지 장르 히어로물 속 빌런 중 가장 강한 캐릭터 중 하나이다. 그것만으로도 여성 빌런 순위에서 우위를 점할 수 있다.

✛ **킬링 이브** (2018년, OTT 드라마)

원작: 루크 제닝스의 소설 『킬링 이브: 코드네임 빌라넬』

제작: 피비 월러브리지

갈등 구도: 이브 vs 빌라넬

어릴 때부터 전 세계 암살자를 추적하고 체포하는 영국 정보국에서 일하고 싶어 했던 이브는 범죄심리학 학위를 취득하고 정보청 보안부에서 말단 사무직으로 일한다. 어느 날 그녀는 국제 암살 사건에 휘말려 암살자가 여성이라는 뛰어난 추리력을 발휘하지만 일이 잘못돼 해고된다. 다행히 이브의 잠재력을 높게 산 상사에 의해 발탁돼 빌라넬이라는 암살자를 추척하는 팀에 합류한다. 이브가 추리해냈던 바로 그 여성 암살자가 빌라넬이다.

빌라넬은 발군의 외모 아래 잔혹함을 지닌 인물이다. 뼛속부터 살인을 욕망하며 살고 있다. 인간의 도덕적 규범을 벗어나 살기를 즐기고, 허세나 무모함, 양심 없이 능수능란하게 살인을 저지른다. 때로는 사랑스럽게, 때로는 장난스럽게, 때로는 오싹하게 상황에 따라 천의 얼굴로 살인을 감행한다. 그

한을 품지 않고 악을 뿌린다

뿐일까. 러시아인이지만 영어, 독일어 등 4개국어에 능통할 만큼 지적 능력 또한 뛰어나다.

드라마는 이브가 자신의 동료를 죽인 빌라넬을 잡기 위해 고군분투하는 과정에서 서로가 성적으로 매혹되는가 하면 집착하고 증오하는 독특한 서사 구조를 지니고 있다.

시리즈가 전개됨에 따라 빌라넬이 성장 과정에서부터 사이코패스 성향이 또렷했음이 드러난다. 엉뚱하고도 따뜻하고도 천재적인 캐릭터로 묘사되는 이브의 노력은 어린아이 앞에서도 태연자약하게 살인을 자행하는 빌라넬 앞에서 이렇다 할 힘을 발휘하기가 어렵고, 발군의 신체 능력과 훤칠하고도 준수한 외모를 자랑하는 빌라넬의 차가운 얼굴에 시청자는 서늘한 공포를 느끼게 된다.

여느 서사와 달리 사이코패스 암살자도, 그 뒤를 쫓는 요원도 여성이다. 남성 캐릭터들은 이들의 주변에서 업무를 돕거나 무참히 살해당한다. 전통적인 성 역할 뒤집기의 흐름의 한가운데에 선 작품으로서, 빌라넬은 남성으로 치환돼도 아무 위화감이 없는 매력적인 빌런 그 자체이다.

여성 빌런을 설정할 때 고려해야 할 체크 리스트

□ 빌런은 악당이 되기 전 무슨 일을 했나?

□ 남자 캐릭터들과 학력, 경제력, 문화적 이해 수준,

   힘에서 차이가 나는가? 차이가 난다면 왜 그렇게 설정했는가?

□ 빌런의 강점과 약점은 무엇인가?

   약점은 여성들만 가질 수 있는 약점인가?

□ 빌런이 추구하는 목표는 무엇인가?

□ 그 목표를 남성의 것으로 치환해도 합당한가?

□ 빌런은 무엇을 잃어버렸는가?

□ 빌런의 대적자는 남성인가 여성인가?

□ 빌런은 행동이 독립적인가?

□ 약점이 노출될 때 전통적으로 여성이 보였던 연약함을 내보이는가?

□ 연약함을 내보인다면 그것은 전략인가, 본능인가?

□ 혼자 있을 때는 어떤 행동을 하는가?

□ 빌런을 다스리는 남성이 존재하는가?

□ 만약 플롯의 필요성 때문에 여성 빌런을 캐릭터 속에 숨겨두었다면

   여성 빌런이 주로 머무는 공간은 전통적 여성성에 의한 공간인가?

한을 품지 않고 악을 뿌린다

15

자연재해

Natural Disaster

인간의 탐욕이
이끈 결말,
천재지변

인간의 탐욕이 이끈 결말, 천재지변

천지불인, 자연은 인간의 편도 아니고 인간적이지도 않다

천지불인天地不仁, 『도덕경』에 나오는 말이다. 노자는 자연은 인자하지 않다고 주장한다. 사랑, 인정, 배신, 의리, 보답 따위는 오직 인간 사이에서 오가는 비루한 거래일 뿐, 만물은 그런 것에 조금도 관심이 없다. 비가 오고 꽃이 피고 과일이 열리는 이유가 인간을 사랑해서가 아니며 지진이 나고 가뭄이 오고 지구가 멸망하는 것도 인간을 미워해서가 아니다. 노자는 만물은 인자하지 않고 무관심하며 텅 비었으니 그저 있는 그대로 보라고 했다.

작품 속 서사는 다르다. 자연은 의도를 가지고 인간을 응징한다. 인간은 탐욕과 욕심으로 지구를 병들게 하고 기후를 변화시켜 극지방의 얼음을 녹게 하며 산림을 황폐하게 만든다. 동물과 식물을 죽이고 강을 죽이고 바다를 죽인다. 거기에 따른 인과 반응으로 일어나는 재해가 주인공을 괴롭힘으로써 서사는 자연이 인간을 응징하는 것으로 재해석된다. 재앙의 원인은 인간에게 있다. 그것은 인재人災이며 작품은 인간의 이기심을 멈추라고 말한다.

천재지변으로 인한 재앙의 플롯은 '무엇으로부터 달아나거나 무엇을 구하는 이야기'에서 벗어나지 않는다. 주인공이 뜻하지 않는 자연재해를 만나고(여기서 재앙은 인간의 욕심과 이기심으로 벌어진 사태여야 한다) 자신의 소중한 것(가족, 임무, 국가, 중요한 백신, 열쇠)을 구하거나 자신과 소중한 것이 살아남도록 탈출하는 플롯이다.

천재지변에 의한 재앙이 빌런이 될 때 작품이 내내 견지해야 할 주제는 '인간성 상실에 대한 반성'이다.

천재지변으로 인한 재앙 플롯은 메시지와 이야기가 서로 맞물려야 한다. 이야기 속에 메시지가 내포되어 있어야 한다. 이야기는 재앙을 피하는 방법이고 메시지는 인간성 회복을 말한다. 재앙 서사는 인간이 재앙 속에서 얼마나 잔혹하고 이기적이며 또 사랑할 줄 아는가를 이야기 안에 숨겨두어야 한다. 재앙의 원인도 인간성 상실이 되어야 하며, 재앙을 극복하는 과정에서 보이는 서사도 상실된 인간성을 회복하는 주제를 다루어야 한다. 또 클라이맥스에서 주인공을 갈등하게 하는 요소도 그가 인간성을 잃었는지를 시험하는 것이다. 그래서 재난 영화 중에는 유독 신파가 많다.

몇 가지 패턴도 존재한다. 천재지변에 의한 재앙은 반드시 징조를 보인다. 인간은 그 징조를 무시한다. 지진계의 수치가 임계점에 다다르지만 담당자는 알아채지 못하고 사무실에 몰래 들어온 애인과 키스를 나누고, 폐기하라고 지시한 바이러스 시약을 누군가가 욕심 탓에 뒤로 빼돌린다. 철저하게 관리해야 할 규칙은 무시되고 정치인과 사업가는 그들의 이익만을 챙긴다. 오직 눈 밝고 민감한 주인공이 이러한 징조를 알아차리지만, 세상은 주인공의 경고를 듣지 않는다.

천재지변은 고름과 같다. 오래전부터 쌓여온 인간의 욕심으로 인해 서서히 곪다가 이야기가 시작될 즈음에 터진 것이다. 주인공은 이미 늦었음을, 속수무책임을 깨닫고 달아나거나 소중한 것을 구하러 들어가야 한다. 자연재해라는 빌런 속으로.

다시 천지불인으로 돌아가자. 『도덕경』의 심오한 뜻까지 가지 않더라도 이야기 속 자연은 천지불인해야 한다. 가차없어야 한다는 뜻이다. 누구에게? 인간에게. 주인공과 대척점에 선 자연이라는 빌런이 고난을 선사할 때에는 조금의 인정도 없어야 한다. 자연은 갓난아이와 늙은 아버지에게도, 공들여 쌓은 탑에도 자비를 베풀어선 안 된다. 심지어 주인공도 죽여버려야 한다. 결과를 따지지 않고 가차 없을 때 재앙은 진정한 빌런으로 구체화한다.

재앙을 일으키는 자연에 인간성을 기대하지 마라. 서사는 이 속수무책의 빌런 앞에서 인간이 얼마나 작고 하찮은지 보여야 한다. 여전히 배신하고 이기심을 보이는지, 또는 사랑하려고 노력하는지를 다룰 뿐이다. 재난 서사, 종말 서사에서 '인간이 무엇인가'를 다루지 못하겠다면 그 장르를 선택하지 말아야 한다. 재난 서사는 인간성을 다룬다. 천지불인, 자연은 결코, 어질지 않다. 주인공은 거기서 소중한 것을 지키거나 달아나야 한다.

자연재해로부터 소중한 것을 지켜라

자연재해가 빌런인 경우, 서사의 시작과 끝은 주인공이 '사랑하는 무엇'을 위해 희생하는 이야기로 구성된다. 주인공은 본인, 가족, 엘릭시르, 인류, 공동체 등 사랑하는 무언가를 이끌고 재난이 없는 곳으로 탈출해야 한다. 극 초반에는 주인공 역시 살아남으려 치열하게 버틴다. 주변의 군상群像은 극도의 이기심을 보이며 주인공을 낙담시킨다. 주인공은 열망만 있을 뿐 협조를 받을 수 없다. 자연재해라는 빌런은 비웃듯 주인공을 압박한다. 결국, 극 후반에 와서 주인공은 희생하기로 결심하고 자신을 버리는 대신 사랑하는 무엇을 살린다. 자연재해라는 빌런은 그제야 희생양을 살라먹고 악행을 멈춘다.

영화 시작부터 자연은 주인공 애인의 목숨을 가차 없이 앗아간다. 해리 댈턴 박사는 화산 쇄설류에 약혼녀 메리앤을 잃었다. 이후 4년이 흘러 캐스케이드 화산 관측소 직원인 그는 휴가 중 다급한 지시를 받는다. 단테의 봉우리에 이상 조짐이 있으니 화산 활동을 조사하라는 것이다.

우뚝 선 단테의 봉우리가 보이는 퍼시픽 노스웨스트 마을에 머무르게 된 댈턴은 주민들의 자부심을 엿본다. 그들은 미국에서 두 번째로 살기 좋은 마을로 뽑힌 것에 축제를 벌이고 야단법석도 이만저만이 아니다.

시장 레이철은 단테 봉우리를 관광지로 만들기 위해 대규모 투자를 끌어냈다. 하나 댈턴 박사의 눈에 마을은 불안해 보인다. 아닌 게 아니라 인근 숲에서 수상한 징조가 여럿 보인다. 그는 시장이자 소박한 카페를 운영하는 레이철에게 단테의 봉우리가 심상치 않다고 경고한다. 레이철은 당황한다. 모처럼 찾아온 투자 기회를 잃지 않으려는 마을 사람들과 시의회는 댈턴의 경고를 믿지 않는다. 중간에 해리 댈턴과 레이철 사이에 사랑하는 감정이 싹트는가 싶더니

영화 〈단테스 피크〉에서 레이철의 시머어니인 루스는
"산은 결코 인간을 해치지 않는다"고 말한다. 그러자
레이철은 그 말이 어리석다고 항변한다. 천지불인이다.

곧 이야기는 2막으로 접어들고 단테 봉우리에서 재앙의 징
조가 뚜렷하게 나타나기 시작한다. 영화는 굉장히 순차적
이다. 화산 활동의 측정 과정을 하나하나 분석하고 위기를
단계적으로 보여준다. 드디어 분화의 시점이 왔다. 레이철
과 댈턴이 사람들을 광장에 모으고 화산 활동이 일어날 것
이라고 설명하는 순간 화산이 터지고 마을은 지옥이 된다.
해리 댈턴은 자신을 믿어준 레이철 시장과 그의 아이들을
구하기 위해 고군분투한다.

레이철의 시어머니 루스는 화산 활동이 시작되었으니 피
하라는 말에 이렇게 답한다. "산은 우리를 해치지 않아." 그
녀는 평생 그런 신조로 살아온 듯하지만 안타깝게도 산은
인자하지 않았다. 결국, 루스는 며느리와 손자들을 살리고
희생한다.

로저 도널드슨 감독의 영화 〈단테스 피크〉(1997)는 재앙 서사치고 꽤 단정하다. 언제든 주인공을 죽일 수 있었지만 댈턴 박사는 죽지 않는다. 사랑하는 여인 레이철과 아이들을 구하기 위해 갖은 고생을 도맡고 결국 그들을 구해낸다. 〈단테스 피크〉는 자연재해가 빌런으로 등장하는 영화 중에서 주인공이 '사랑하는 무엇'을 구하는 플롯의 대표적인 작품이다. 또 재난 영화의 정도正道를 보여주는 가장 단정한 작품이다.

에베레스트는 밀실이다

에베레스트 같은 천봉天峯에서 조난한다면 그 원인은 날씨에 있다. 존 크라카우어가 쓴 다큐 소설 『희박한 공기 속으로』(1997)는 1996년에 일어난 상업 등반대의 비참한 사건을 다룬다. 이 논픽션은 로브 홀과 스콧 피셔라는 유능한 두 가이드를 따라 에베레스트의 힐러리 스텝을 지나 정상에 오른 사람들이 하산길에 눈 폭풍을 만나 죽거나 실종된 이야기이다. 그들은 등반 경력이 많은 사람이었다. 전문 산악인은 아니었지만 각자의 나라에서 난도 높은 산은 죄다 올랐던 베테랑이었고 가장 실력이 좋고 안전하다는 로브 홀과 스콧 피셔 팀에 돈을 내고 상업 등반대 팀원이 되었다. 웃으며 에베레스트 정상을 올랐던 사람들은 돌아오는 길에 눈보라를 만나고 각자의 운명을 맞이한다. 하산길에 그들

인간의 탐욕이 이끈 결말, 천재지변

은 하나하나 사라져갔다. 능선에서 사라진 사람, 힐러리 스텝의 눈 비탈에서 웅크린 채 죽은 사람, 다 내려와놓고 동료를 찾기 위해 폭풍설 속으로 되돌아갔다가 복귀하지 못한 사람, 가도 가도 한자리를 계속 맴돈 사람……. 전부 자연을 우습게 보았다.

등반대장인 로브 홀과 스콧 피셔도 마찬가지였다. 그들은 몇십 미터만 방향을 틀면 안전한 길로 들어설 수 있었지만, 그 길을 찾지 못해 결국 죽었다. 크레바스에 빠져 완전히 사라진 경우를 제외하면, 대부분의 시신은 훗날 구조대에 발견되어 돌아올 수 있었다. 조금만 더 왼쪽 혹은 오른쪽으로 방향을 잡았다면, 또는 15분 정도만 더 걸어갔더라면 쉴 수 있는 텐트를 찾을 수 있었다. 히말라야, 그곳은 세상에서 가장 넓은 밀실이다.

허락된 자에게만 무봉無奉의 시야를 허락하리라 마음먹은 히말라야의 여신은 이제 걷잡을 수 없이 밀려오는 인간들을 목도하며 부르르 치를 떤다. 과거 정상에 도전하는 인간들은 그렇지 않았다. 여신이 맑은 날을 줄 때까지 경건하게 허락을 기다리며 날을 잡고 한 걸음 한 걸음 한계에 도전하는 겸손함을 보였다. 이제는 자일을 묶은 수백 명이 능선마다 지네처럼 늘어서고 정상에는 사진을 찍기 위해 줄 서서 기다리고 있다. 히말라야의 여신은 갈수록 오만해지는 그들에게 분노를 느낀다. 가차 없이 죽여야 한다. 신이 인간을 응징할 방법은 오직 눈보라와 착란뿐이다.

상상이 현실이 되다

19세기로 접어들면서 영국의 해는 점점 저물었다. 영국인들은 빅토리아 시대 영광의 마지막 줄기를 잡으려고 안간힘을 썼고 지구에서 미정복지로 남아 있던 남극점에 유니언 잭을 꽂기로 한다. 그러나 최신식 장비를 끌고 야심 차게 출발한 스콧 대령 팀은 노르웨이의 탐험가 아문센에게 남극점 정복자의 자리를 내주고 만다. 영국은 코가 납작해졌다. 세계인이 영국을 다르게 본 지도 한참이 되었다. '영국은 이제 힘을 잃었어. 빅토리아 여왕의 시대는 저물었어. 이제 세계의 중심은 미국이야.' 영국은 자존심이 상했다. '우

인간의 탐욕이 이끈 결말, 천재지변

리가 한물갔다고? 산업 혁명을 일으키고 지구가 거꾸로 돌
아도 해가 지지 않는다는 대영 제국이 그렇게 사라질 것 같
아? 좋아, 본때를 보여주겠어.'

영국은 당시로서는 상상할 수 없는 최고의 오만한 계획
을 세웠다. 누구도 밟지 못한 봉우리, 에베레스트 꼭대기에
여왕의 깃발을 꽂는 것이었다. 세상에서 가장 높은 그 땅은
아직 인간의 발이 닿지 않았다. 그 땅에 반드시 영국인의 발
자국을 찍어야만 했다. 그들은 총 세 번 대규모 원정팀을 보
냈다. 1921년 영국 원정팀은 실패했고, 1922년에 육군 대
장 찰스 브루스를 위시한 두 번째 팀을 보냈지만 역시 실패
했다. 대지의 여신은 세상에서 가장 높은 곳을 함부로 내주
지 않았다. 1924년 세 번째 원정팀이 에베레스트 북벽 아
래 롱부크의 빙퇴석 밑에 기지(베이스캠프)를 차렸다. 그리
고 공략 캠프를 하나하나 치고 내려왔다.

1924년 6월 7일 밤, 해발 8,077미터에 설치한 이 캠프
6에서 조지 맬러리와 앤드루 어빈이 짐을 꾸리고 있었다.
1차, 2차 원정에 모두 참여했던 암벽 타기의 명수 조지 맬러
리와 젊은 엔지니어 앤드루 어빈이 정상 공격조였다. 그들
은 북쪽 능선을 공략해서 정상에 오를 참이었다. 조지 맬러
리는 수학 교사였지만 암벽 타기의 명수였고, 그가 아니면
에베레스트에 오를 사람은 없다고 평가받던 영국에서 가장
산을 잘 타는 등반가였다.

1924년 6월 8일 낮 12시 50분, 에베레스트 북쪽 비탈 옐로 밴드 아래에서 땅을 조사하던 지질학자 오델은(노엘 오델은 에베레스트 지대의 지질을 연구하는 일원으로 맬러리 원정대에 참여했다) 문득 허리를 펴고 푸른 하늘을 바라보았다. 머리 위로 에베레스트의 능선이 보였고 거기에 개미만 한 점 두 개가 움직이고 있었다. 그 점은 정상으로 향하고 있는 조지 맬러리와 앤드루 어빈이었다. "오호, 정상 공격조인 두 사람이 지금 저길 지나고 있군."

그는 눈을 가늘게 뜨고 살폈다. 두 점은 북릉의 두 번째 스텝(절벽)을 거의 오르고 있었다. 점 하나가 절벽을 오르자 또 하나가 따라 올랐다. 두 점이 암릉에 우뚝 섰을 때 구름이 자욱하게 밀려왔다. 구름은 맬러리와 어빈을 가렸다. 시계를 보니 오후 12시 50분. 오델은 꽤 놀랐다. 맬러리와 어빈이 1시도 채 안 되어서 그 힘들다는 세컨드 스텝을 막 넘었기 때문이다. 구름이 걷혔지만 두 점은 보이지 않았다. 오델이 본 그것이 조지 맬러리의 마지막 모습이었다. 이후 맬러리는 돌아오지 않았고, 영국 정부는 1924년의 에베레스트 등반을 실패로 규정했다.

조지 맬러리가 사라지고 29년 후인 1953년에 에베레스트는 뉴질랜드 산악가 에드먼드 힐러리와 텐징 노르가이에게 초등의 영광을 주었다. 그들은 맬러리가 선택한 북벽 노선 대신 동벽을 이용했고 비교적 수월하게(맬러리에 비해

　　　　　　　　인간의 탐욕이 이끈 결말, 천재지변

그렇다는 것이다) 정상에 도착했다. 이로써 영국은 세계 최고봉 초등의 자리도 뉴질랜드에 내주고 말았다. 그러나 뉴질랜드가 영국의 식민지였기에 어느 정도 체면을 차릴 수 있었다.

조지 맬러리가 실패한 원인은 잘못된 경로 선택 때문이었다. 맬러리의 노선에는 세 개의 위험 구역이 있었다. 퍼스트 스텝, 세컨드 스텝, 서드 스텝이라고 부르는 능선의 절벽이었다. 그중 두 번째 절벽, 세컨드 스텝은 인간이 도저히 오를 수 없는 급경사의 수직 지형이었다(이 스텝은 1960년에 중국인 수십 명이 몰려와 묘기 부리듯 어깨로 올라타 암벽에 사다리를 박아버렸다. 이후 사람들은 그 사다리를 이용해서 정상에 오르게 된다).

오델이 본 맬러리와 어빈의 모습은 등반사에서 매우 중요한 논쟁 거리를 제공했다. 세계 산악계는 오델이 본 장면이 착오라고 생각했다. 12시 50분 오델이 본 두 개의 점이 넘은 지점은 세컨드 스텝이 아닌 퍼스트 스텝이었을 거라는 것. 두 사람이 우뚝 선 바위가 첫 번째 스텝이었느냐 두 번째 스텝이었느냐로 에베레스트 정상 탈환의 가능성을 매우 정확하게 유추할 수 있다. 세계 산악계 주장대로 맬러리가 그 시간에 첫 번째 스텝을 막 오른 상태였다면 맬러리와 어빈은 정상에 도착하지 못했을 가능성이 크다. 12시 50분에 겨우 그 지점이라면 속도가 너무 늦기 때문이다. 두 사람은 다음 난관인 세컨드 스텝에서 오후 내내 시간을 허비하다가 저녁을 맞았을 것이고 체력을 소진해서 돌아섰다가 실종했다는 것이 산악계의 주장이다(실제로 중국인들이 암벽에 사다리를 박기 이전까지 세컨드 스텝에 오른 사람은 없다).

방증으로 앤드루 어빈의 아이스 피켈이 첫 번째 스텝 아래에서 발견되었다. 맬러리와 끈을 묶고 함께 갔던 어빈은 첫 번째 스텝에서 지쳐 쉬었다가 피켈을 잃어버렸던 것으로 추측된다.

하지만 오델은 끝까지 자신이 본 두 점이 넘은 바위가 세컨드 스텝이라고 믿었다. 12시 50분경에 세컨드 스텝을 넘었다면 그것은 정상에 도착할 가능성이 매우 높다는 뜻이다. 북벽 루트의 성공 여부는 세컨트 스텝을 오르느라 시간을 허비하느냐 그러지 않느냐에 달려 있기 때문이다. 세컨드 스텝만 극복하면 정상까지는 그냥 편안하게 걷기만 하면 된다.

오델은 세컨드 스텝을 넘은 맬러리가 일찌감치 정상에 도착했고 돌아오는 길에 조수 앤드루 어빈이 지치는 바람에 함께 사고를 당한 것으로 믿었다. 죽은 자는 돌아오지 않았고 어느 쪽이든 맬러리의 등반은 실패로 규정되었다.

오델의 주장은 인정받기 힘들었다. 혼자 목격한 장면이었고 무엇보다 그들이 정상에 올랐다는 증거가 없었기 때문이다. 정상에 오른 등반가는 사진을 찍거나 자신의 물건을 놓고 오는 것으로 등반 사실을 증명한다. 그러나 조지 맬러리

1924년 3차 에베레스트 원정대의 모습. 뒷줄
맨 왼쪽이 앤드루 어빈, 그 옆 모자를 쓰고
있지 않은 남자가 조지 맬러리이다.

는 그 어떤 증거도 우리에게 남기지 않고 실종되었다. 오델
은 죽을 때까지 맬러리가 세컨드 스텝을 올랐다고 믿었고
1987년에 숨을 거둔다.

『음양사』를 쓴 일본의 소설가 유메마쿠라 바쿠는 조지 맬
러리의 초등 실패에 깊은 감명을 받았다. 그는 맬러리가 정
상 등반에 성공한 후 하산하다가 실종된 것이 아닐까 상상
했다. 당시 맬러리는 코닥 카메라를 지니고 있었다. 정상에
오르면 아내의 사진을 정상에 묻고 코닥 카메라로 자신의
자신을 찍어서 초등을 증명할 참이었다. 그 카메라만 찾는
다면? 작가 유메마쿠라 바쿠는 맬러리의 시신을 발견하면

그의 배낭 안에 카메라가 있을 것으로 보았다. 필름만 확보하면 1924년의 진실이 확인된다. 필름을 현상해서 맬러리가 봉우리에서 찍은 사진이 드러나면 에베레스트 초등자는 1953년 힐러리가 아니라 1924년 조지 맬러리가 된다.

그는 오랜 시간 자료를 조사하고 소설을 썼다. 소설 속 주인공은 일본 산악계에서 따돌림을 당한 고집불통 산악인 하부 조지라는 인물이다. 그가 에베레스트에서 실종된 조지 맬러리 시신을 찾았고, 가방에서 코닥 카메라를 확보했다는 설정이다. 하부 조지를 취재하던 후카마치 기자는 실종된 하부 조지를 찾기 위해 에베레스트에 오르고 결국 죽은 하부 조지의 시신을 찾아낸다. 하부 조지는 70년 전 실종된 조지 맬러리의 시신을 지키듯 앉아 있었다. 그는 산소 부족으로 시력을 잃었고 하산할 수 없음을 깨달았다. 언젠가 자신을 발견할 후카마치를 위해 먹을 것과 편지를 남겨두면서 그가 그토록 사랑했던 조지 맬러리의 사망 지점까지 알려주는 장면이 그 소설의 클라이맥스이다.

후카마치는 하부 조지가 준 선물, 70년 전 사라진 조지 맬러리의 모습을 보며 경탄한다. 그의 모습은 비누화되어 고스란히 남아 있었다. 얼굴은 땅에 비스듬히 파묻은 채였다. 70년이 된 위대한 미라의 가방에서 필름을 꺼낸 후카마치는 일본으로 돌아와 그것을 현상한다. 사진 속 조지 맬러리는 정상에서 환하게 웃고 있었다. 작가 유메마쿠라 바쿠의 이야기 속 조지 맬러리는 정상을 밟았다.

1997년 장편 소설 『신들의 봉우리』는 그렇게 출간되었고 에베레스트를 정복하기 위해 자신과 싸우는 등산가들의 열정과 투지를 극적으로 보여주었다. 이 소설은 라인홀트 메스너의 『검은 고독 흰 고독』(2007), 자크 란츠만의 『히말라야의 아들』(2000), 이노우에 야스시의 『빙벽』(1980), 트리베니언의 『아이거 빙벽』(1972)과 함께 잘 쓰인 산악 문학 중 하나로 손꼽히게 되고, 일본의 국민 만화가 다니구치 지로에 의해 만화로도 만들어졌다.

산악 문학에서 빌런은 두 가지이다. 첫 번째 빌런은 외부 조건들이다. 떨어지는 체력, 저체온, 두려움과 환각은 추위, 고갈, 암벽, 바람, 눈 폭풍 등 외부 환경이 조성될 때 뿜어져 나온다. 산이 선사하는 자연의 재해이다.

두 번째 빌런은 등반가 자신이다. 산을 오르며 자신의 의지와 싸워야 한다. 산소가 희박한 고지대에서는 착란이 온다. 평생 히말라야를 걸었던 사람도 어느 순간 같은 자리를 맴돌게 된다. 과학으로 설명할 수 없는 체험을 한다.

등반가 라인홀트 메스너가 쓴 『죽음의 지대』(1978)에는 등반가 월터 보나티의 말이 실렸다. 그는 고산에서 정신이 혼미해져 혼자 륙색(배낭)과 친구가 되어 쉴 새 없이 이야기했다고 한다. 또 죽은 자의 영혼이 둥둥 날아 암벽에 매달린 자신 주변을 맴돌았다고 한다. 환각에 사로잡힌 등반가들은 대부분 제 길을 가지 못한다.

날씨가 나빠져 시야가 막히면 걸음은 더뎌지고 눈바람에 오래 노출되니 저체온 증상이 찾아와 체력이 떨어진다. 산소가 부족하고 점점 노곤해져 잠이 쏟아지는데, 영하 40도 날씨에 눈보라가 흩날리는 상황에서 깎아지른 절벽 끝 난간이 푹신한 침대로 보인다. 허공에 몸을 던지고 싶다. 간신히 정신을 차려 비탈에 텐트를 치고 누우면 이제 귀신이 보인다. 일찍이 이 산에서 죽은 자들이다. 그들은 침낭 사이로 들어오려 하고 텐트를 지탱하는 자일을 끊으라고 유혹한다. 전부 정신 착란과 산소 부족 때문에 일어나는 일이다. 높고 깊고 광활한 히말라야 지대가 고작 몇 평의 밀실이 되는 이유가 거기에 있다.

인류 사상 최초로 8,000미터급 14개 봉우리를 오르고 남극점까지 점령한 철완 등반가, 산소통을 메지 않고 에베레스트를 등반한 가장 진화한 인간이라고 불리는 라인홀트 메스너는 고산 등반 시의 정신 착란 현상에 대해 이렇게 설명한다.

오를 때보다 내려갈 때가 더 괴로우며 애초의 목적은 하찮게 느껴지며 정신적 피로감이 육체적 피로감을 엄습한다. 그저 앉고 싶고 앉아 있는 게 너무도 좋다. 그렇게 탈진하는 동안 죽음

인간의 탐욕이 이끈 결말, 천재지변

은 다가오며 동사는 몹시 아늑하고 기분 좋게 한다.

그렇다면 조지 맬러리는 실제로 어디에 누워 있을까? 『신들의 봉우리』에서처럼 에베레스트 어느 빙벽에 미라가 된 채 엎드려 있을까? 1975년 중국 산악가 왕 홍바오는 북벽 옐로 밴드 부근에서 아주 오래된 영국인 시신을 보았다고 진술했다. 그는 그 시신이 누구인지 모르고 그저 오래된 옷을 입은 모습이라고 말했다. 북벽의 아주 높은 곳, 사람이 다니지 않은 지점에 홀로 누워 있었다고 한다. 산악계는 왕 홍바오가 본 그 시신이 조지 맬러리가 아닐까 의심했지만, 장소를 확인해줄 왕 홍바오는 그 발언을 한 직후 크레바스에 빠져 목숨을 잃는다.

75년이 지난 1999년, 영국 BBC 방송국과 산악인 콘래드 앵커를 위시한 탐사 팀이 꾸려졌다. 에베레스트에 가서 조지 맬러리의 시신을 찾고 코닥 카메라에 든 필름을 확보하는 것이 목적이었다. 그들은 결국 왕 홍바오가 말한 곳으로 보이는 지점에서 흩어졌고 오랜 시간이 지나지 않아 비누화된 시신을 찾아냈다. 75년 만에 돌아온 조지 맬러리의 시신이었다.

그는 미끄러져 구른 듯 발목이 부러진 채 경사면에 엎드려 있었다.

배낭에 카메라와 필름은 없었다. 그렇다면 함께 간 동료

75년 만에 조지 맬러리 시신을 찾아낸 BBC 탐사 팀.
이 장면은 유튜브로 생생하게 볼 수 있다.

앤드루 어빈이 카메라와 필름을 가지고 있다는 뜻이었다.
조지 맬러리의 품에서 선글라스가 나왔다. 그것은 그가 밤
에 이동했다는 뜻이 된다. 밤에 하산했다면 정상에 오른 후
내려왔을 시간이다. 하지만 필름이 없으니 그것마저 추측
할 수밖에 없었다. BBC 팀과 콘래드 앵커는 75년간 차가운
에베레스트 땅에 엎드려 있던 위대하고 고독했던 그 주검
에 기도하고 돌을 쌓았다. 아직도 공식적으로 에베레스트
최초 등반자는 에드먼드 힐러리이다.

　놀라운 것은 1999년에 발견된 조지 맬러리 주검의 모습
이 1997년에 발표된 『신들의 봉우리』에서 작가의 상상에
의해 묘사된 모습과 거의 일치한다는 점이다. 소설에서 조
지 하부가 지키고 있던 조지 맬러리의 모습과 콘래드 앵커
가 발견한 조지 맬러리의 엎드려 누운 모습은 각도만 다를

　　　　　　　인간의 탐욕이 이끈 결말, 천재지변

뿐이었다. 상상력은 이토록 무섭고도 위대하다.

산은 인간의 열정과 투지를 그냥 보고 넘기지 않는다. 인간을 죽이고 그 흔적을 따르는 자들에게 경외감을 심어준 후에야 죽은 이를 칭송하게 한다. 존재 자체가 정복하려는 자에게 빌런인 셈이다.

산은 인간의 도전을 받아들인다. 인간은 정상을 정복하더라도 중요한 것(동료, 신체)을 잃게 되며 가까스로 살아 돌아온다. 인간은 사투를 기억하며 승리했다고 자축한다. 속으로 자연에 대한 경외와 두려움을 가득 안고서 말이다.

소행성, 주인공 혼자 다 해결한다

소행성이 지구를 덮친다는 것은 인류의 사활이 걸린 이야기다. 소행성 충돌이야말로 인간의 원죄와 아무런 상관이 없는, 누구도 탓할 수 없는 재앙이다. 인간의 이기심도, 북극의 이상 기온과도 상관없다. 우주 저 멀리서 지구를 타격하러 커다란 공이 날아오고 있다는데 그게 누구의 잘못이란 말인가. 그래도 우리의 주인공은 소행성을 적으로 삼고 싸워야만 한다.

주인공이 소행성과 대적할 때 그는 독점적으로 소명을 부여받는다. 한마디로 콕 짚어 소행성을 막아낼 적임자로 주인공이 낙점된다. 수락하는 순간 그의 손에 지구의 생사가 결정된다.

운석이나 소행성이 지구로 다가오면 할 수 있는 일이 두 가지뿐이다. 경로를 바꾸거나 폭파하는 것. 초빙된 전문가는 무언가가 결핍된 인물이거나 은둔한 실패자이다. 그가 곧 주인공이며 영웅의 행보를 걷게 된다. 처음 그는 지구를 구할 소명을 거부하지만 결국, 조건을 달고 자신의 전문성을 발휘하는 일에 뛰어들게 된다.

운석이나 소행성의 서사는 영웅이 희생하는 이야기이다. 그는 문제를 혼자 해결하려 한다. 함께 일한 동료를 안전한 곳으로 밀어내고 스위치를 누른다. 동료들과 인류는 살고 영웅은 장렬히 산화한다. 빌런인 운석이 가진 무기는 오직 시간이다. 주인공이 운석과의 시간 싸움에서 이기면 게임은 끝난다. 소행성을 빌런으로 삼고 주인공의 고군분투를 그리는 서사는 신파로 점철되어 있으며, 작품마다 이야기가 비슷하다. 한 인간이 행성을 막겠다는데 무슨 새로울 게 있으랴.

영화 〈딥 임팩트〉(1998)에서 키니는 달에 다녀온 우주 비행사이지만 한물간 캐릭터이다. 우주선 메시아호에 탑승한 그와 동료들은 가족에게 영상으로 작별 인사를 하고 죽음을 받아들인다. 핵으로 무장한 그들이 탄 우주선은 지구로 다가오는 혜성을 향해 돌진한다. 혜성은 산산조각나고 지구는 구원받는다. 미국 대통령은 다시 신의 은총을 받은 이

땅을 잘 보존하자고 말한다.

마이클 베이의 영화 〈아마겟돈〉(1998)도 〈딥 임팩트〉와 크게 다를 바 없다. 굴삭 전문가인 해리와 그의 팀은 소행성에 직접 착륙해서 행성을 반으로 쪼개는 임무를 맡는다. 그리고 결말이 어떻게 되는지는 당신도 잘 알고 있다. 해리는 지구에 있는 딸과 눈물로 통화를 나눈 뒤 팀원들을 살리고 혼자 장렬하게 산화한다. 해리 덕분에 혜성은 대기권에서 기화되고 지구는 구원받는다. 이번에는 대통령 대신 미국 공군기가 등장해 창공을 날고 인류를 대변하는 미국은 위대하다며 자화자찬으로 끝난다. 소행성이 빌런인 이야기는 대개 시시껄렁하고 뻔하며 재미없다.

포스트 아포칼립스

포스트 아포칼립스가 지구 대재앙의 상황을 그리고 있긴 하지만 엄밀하게 말하면 포스트 아포칼립스를 '재해'라고 하기에는 너무도 방대한 배경 요소를 다룬다. 핵전쟁, 전염병 창궐, 외계인 침입, 천체 충돌, 감마선, 지진, 빙하 시대 도래, 세계 대전, 대공황. 그 외에 수백 수천 가지 이유로 지구가 종말에 접어들었을 때를 배경으로 서사를 구축하는 장르이다.

절멸한 상태에서 일어나는 생존 이야기를 포스트 아포칼립스 장르, 절멸한 이후 생존자들이 나름의 방식으로 구축한 문명에서 일어나는 이야기를 디스토피아 장르라고 말한다. 포스트 아포칼립스 장르에서 말하고자 하는 핵심은 '인간성 상실'이며 야만의 시대에 인간 군상을 보여주는 것이 목적이다. 사실 포스트 아포칼립스는 배경일 뿐 그 자체가 빌런이라고 지칭하기 어렵다. 포스트 아포칼립스가 주인공과 대적할 수 없다. 지구 멸망의 상태와 대적하는 주인공을 그릴 수는 없기 때문이다.

다만 주인공이 생필품을 모으며 생존을 위해 주어진 상황을 극복하는 이야기라면 포스트 아포칼립스도 주인공에게 고난을 제공하면서 성장시키는 빌런이 될 수 있다. 주인공이 절명한 세상 그 자체에 서 있다는 사실 하나로도 커다란 장애물을 맞닥뜨린 것이다.

바이러스가 재앙인 세상은 메시아가 필요하다

이야기 속 바이러스는 다양하다. 좀비 바이러스, 감기 바이러스, 분노 바이러스, 자살 바이러스, 외계 변형 물질 바이러스 등등. 바이러스 서사의 중요 빌런은 바이러스가 아니다. 바이러스는 그저 매개물일 뿐, 주인공과 사회를 위협하는 진짜 빌런은 바이러스에 감염된 인간이다.

바이러스로 인한 대재앙은 전이의 문제를 다루어야 한다. 바이러스는 숙주가 있어야 한다. 바이러스는 크기가 세균보다 수백 배 작고 숙주에 안착하는 동시에 숙주를 지배하는

인간의 탐욕이 이끈 결말, 천재지변

것이 목적이다. 바이러스는 제압당하지 않기 위해서 숙주에서 다른 종으로 변이되기도 한다. 진화생물학자 리처드 도킨스는 바이러스를 '이미 만들어진 숙주 세포의 장비를 활용해서 단순하고 직접적인 방식으로 자신을 복제하는 존재'라고 말했다. 바이러스의 최종 목표는 될 수 있는 대로 많은 숙주의 몸에 들어가는 것이다.

바이러스 재앙 서사에서 바이러스가 숙주에 안착하고 그 숙주가 슈퍼 전파자가 되어 다수의 사람에게 바이러스를 퍼뜨리는 사건은 아주 우연적이어야 하지만 한편으로는 아이러니를 담아야 한다. 즉, 첫 슈퍼 전파자가 비도덕적인 이중성을 보여서 인격 요소를 부여받은 바이러스가 이기적인 인간을 응징한다는 인과응보적 서사가 완성된다. 앞서 말했듯이 자연은 천지불인이라 인간을 응징할 의도는 전혀 없지만 말이다.

영화 <컨테이전>(2011)에서 처음 전염병의 존재를 드러낸 인물은 토머스의 아내 베스였다. 그녀는 홍콩 출장에서 전남편과 성관계를 가졌고 이후 몸에 이상 현상이 일어났다. 착실한 남편 토머스는 그 사실을 모른 채 가족을 지키기 위해 고군분투한다. 아이러니가 아닐 수 없다.

또 베스의 출장은 자연을 파괴하는 회사와의 거래를 위해서였다. 영화 마지막에 바이러스의 첫 번째 전이 과정을 설명하고 있는데 아이러니하게도 베스와 거래하는 회사 소속의 불도저가 숲을 파괴하면서 그 숲에 살던 박쥐 몸에 있던 바이러스가 사육되는 돼지에게로, 다시 그 돼지를 조리하는 주방장에게로 옮겨졌고 주방장과 접촉한 베스에게도 전이되었다. 바이러스는 자연을 파괴하는 베스(인간을 대변)를 응징한 것이다. 이 밖에도 첫 전파자는 다양한 아이러니를 갖는다. 사람들을 치료하려고 병원에서 활약하던 의사가 도리어 바이러스를 대중에게 뿌리는 슈퍼 전파자가 되기도 하고, 접근이 금지된 공간에 욕심이 아닌 공익을 위해 (또는 아이를 구하기 위해) 들어갔다가 감염되어 슈퍼 전파자가 되기도 한다.

게임 〈바이오하자드〉(1996) 세계관에는 수많은 괴물이 등장한다. 이들은 전부 바이러스에 감염되어 변형된 생물체다. 평범했던 생물체를 괴형으로 만든 바이러스는 시조 바이러스Progenitor Virus이다.

작품에서 시조 바이러스는 '시조화'라는 꽃의 추출물이라고 설명한다. 고대 은디파야 부족들이 사용하던 물질이었는데, 시조화에서 추출한 물질을 먹고 괴물처럼 강해진 상태에서 가장 강력한 자를 왕으로 정한다. 은디파야족은 다른 부족과 전쟁할 때에도 이 물질을 복용했다. 은디파야 왕국은 전쟁에 이기기 위해 동물에게까지 이 물질을 먹이기 시작한다. 그런데 물질의 양을 계량하지 못한 탓에 폭주한 괴생물체가 퍼지게 된다. 인간의 욕심으로 괴형의 생물체

인간의 탐욕이 이끈 결말, 천재지변

〈바이오하자드〉 세계관의 바이러스는 시조화라는 꽃에서
추출한 물질을 인간이 잘못 사용한 탓에 퍼졌다.

가 번성한 것이다. 게임 속 인물인 제임스 마커스가 개발한
T 바이러스 역시 시조 바이러스의 개량형이다.

바이러스 재앙 서사 패턴은 주인공의 가족(애인)은 어떠
한 형태로든 바이러스와 연관되어 있다. 이야기는 주인공
가족을 볼모로 잡고 주인공에게 소명을 내리는 형식을 빌린
다. 주인공은 바이러스로부터 가족을 피신시키기 위해, 감
염된 가족을 살리기 위해 행동을 강요당한다.

연상호 감독의 〈반도〉(2020)의 주인공 한정석은 누나와
조카를 잃고 매형과 홍콩으로 달아난다. 그들이 다시 반도
로 잠입했을 때 에이바와 딸들을 만나게 되는데, 이들은 4
년 전 한정석이 달아날 때 미처 구해주지 못한 가족이다. 한
정석은 잃어버린 가족과 지켜주지 못한 가족 때문에 반도에

서 좀비 바이러스와 싸우게 된다.

맥스 브룩스의 소설『세계 대전 Z』(2006)를 영화화한 <월드워 Z>(2013) 역시 UN 역학 조사관 제리가 가족을 항공모함에 안전하게 대피시키는 조건으로 바이러스 진원지인 평택으로 간다.

바이러스 재앙 서사 역시 다른 재난 영화에서처럼 희생양 처방을 쓴다. 주인공의 희생으로 바이러스가 종식되거나 백신을 확보하게 된다. 또는 자신에게 직접 바이러스 백신을 실험하기도 한다.

또 바이러스 재앙 서사는 메시아 서사와 밀접한 관련이 있는데 바이러스에 물들지 않는 유전자가 필요하기 때문이다. 메시아로 대변되는 인물은 대다수가 감염된 바이러스에 절대로 관여하지 않는 특별한 존재이다(인물이 아닌 백신 자체가 될 수도 있다). 그의 몸에서 백신을 개발할 수 있는 돌연변이 유발 유전자를 추출할 수 있다. 이 돌연변이 유전자는 인류의 집단 면역을 구현할 수 있는 유일한 물질이 된다. 주인공은 그 인물을 찾아서 지정된 구역이나 안전한 장소로 피신 또는 데려오는 임무를 맡기도 한다. 그러나 메시아는 늘 그렇듯 희망일 뿐 민중의 품에 안기지 못한다. 아기 장수는 부화 직전에 외부의 악으로부터 거세되고 민중은 다시 새로운 메시아를 기다린다.

주인공은 그런 메시아를 부화시키기 위해 흔쾌히 불쏘시

인간의 탐욕이 이끈 결말, 천재지변

개가 된다. 하지만 주인공의 갖은 노력에도 메시아는 신화적 예언대로 부화하지 못한다. 메시아는 사라지지만 작가는 희망을 버려선 안 된다. 유일한 백신 보유자인 메시아가 사라지더라도 다시 백신을 제조하기 위해 그 몸의 일부, 또는 백신의 조각을 남겨야 한다. 관객은 그것을 새로운 희망으로 여긴다.

넓은 의미에서 재앙 서사라고 할 수 있는 〈터미네이터〉(1984)에서도 조각을 남겼다. 세라 코너 배 속에 잉태한 카일 리스의 씨(존 코너), 사이버다인 회사에 보관된 T-800의 남은 부속 잔해들이 바로 '백신의 조각'을 상징하는 대표적인 오브제이다.

✥ 포세이돈 어드벤처 (1972년, 영화)

감독: 로널드 님

갈등 구도: 스콧 목사 vs 포세이돈호

12월 31일, 한 해가 끝나는 마지막 날 대서양을 지나던 유람선 포세이돈호가 해저 지진을 만나 전복된다. 파티장에 있던 사람들은 배에서 탈출하기 위해 의견이 분분한데. 결국 스콧 목사와 몇몇 일행이 장애물을 헤치며 뒤집힌 배의 상단으로 이동하기로 한다. 가까스로 목적지에 다다랐을 때 일행의 마지막 난관은 밸브를 여는 것이다. 결국, 스콧 목사가 뜨거운 밸브를 돌리고 장렬히 희생하면서 남은 일행들은 무사히 구출된다. 〈포세이돈 어드벤처〉는 재난 영화의 대표작이며 자연 앞에 선 인간의 이기심과 무기력함을 여실히 보여준다. 300여 명의 승객 중 단 여섯 명만 생존하는데 그것은 주인공의 희생 덕분이었다. 스콧 목사는 죽기 직전 신에게 "얼마나 더 죽어야 합니까?"라며 원망한다. 인간은 자연 앞에서 한없이 작으며 할 수 있는 것은 오직 달아나거나 죽는 것뿐이라는 것을 보여준다.

지구를 보호하는 자기장이 사라지고 있다. 자기장을 만드는 지구 내부 외핵의 회전이 멈춘 것. 이로 인해 자기장이 막아 주던 태양풍을 막을 수 없게 되었고 1년 안에 지구의 모든 생명체가 죽을 위험에 처한다. 자기장이 붕괴하자 예상치 못한 폭풍과 천둥 번개, 지각 변동으로 지구는 아수라장이 된다. 지구 내부 맨틀을 뚫고 들어가 외핵에 핵폭탄을 터뜨려 외핵의 움직임을 되살려야 한다. 조슈아 키스 박사를 포함한 여섯 명의 전문가가 굴삭 탐사선 버질호에 탑승해 지구 속으로 들어간다. 맨틀 700마일 아래 코발트 막에 들어와 멈춘 탐사선. 산소 부족, 마그마 호수, 예상치 못한 광물 장애물에 그들은 하나씩 죽음을 맞이하고 조슈아와 차일스만 남는다. 세상을 구하기 위해 계속 아래로 내려가고 결국 핵을 심어 터뜨린 탐사선은 터진 핵의 열을 동력 삼아 태평양 바다로 돌아오지만, 동력을 잃고 바다에 갇힌다. 탐사선에서 내보내는 신호를 본부는 알아채지 못하다가 신호 때문에 돌고래들이 모이는 것을 깨닫고 갇혀 있던 그들을 구하고 지구는 회복된다.

기상학자 잭 홀 박사는 지구 온난화로 남북극의 빙하가 녹고 해류가 바뀌어 전 지구적으로 대재앙이 온다고 경고하지만, 정부와 사람들은 그 말을 듣지 않는다. 토네이도와 해일이 도시를 덮고 해류가 차가워지면서 기상 이변과 혹한이 다가온다. 잭 홀 박사는 뉴욕 도서관에 갇힌 아들을 구하기 위해 떠난다. 급속히 얼어붙은 도시에서 사람들은 살아남기 위해 고군분투한다. 지구 온난화로 인한 빙하기가 도래한 세상은 참혹하기 이를 데 없고 인간 문명을 조금도 살려두지 않는다. 정통 재난 영화답게 인간의 탐욕과 물질만능주의를 비판하는데, 주인공의 경고를 무시하는 사람들이 그 대가를 혹독하게 치른다. 또 아들을 구하러 가는 주인공의 모습에서 인간은 서로 사랑해야 하고 희망을 버리지 않으면 결국 살아남는다는 공식이 엿보인다.

❖ **타이타닉** (1997년, 영화)

감독: 제임스 캐머런

갈등 구도: 잭, 로즈 vs 침몰하는 타이타닉

남녀의 사랑은 대서양 한가운데에 있는 얼음처럼 차가운 바다에서도 변하지 않는다. 로즈와 잭은 세계 최대의 여객선 타이타닉호에서 처음 만난다. 둘은 사랑에 빠지고 로즈는 돈만 아는 약혼자와 헤어지기로 한다. 절대로 가라앉지 않는다는, 세상에서 가장 큰 배를 만들었다는 자부심은 그날 밤 대서양 한가운데에서 오만임이 드러난다. 타이타닉호는 빙하에 부딪혀 가라앉게 되지만, 구명보트는 승객 인원수만큼 준비되지 않았다(역시 인간의 오만을 상징한다).

　타이타닉호 승객 대부분은 바다에 수장되고 주인공 잭은 로즈를 살리고 죽는다. 로즈는 자신을 대신해서 죽은 잭의 바람대로 행복한 삶을 영위하지만 영원히 잭을 잊지 못한다. 영화 〈타이타닉〉은 가라앉는 배 안에서 죽음을 앞둔 인간의 모습들이 슬프게 그려진다. 침대에 누워 죽음을 기다리는 노부부, 어린 두 아이에게 동화책을 읽어주고 불을 끄는 엄마, 아수라장이 된 갑판에서 승객의 동요를 조금이라도 막기 위해 음악을 연주하는 악사들. 장엄하던 배의 선미가 가라앉자 검고 푸른 하늘 아래 바다는 첨벙대는 수많은 인간으로 가득하고 그들은 곧 차가운 시신으로 굳는다. 바다는 남녀노소, 세기의 사랑도, 최고의 보석도 구분하지 않고 모조리 집어삼킨다.

자연을 빌런으로 설정할 때 고려해야 할 체크 리스트

□ 작품에 등장하는 자연재해는 과연 인간의 손으로 막을 수 있는 것인가?

□ 자연재해는 등장인물을 선별하는가?

□ 주인공은 생존하는가, 희생하는가?

□ 자연재해를 극복하려는 인간의 기술적 방식은 충분히 개연성이 있는가?

□ 재해를 막으려는 플롯인가?

□ 재해로부터 생존하려는 플롯인가?

□ 재해는 인간의 어떤 욕심에 의해 발생하는가?

□ 작품에서 아이가 희생되는가?

□ 주인공은 자연재해의 원인을 잘 아는 존재인가?

□ 주인공은 자연재해의 원인을 모른 채 불시에 맞닥뜨리는가?

□ 재난을 그린 당신 작품의 주제는 무엇인가?

인간의 탐욕이 이끈 결말, 천재지변

16

외계

Alien

미지의 생명체, 낯선 의문과 공포

미지의 생명체, 낯선 의문과 공포

보이저 1호에 실려 있는 디스크

1977년 9월, 미국항공우주국(NASA)은 무인 탐사선 보이저 1호를 우주로 보낸다. 카메라를 달고 태양계를 돌며 행성과 인근 우주의 에너지 상태를 촬영하는 것이 목적이었다. 보이저 1호는 지구로 돌아올 수 없다. 우주에서 끝없이 나아가야 하며 연료가 떨어지면 자연스레 수신이 끊기며 수명이 다하도록 되어 있다.

1990년 천문학자 칼 세이건의 제안으로 보이저 1호는 예정에 없던 임무를 수행하게 된다. 바로 카메라를 반대로 돌리는 것이었다. 먼 우주를 찍으며 나아가던 보이저 1호가 카메라를 돌리게 되면 40에이유 정도 떨어진 곳에서 지구 모습을 찍을 수 있게 된다. 어찌 보면 쓸데없는 짓이었다. 카메라를 반대로 돌리면 태양을 보는 것이기도 해서 렌즈가 손상될 위험을 감수해야 했다. 그러나 과학자들은 이 이벤트를 진행하기로 한다. 끝도 없이 먼 지점에서 지구를 찍어보는 것은 의미 있는 일이라고 생각했기 때문이다. 그리고 보내온 사진 하나. 길게 퍼진 잿빛 은하, 태양계의 전 행성이 늘어선 모래알 같은 검은 우주 성단에서 오직 푸른 점 하나가 선명하게 찍혀 있었다. 지구였다.

칼 세이건은 그 파랗고 작은 점 안에 수많은 인간이 살고 있고 사랑, 미움, 고통이 존재하고 종교, 이념, 경제, 영웅과 겁쟁이, 어머니와 아버지, 희망과 절망이 뒤엉켜 있다고 말했다. '창백한 푸른 점Pale Blue Dot'으로 명명한 이 사진은 지구가 태양계에서 생명체가 존재하는 유일한 행성임을 증명하고 있다. 보이저 1호는 아직도 여행 중이며 2025년 즈음 연료 부족으로 지구와 교신이 끊길 예정이다.

보이저 1호에는 '지구의 속삭임'이라는 이름의 골든 디스크가 탑재되어 있는데, 보이저 1호가 미지의 생명체와 조우했을 때 지구를 알리기 위한 수많은 정보가 들어 있다. 지구 여러 나라의 인사말, 남자와 여자의 그림, 천둥소리, 씨앗, 아인슈타인의 편지, 베토벤 현악 사중주, 모차르트 마술 피리 등의 음악이 실려 있다. 인류가 외계 생명체를 만나고 싶

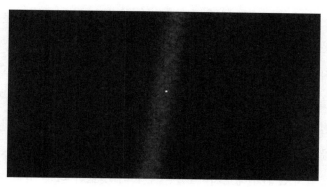

보이저 1호 카메라로 찍은 지구의 모습. 깊은
공간의 어둠 속에 '창백한 푸른 점'이 보인다.

어 하는 증거이다.

외계인 침략

외계인은 어느 날 갑자기 지구에 나타난다. 그들이 오는
목적은 여러 가지다. 자신의 행성을 잃어버려 터전을 찾으
러 왔을 수도 있고 인간을 숙주로 삼아 종족을 번식하기 위
함일 수도 있다. 제 행성의 자원이 떨어져 지구 자원을 빼앗
기 위해서일 수도 있고, 노동력이 모자라 인간을 납치하러
왔을 수도 있다. 제 행성의 식량이 부족해서 포식의 대상을
찾기 위해서 왔거나 그저 애완동물을 구하기 위해서일 수
도 있다. 아니라면 진리, 종교, 기술 전파를 위해서일 수도
있다.

미지의 생명체, 낯선 의문과 공포

외계인에 관해서는 수많은 서사가 존재한다. 하나하나 분석할 수 없을 정도다. 그러나 외계 생명체라고 받아들여지는 하나의 분명한 조건이 있다. 바로 미지未知이다. 미지란 '알지 못한다'는 뜻이다. 인간은 알지 못하는 것에는 공포와 적의를 품는다. 우리는 그들이 어디서 오는지, 왜 오는지 모른다. 모르기에 적대한다. 좋다. 외계 생명체를 외부에서 온 폭력자로 간주해보자. 그들은 인류의 것보다 나은 과학 기술을 보유하고 거대한 우주선을 타고 나타난다. 도시 위 천공의 섬처럼 우주선을 띄워놓고 아무런 메시지도 없이 몇 개월을 상주한다. 그러다가 어느 날 광선을 쏘고 도시를 파괴한다. 지구를 공격했으니 그들은 인간과 친구가 되려는 마음은 없고, 빌런일 수밖에 없다. 외부의 강한 존재가 집 안으로 들어온다면 공포를 느끼지 않을 사람이 있을까?

대응은 간단하다. 싸워야 한다. 신대륙에 들어와 인디언을 말살한 유럽인처럼, 배를 타고 들어와 식민지로 삼고 지배한 강대국처럼, 사바나의 동물을 함부로 멸종시킨 장총 든 사냥꾼처럼 저들을 침략자로 간주하고 맞서야 한다. 외계인은 그런 존재여야 한다. 미지의 것에 관한 공포와 적의가 깔려 있기에 그런 서사가 나온다.

이야기의 결말은? 인류의 승리다. 어떻게 승리할까? 핵으로, 대공포로, 전투기로 맞서지만, 우리의 공격은 타격을 입히지 못하고 미국 대통령의 상심이 절망의 끝에 다다랐을 무렵, 생각지도 못한 것이 외계인에게 타격을 입힌다. 지구에 존재하는 묘하고 아이러니한, 그간 인지하지 못했던 어처구니없는 물질로 문제는 단숨에 해결된다.

1898년에 출간한 허버트 조지 웰스의 소설 『우주 전쟁』에서는 문어발을 가진 화성인에게 당하다가 결국 박테리아가 그를 물리친다. 팀 버튼이 만든 코미디 영화 〈화성 침공〉(1996)에서 지구의 그 어떤 무기에도 끄떡없던 화성인들이 촌스러운 음악이 울려 퍼지자 머리가 터져 죽는다. 미지의 생명체 아닌가. 그들의 약점이 음악이 아니라고 그 누가 단정할 수 있는가. 핵 방사능에도 거뜬하던 문어 형태의 외계인이 주먹으로 꽝 내리쳐 뿜어 나간 케첩을 맞고 스르륵 녹을지 아무도 모른다.

외계 생명체가 빌런일 경우, 인간은 그 어떤 양심의 가책을 느끼지 않고 마음껏 무력을 사용할 수 있다. 그들은 소행성과 마찬가지로 인간과 어떠한 인과적 관계에 속해 있지 않기 때문이다. 외계인은 인간이 자연을 황폐화해서 온 것도 아니며 인간의 욕심이나 살생을 막기 위해 온 것도 아니다. 그렇기에 우리는 아무런 죄의식 없이 그들에게 수천 발, 수만 발의 총알을 발사할 수 있다.

외계 생명체의 침공을 다룬 작품은 셀 수 없이 많고 저마다 독특한 세계관에서 다른 이야기를 그리고 있지만 이방인 출현, 이방인의 침입 활동, 원주민의 수호, 이방인의 몰락(원주민의 몰락)이라는 플롯은 공통된다.

미지와의 조우는 공포를 유발한다

외계인이 가지는 분명한 키워드는 미지이다. 지구인은 그들의 언어도, 과학 기술도, 문명 수준도, 찾아온 의도도 모른다. 그것이야말로 가장 무서운 공포이다. 공격당했다면 왜 당하는지도, 어떻게 대처해야 할지도 모른다. 대화할 수도 없다. 미지의 존재가 알 수 없는 이유로 엄청난 공격을 퍼부을 때 우리는 두렵다기보다 그저 경이로움을 느낄 뿐이다.

러브크래프트의 단편 「우주에서 온 색채」(1927)는 미지의 세계에서 지구로 온 무언가로부터 한 가족이 속수무책으로 말살당하는 이야기를 자세하게 묘사하고 있다. 소설 속 화자는 저수지 수질 조사원이다. 화자는 아컴이라는 황폐해지고 폐허가 된 지역을 살피는 중에 아미 피어스라는 노인을 만난다. 화자는 노인으로부터 푸르고 아름답던 아컴 지방이 왜 이런 황야가 되었는지 내막을 듣게 된다. 그 이야기는 실로 미스터리하고 무서운 내용이었고 다 들은 화자가 자신의 직업마저 버리게 했다.

아미 피어스가 젊은 시절, 이웃 농장 우물가 근처에 유성이 하나 떨어졌다. 나훔 가드너의 농장이었다. 나훔의 가족들은 운석을 살폈다. 땅에 박힌 채 서서히 쪼그라들고 있던 그 운석은 어딘가 수상했다. 나훔의 신고로 교수들이 운석을 가지고 가 실험을 해보았는데, 외계에서 온 물질이어서 그런지 가열해도 휘발되지 않았고 염산에도 반응이 없었다. 아무튼 그런 운석 조각이라면 대학 실험실 표본 창고에 맡기면 될 일이었지만, 기묘한 운석이 떨어진 곳이어서인지 나홈의 농장에서 기묘한 일이 일어나기 시작한다.

운석이 떨어진 후 1만 2,000평의 농장은 이상해졌다. 과일에서 역겨운 맛이 났고 수상한 풀들이 자라기 시작했다. 알 수 없는 색을 띤 처음 본 식물들이 운석이 떨어진 곳을 중심으로 퍼져갔다. 다람쥐와 뱀 등 숲에서 자라는 동물들도 수상한 형체로 변하고 숲은 처음 보는 색으로 물들어갔다. 주변은 고약한 냄새가 진동했다.

1년쯤 지났을 때 나홈 가족은 농작물을 심는 일도, 목초지에서 소와 양을 키우는 일도 포기했다. 젖소에서 나오는 우유 맛이 이상했기 때문이다. 그뿐만 아니라 말들이 난동을 부리는 등 가축들이 괴상한 모습으로 변한다. 식물들은 회색 가루로 바스러졌고 우물도 오염되어 묘한 빛을 발한다. 그런데도 농부 나홈은 그저 걱정스레 바라볼 뿐 어떠한 행동도 하지 못한다. 자신이 평생 가꿔온 농장이었고 여기 외에 달리 갈 곳도 없다. 농장(근거지)은 우주에서 떨어진 운석의 색에 점점 잠식되고 있었지만, 나홈은 단지 지켜볼 뿐이었다.

나홈의 가족은 점점 망가졌다. 아내가 정신 착란을 일으

미지의 생명체, 낯선 의문과 공포

켰고, 나훔은 그녀를 다락에 가둔다. 첫째 아들 역시 우물가에서 실성한다. 나훔은 아내가 있는 다락에 아들도 가두었다. 단짝 친구인 형이 갇히자 막내는 이상한 언어로 말하기 시작했고 망상에 사로잡힌 채 농장을 좀비처럼 돌아다녔다. 나훔은 가끔 이웃인 아미의 집에 찾아왔는데 그때마다 횡설수설했다. 나훔은 아미에게 아내와 첫째 아들이 죽었다고 말했고 시신을 땅에 묻었다고 했다. 막내는 양동이를 들고 숲에 갔다가 실종되었다고 했다.

아미가 확인차 나훔의 농장에 가보니 주변은 온갖 색으로 뒤덮인 괴상한 곳이 되어 있었다. 나훔이 기르던 동물들은 괴물처럼 변해 있었고 그는 혼자 집 안에 있었다. 나훔의 둘째 딸 제나스는 미치광이가 되어 우물에서 살고 있었고 죽었다던 아내와 첫째 아들은 다락에 갇혀 악취를 풍기며 괴형체가 되어 뭔가를 쭉쭉 빨아들이는 소리를 내고 있었다. 나훔은 아무렇지 않았다. 아니 겉모습만 그럴 뿐이다. 그는 자신의 상황을 아직도 이해하지 못한 채 멍하게 혼자 있었다. 다락을 살펴본 아미가 거실로 내려오자 멍하게 앉아 있던 나훔은 금세 형체가 불분명한 괴물이 되어버린다. 아미는 달아났다.

나훔의 농장은 우주에서 온 수상한 운석이 내뿜는 색에 완전히 잠식되었다. 이후 형사를 데리고 농장을 다시 살피러 온 아미는 농장에서 나훔 일가를 잡아먹고 더욱 강해진 수상한 빛에 빨려들어 죽을 뻔하다 간신히 달아났고 결국 그 지역은 폐쇄된다. 멀리서 보니 나훔의 농장과 인근 숲을 장악하던 빛이 기둥이 되어 하늘로 솟아오르고 있었다고 한다.

아미는 농부 나훔이 마지막으로 했던 그 말을 기억한다. "무언가가 다가온다는 것을 알 수는 있었지만 알아봤자 아무 소용이 없었어." 미지의 세계에서 온 그것은 인간이 알지도 못할 뿐 아니라 알아봤자 대응할 방법이 없다. 사람은 인지적 동물이다. 모든 일은 경험한 후에라야 대응책을 인지한다. 경험하지 못한 고난은 아무리 영리한 사람도 두 살배기 아기로 만든다.

외계 생명체의 공격이 그렇다. 나훔의 가족은 어떠한 대응도 하지 못했다. 나훔뿐 아니라 그 어떤 현명한 자라 해도 외계 색채의 공격에 능숙하게 방어했을까. 미지의 존재는 그런 힘으로 지구인을 압도한다. 알 수 없는 것과 맞서야 하는 상태, 그것이 자행하는 공격이 어떤 충격을 주는지 모르는 상태. 그 상태가 바로 미지의 공포이며 미지의 빌런의 가지는 가장 분명한 힘이다.

그들은 생명체이며 생명체로서의 본능이 존재한다

그들도 생명체이다. 생명을 가졌다면 본능이 있다. 본능이란 생명의 유전 구조 양식들이다. 리들리 스콧의 〈프로메

영화 〈프로메테우스〉의 한 장면. 인지적 존재인 인간은
경험하지 못한 상대와 상황을 무엇보다 두려워한다.

테우스〉(2012)에는 버림받은 미지의 생명체가 자기 유전자
를 폭포에 뿌리는 장면이 나온다. 그의 혈관 속에 녹아 있
는 유전 정보는 지구의 물속 유기물이 되고 생명이 생겨나
게 한다. 인류의 기원을 묘사하는 장면이다. 영화 〈에이리
언〉(1979)에서도 댈러스 선장과 노스트로모호 선원들이 구
조 신호를 받고 LV-426 행성에 도착해서 만난 것은 외계
생명체의 알이었다. 함교에 있던 선원들은 알에서 부화한
외계 생명체에게 공격받는다. 그런데 놀라운 사실이 있었
다. 선원 중 한 명인 과학 장교 애시는 로봇이었다. 애시는
회사로부터 비밀 임무를 받고 있었는데, 바로 외계 생명체

를 찾는 것이었다. 노스트로모호가 그간 수행한 광물 채굴 업무는 허울이었다. 애시는 동료들에게 이렇게 말한다. "그것들은 죽일 수 없다. 완벽한 유기체이니까. 그들의 순수함과 끈질긴 생명력에 경외감을 느낀다. 그들은 양심의 가책이나 헛된 망상이나 도덕에 구애받지 않는다."

외계 생명체를 주적으로 삼겠다면 '미지의 두려움'과 '생명 본능의 공통점', 이 두 요소를 중심에 두고 설정해야 한다. 지금까지 수많은 외계인 관련 작품이 '모르는 것에 대한 공포'와 '그들도 생명체이다'라는 두 가지 명제 이야기를 풀어나갔다. 그렇다면 외계 생명체는 어떤 방식으로 생존에 집착할까? 외계 생명체가 행하는 생명 본능은 크게 두 가지이다. 이종 교배와 씨앗 가져가기이다.

이종 교배

그들은 종종 지구인과 이종 교배를 시도한다. 그들은 인간을 숙주로 삼고 자신의 씨를 인간에게 심는다. 〈에이리언〉, 『기생수』, 『블러드 차일드』(1984) 등의 작품에서 숙주가 된 인간을 볼 수 있다.

인간으로서는 그들의 알을 몸에 품는다는 것은 공포이다. 여기서 갈등이 일어난다. 살기 위해 투쟁하고 인간은 죽지 않으려고 투쟁한다. 이런 외계인이 인간을 숙주로 한 이종 교배는 인류 역사에서 강대국이 약소국에게 저지른 식민화

영화 〈에이리언〉의 한 장면. 이종 교배 서사의 공포는
미지의 무언가가 내 몸에 들어오는 것에서 온다.

를 비꼬는 데에도 종종 사용된다. 외계인의 알은 강대국의
문화, 언어, 기술, 기독교를 상징했다.

옥타비아 버틀러의 『블러드 차일드』에 등장하는 외계 생
명체는 트가토이라는 이름의 지네처럼 생긴 아크티(외계 생
명체의 종족 이름)이다. 트가토이는 테란(인간)의 몸을 가르고
알을 낳는다. 주로 남자 몸에만 낳는데 인간 여자는 계속 숙
주(인간)를 생산해야 하기 때문이다. 침으로 마취한 몸을 가
르고 알을 심은 뒤 다시 깁는다. 알은 몸에서 부화해서 유충
이 되어 뚫고 나온다. 세 번 정도는 그렇게 인간의 몸을 이
용할 수 있다. 인간은 세 번 정도 알을 품으면 더는 살 수 없
다. 그들은 인간을 사육한다는 표현을 쓰지 않는다. 교육하
고 인간의 집안과 결합해서 함께 삶을 공유한다고 말한다.
"넌 너희들이 우리의 짐승이 아님을 잘 알고 있어."

이 작품은 지구를 버리고 간 행성에서 숙주로 살아가야

하는 인간 소년이 외계 생명체의 알을 품지 않으려고 외계 생명체와 논쟁하며 대화하는 형식으로 되어 있다. 주인공 소년은 트가토이가 인간에게 악한 존재가 아님을 알면서도 이 알을 심기 위해 인간의 몸을 가르는 장면을 보고 충격에 빠져 인간이 그들에게 어떤 존재인지를 묻는다. 인간이 행성에 도착한 후 종족 번식이 수월해졌다. 다른 동물들은 쉬 착상이 되지 않았지만, 인간의 몸은 달랐다. 대신 그들은 인간에게 합당한 것, 이를테면 보호 구역과 교육, 음식 등을 제공한다. 인간은 그것을 받는 대가로 숙주가 된다. 인간은 결국, 공생자 트가토이가 알을 심을 수 있도록 자신의 몸을 내어준다.

작품 속 많은 외계 생명체는 인간을 숙주로 사용하려 한다. 이는 그들 스스로 번식이 불가하다는 뜻인데 모든 것이 완벽한 존재인 그들이 단 하나, 본능을 처리하는 일만큼은 완벽하지 않다는 것은 매우 아이러니하다. 외계 생명체가 빌런이 되는 서사의 가장 기본적 요건은 그들의 생존 번식이며 인간은 이종 교배되지 않으려 분투한다.

한편, 이종 교배는 초능력을 만들 수 있다. 종 집단은 유전자가 비슷할수록 열성 유전자가 발현되고, 다를수록 우성 유전자가 발현된다. 외계 생명체와 인간 사이에서 태어난 존재는 지구인의 감성과 외계인의 힘을 동시에 지닌다. 이 혼혈자는 외계인과 지구인의 갈등을 해결할 수 있는 존

미지의 생명체, 낯선 의문과 공포

재가 된다.

미국 드라마 〈브이〉(1984)에서도 외계인 파충류 장교와 지구인 여성 로빈 사이에서 태어난 혼혈이 등장한다. 바로 엘리자베스이다. 엘리자베스는 지구인의 여린 감성을 지녔지만 지구인에게는 없는 초능력을 지닌다. 외계인들은 엘리자베스를 자신들의 희망으로 여기고 지구인들은 그런 엘리자베스를 이용해서 외계인들을 퇴치하려 한다. 〈스타트렉〉(1979)의 주인공 스폭 역시 인간과 외계 종족 벌컨의 혼혈이다.

이런 혼혈들에게는 메시아사상이 깃들어 있다. 신과 인간 사이에 태어난 예수처럼 전능한 외계인과 인간의 결합으로 태어난 존재를 갈등의 중재자로 부각해서 인간 세상의 선을 추구하려는 모습이다. 외계 생명체가 빌런으로 등장하여 인간을 공격하는 이야기는 생명의 본능에 기반을 둔다. 그들 사이에서 이종 교배로 태어난 혼혈은 윗대의 갈등을 제거하고 새로운 질서를 제시한다.

외계에서 온 창조자, 씨앗을 되가져 가다

태초에 이들은 전달자들이었다. 초월적 존재인 그들은 인간을 자신의 일부로 여겼다. 그들은 오래전 지구에 찾아와 문화를 가지지 못한 인간에게 자신의 기술을 전수하고 진화를 촉진시켰다. 인간은 가르침을 따랐고 문명을 가질

영화 〈노잉〉의 한 장면. 외계 생명체가 인류를 구원하는 것은
지구인을 사랑해서가 아니다. 자신들의 씨앗을 다시 심기
위해서이다. 그것은 그들의 본능이다. 지구인은 전멸한다.

수 있었다. 인간은 그들이 제시하는 대로 선하게 살아야 했지만 서로 질투하고 죽이고 거짓을 행하고 만용을 부리며 변질되었다. 태초의 모습이 아니게 되었다. 병이 들면 약을 처방하듯 외계인은 처방하러 온 것이다. 인간의 썩은 부위를 도려내고 새롭게 초기화해야 한다.

남자아이 하나, 여자아이 하나가 외계인을 따라가려 하고 있다. 그들의 부모는 아이들을 지키려 하지만 아이 인간은 이종 교배되지 않으려 분투한다. 아이들은 스스로 따라가는 길을 선택한다. 외계 생명체는 전 인류를 죽이고 오직 두 아이만 살리기로 한다. 곧 태양의 흑점이 터지고 그 복사파로 지구는 멸망한다. 외계의 우주선이 도착하고 주인공과 두 아이는 그들을 맞는다. 사내아이는 아빠인 주인공의

미지의 생명체, 낯선 의문과 공포

손을 잡고 그들을 따라가자고 말한다.

주인공은 두 아이와 우주선에 탑승하려 했지만 거부당한다. 그들은 선택된 자만이 우주선에 탈 수 있다고 말한다. 선택된 자는 에바와 케일럽, 남녀 아이뿐이다. 놀라서 자신을 쳐다보는 아들에게 주인공이 말한다. "아빠 갈 수 없어. 우리가 선택된 게 아니야. 너희 둘이 선택된 거야."

결국 두 아이는 토끼를 안고 그들을 따라간다. 아이 둘만 데리고 우주로 돌아간 외계 생명체의 뜻은 분명했다. 인류가 죽더라도 두 아이는 살리겠다는 것이다. 아들을 떠나보낸 주인공은 자신의 부모가 있는 곳으로 간다. 그리고 가족과 함께 지구 멸망의 순간을 맞이한다.

알렉스 프로야스 감독의 〈노잉〉(2009)에서 외계인이 아이들을 데리고 떠나는 장면은 마치 노아의 방주를 연상케 한다. 외계 생명체는 초월적 존재이며 인류를 복원하기 위해 지구 각지에서 선택된 남녀 아이들을 데리고 지구를 떠난다. 새로운 창조를 위해 지구를 초기화하려는 것이다.

외계 생명체가 빌런으로 출현하는 작품들

✦ **미스트** (2007년, 영화)

원작: 스티븐 킹의 소설 『미스트』

감독: 프랭크 다라본트

갈등 구도: 안개 속 괴생명체들 vs 데이비드

코즈믹 호러 장르의 대표작이며 미지의 공포를 잘 보여준 수작. 다른 차원의 생명체들이 안개와 함께 호숫가 마을을 포위했다. 주인공 데이비드는 아들과 동네 마트에 갇히고 사람들과 안개가 걷히기를 기다린다. 어디서 생겨났는지 모를 여러 생명체가 마트 안을 공격하고 갇혀 있는 사람들은 공포에 휩싸인다. 그 와중에도 인간은 이기심, 잘못된 믿음, 종교적 예언, 서로 헐뜯고 모함하는 등 불완전한 모습을 보이며 광란에 빠진다. 외계 생명체보다 인간 내부의 나약함이 더 큰 공포를 일으키는지도 모른다.

결국, 아이를 안고 밖으로 탈출하는 주인공은 안개를 뚫고 달린다. 원작 스티븐 킹의 소설과 프랭크 대러본트 감독의 영화는 결말이 다르다. 소설은 이 장면에서 끝나지만 영화는 소설과 달리 비극적이다. 가는 곳마다 알 수 없는 괴생명체들로 가득하다는 것을 알게 된 데이비드는 안개를 벗어날 수 없음을 깨닫는다. 연료가 떨어진 차에서 데이비드는 일행과 아들

을 깨끗하게 죽인 뒤 자신도 총구를 입에 문다. 그런 데이비
드 앞에 놀라운 반전이 일어난다.

원작 소설에서는 안개를 몰고 온 괴물들에 관한 자세한 정보
를 주지 않는다. 인물들은 괴물의 정체를 알 수 없어 내내 두
려워하며 그것들이 내보이는 의문과 공포 속에서 인간이 어
떻게 바닥을 드러내는지를 보여줄 뿐이다.

✛ **컨택트** (2016년, 영화)

원작: 테드 창의 단편 「네 인생의 이야기」

감독: 드니 빌뇌브

갈등 구도: 루이스 vs 외계 비행 물체

테드 창의 단편집 『당신 인생의 이야기』(2002)에 실린 작품
중 「네 인생의 이야기」를 드니 빌뇌브 감독이 영화로 만들었
다. 전 세계 주요국에 커다란 외계 비행 물체가 등장하고 미
군은 언어학자인 루이스 박사를 비행 물체에 보내 지구에 온
목적을 알아내려 한다.

　그들이 이곳에 온 목적과 원하는 바가 무엇인지는 지구인
에게 굉장히 중요하며 루이스는 그들의 언어를 습득하기 위
해 노력한다. 영화는 외계인과 루이스가 소통하는 지난한 과
정을 보여준다. 그들이 루이스에게 보여주는 의미들은 루이
스의 아픈 상처들과 교차되며 그 정보들은 전부 앞으로 일어

날 미래의 일임을 알려준다. 영화 〈컨택트〉는 미지에서 온 존재, 인간에게 내보이는 알 수 없는 공포와 의문, 그것을 알아가는 인간의 노력이 돋보이는 작품이다. 이들 미지의 존재는 극 후반부에 빌런에서 선지자로 변모한다. 이들의 시간과 공간은 연결되어 있으며 현재, 미래, 과거의 구분이 무의미하다는 것을 인간에게 알려준다.

✣ **우주 전쟁** (2005년, 영화)

원작: 허버트 조지 웰스의 『우주 전쟁』

감독: 스티븐 스필버그

갈등 구도: 레이 vs 트라이포드

항만 근로자 레이의 집 주변에 정체 모를 괴생물체(트라이포드)가 나타난다. 레이는 아들 로비와 어린 딸 레이철과 함께 아내가 있는 보스턴으로 탈출해야 한다. 영화는 지진, 번개, 낙석, 거대한 트라이포드의 출현 등 외계인 침공이 선사하는 불확실한 공포를 다양한 형태로 보여준다. 갑자기 출현한 외계인은 트라이포드를 이용해서 가공할 공격으로 인간을 살상한다. 기계인지 외계 생명체인지 또는 다른 차원에서 왔는지 모를 그것들은 다짜고짜 인간의 피를 뽑고 광선을 쏘며 인간을 지지고 다닌다. 미군의 첨단 무기도 소용없다. 그들이 원하는 바가 무엇인지 아무도 모른다. 인간이 할 수 있는 일

미지의 생명체, 낯선 의문과 공포

이라고는 오직 달아나는 것뿐. 이 작품의 공포는 공격의 동기가 무엇인지 모른다는 데에서 온다. 이들은 어디선가 나타나서 갑자기 재앙을 내리는 존재이며 인간이 이들을 이해할 방도는 없다. 이들은 결국 지구의 미생물 때문에 어이없이 패망하는데 인간은 그것 또한 알지 못했다.

✥ **클로버필드 10번지** (2016년, 영화)

감독: 댄 트라첸버그

갈등 구도: 미셸 vs 하워드 vs 외계 비행 물체

남자 친구를 만나러 가다가 사고를 당한 미셸은 하워드의 집에서 깨어난다. 그는 지구가 오염되었고 자신은 오래전부터 종말을 준비했다고 말한다. 미셸과 하워드가 있는 공간도 저장고이다. 저장고 외부, 지구는 알 수 없는 이유로 오염되었고 종말을 맞았다. 이들은 밖으로 나가지 못한다. 미치광이 하워드와 저장고에서 생활하던 미셸은 결국 하워드를 제압하고 자신이 만든 오염 방지 외피를 두르고 벙커를 탈출한다. 미셸은 벌판에서 정체 모를 외계 비행 물체를 만난다. 영화의 서사는 밖으로 나가지 못하게 하려는 하워드와 그곳을 탈출하려는 미셸 사이의 갈등을 다루지만 그들이 공통으로 대적하는 존재는 외계인이다. 등장인물들은 외계인이 왜 지구를 침공했는지, 지구가 어떻게 오염되었는지는 알 수 없다. 주인

공 미셸은 그 알 수 없는 공포 속에서 하워드를 제거하고 생존을 위해 분투한다.

외계 생명체를 빌런으로 설정할 때 고려해야 할 체크 리스트

- ☐ 빌런은 어디에서 왔는가?
- ☐ 빌런은 무엇을 원하는가?
- ☐ 주인공은 빌런에게서 무엇을 지키려 하는가?
- ☐ 빌런의 약점은 무엇인가?
- ☐ 주인공은 빌런에게 어떤 공격을 받는가?
- ☐ 빌런은 주인공을 왜 공격하는가?
- ☐ 빌런의 기술 수준은 어떠한가?
- ☐ 미지의 빌런에 관해 알고 있는 주변인은 누구인가?
- ☐ 주인공은 미지의 빌런과 어떤 식으로 교감하는가?
- ☐ 작품에서 미지의 존재가 주는 공포는 무엇인가?
- ☐ 미지의 존재는 당신이 설정한 세계관과 연결되어 있는가? 다시 말해 그들이 세계의 파멸이나 오류와 관련된 존재인가?

미지의 생명체, 낯선 의문과 공포

17

어린아이

Evil Children

헤어날 수 없는

어린 악의

공포

헤어날 수 없는 어린 악의 공포

절대 악? 순수 악?

아이에게는 나쁜 짓을 나쁘다고 인지하지 못한 상태에서 타인에게 피해를 주는 일들이 흔히 일어난다. 아이의 행동은 늘 불완전하고 어른의 시야에서 벗어나 있다. 아이는 보호되어야 하는 존재여서 늘 눈앞에 있을 것 같지만 불쑥불쑥 예상 밖의 행동을 보이는 의외성을 지닌다. 그런 아이에게 악성惡性이 숨어 있다 해도 어른들은 쉬 눈치채지 못한다.

'아이는 어른을 속일 수 있고 어른은 아이 말을 믿지 않는다.' 이 공식 하나만으로 무서운 스릴러가 만들어진다. 이제 우리는 소름끼치는 악성을 지니는 어린아이가 등장하는 서사에 관해 살펴보기로 한다.

게임이나 애니메이션, 영화를 분석한 글을 보면 간혹 '순수 악'이라는 단어가 나온다. 순수 악, 대체 무슨 뜻일까? 사전에는 없는 말이다. 악과 순수는 이율배반적인 단어이다. 순수한 악은 없기 때문이다. 그렇다면 순도 높은 악은 어떨까? 99.9퍼센트의 금처럼 고순도의 악을 말하는 '절대 악'이라는 단어가 존재한다.

'우리말샘'에서는 절대 악을 '어떤 경우에도 변함없이 악함. 또는 그런 악'이라고 규정하고 있다. 반대말은 절대 선이다. 절대 선은 어떠한 경우에도 변함없이 선하다는 뜻이 된다.

누군가가 사용한 순수 악이라는 단어가 순수한 아이들이 저지르는 악, 또는 정신적으로 미성숙한 아이들이 저지르는, 어른들의 그것보다 더 잔인하고 무서운 악을 뜻했다면 어떨까? 가능하겠다. 아이들은 악을 악인 줄 모르고 행한다. 그것이야말로 어떤 내면적 가책도 없이, 조건과 상황을 조금도 고려하지 않고 저지르는 악일 터이다. 어쩌면 자신의 악이 나쁘다는 사실을 아는 절대 악보다 더 절대적인 악일 수 있겠다. 이제 정리해보자. 악마처럼 악행을 저지르는 어린아이를 뜻하는 용어가 필요하다면 '어린 악'이라고 하는 건 어떨까.

아이들은 선한가, 악한가? 철학자들은 일찌감치 인간 또는 어린아이의 선과 악에 관한 다양한 관점을 논했다. 토머스 홉스는 인간 본성이 이기적이라고 주장했다. 인간은 만인에 대한 만인의 투쟁 상태이며 그래서 군주제(국가)의 통제가 필요하다고 했다. 특히 아이들은 '이기적인 욕망이 여실히 드러나는 중심자들'이라고 했다. 그래서 이런 악에 빠져들지 않으려면 어렸을 때는 교육의 힘, 성인이 되어서는 규범과 법의 힘을 빌려야 한다고 말한다.

순자 역시 인간은 태어나면서 이기적이고 자신의 욕심을 위해서 악을 행한다고 본다. 젖먹이가 어버이를 사랑하는 것은 다만 동물적인 본능일 뿐 아이들은 선과 악을 구분하지 못한다고 했다. 순자는 그러한 무지를 예로써 극복할 수 있다고 했다.

장 자크 루소는 이들의 주장과 달리 아이들은 태어나면서 옳고 선한 존재이며 그러한 직관력을 가진다고 했다. 그런 선하고 목가적인 존재가 타락한다면 그것은 사회의 병폐 때문이다. '고결한 야만인Noble Savage'인 아이들은 언덕에 풀어두면 평생 평화롭고 선하게 살지만, 사유 재산과 타락한 문화, 경제적 불평등이 만연한 문명으로 들어온 순간 더러운 속성에 물든다는 것이다.

싯다르타 역시 비슷한 말을 했다. 불가의 유식론은 인간은 원래는 부처였는데 태어나서 가진 습속이 욕망하고 집착해서 부처가 되지 못한 것으로 본다. 고로 자신을 바라보고

헤어날 수 없는 어린 악의 공포

깨우치면 다시 부처가 될 수 있다. 싯다르타의 말에 의거하면 아이들은 본래 착하지만 어떤 환경을 만나느냐 따라 선하게도, 악하게도 변한다.

한편, 중립의 이론을 제시하는 사람도 있다. 존 로크는 인간 본성은 백지상태의 석판이며 선과 악 어떤 성향도 띠지 않는다고 주장한다. 다만 교육과 습관으로 방향이 정해진다고 말한다. 교부 철학의 대가 토머스 아퀴나스의 생각도 비슷했다. 하나님은 선만 만드셨다고 한다. 그럼 악은 왜 존재하는가? 선의 일부가 결핍된 상황이 악이라는 것. 인간의 본성은 선하고 행동도 선하다. 다만 이성적 판단이 결핍되면 악으로 존재한다.

서사에서는 대체로 강해 보이는 성인이 무력해 보이는 아이에게 무참하게 당함으로써 그 아이가 빌런임을 증명한다. 아이는 자신이 악을 행하는지도 모르고 의도 없이 저지르므로 성인보다 더 잔인하고 무서운 존재가 된다.

어린 악이 빌런으로 사용되는 서사의 경우, 대부분 세 가지 범주 안에 있다. 사이코패스, 방어 기제, 놀이하는 괴물이 그것이다.

가지고 싶은 것은 반드시 가져야 하는 아이들, 사이코패스

사이코패스에게도 어린 시절은 존재한다. 그들이 아동이었을 때는 어땠을까? 아동 사이코패스에게서만 나타나는 특징은 다음과 같다.

먼저 동물 학대다. 아동 사이코패스는 어린 동물을 죄의식 없이 죽이며 사체를 훼손한다. 동물과 장난감의 구분이 없는 것이다. 체격이 작고 힘이 부족한 아이에게 이런 동물, 특히 새끼는 아주 좋은 공격의 대상이 된다.

두 번째 특징은 훈계에 순응하지 않는 것이다. 아이는 늘 말썽을 일으키고 그에 대한 훈계를 받으며 자란다. 사이코패스 아동이라면 정상 아이보다 강도와 규모가 더 큰 말썽을 피울 수 있다. 그러나 사이코패스 아동은 자신이 무엇을 잘못했는지 훈계를 받고서도 인지하지 못한다.

키우던 강아지가 세탁기에 들어갔고 동시에 아빠가 아끼는 책 위에 잉크가 쏟아졌다. 이 두 가지 일이 일어났을 때 아이는 책을 구하러 달려갔다. 강아지가 죽자 부모가 훈계한다. "왜 강아지를 구하지 않았니?" 사이코패스 아동은 그 말이 선뜻 이해되지 않는다. 아이는 "잉크도 똑같이 위험했어요. 아빠 책을 영원히 못 쓸 뻔했다고요." 아이는 강아지를 죽이려는 생각은 없었다. 상황은 똑같이 위급했고 둘 중 하나를 선택했을 뿐이다. 그게 강아지가 아닌 잉크가 번지는 책이었다. 아동 사이코패스는 어른의 도덕적 훈계를 이해하지 못한다.

세 번째로 아동 사이코패스는 폭력적이다. 수위가 어른의 그것보다 높다. 이 역시 감정을 조절할 능력이 없기 때문

헤어날 수 없는 어린 악의 공포

이다. 이들은 성인 사이코패스처럼 이성을 가동해서 참고 상대의 처지를 고려하지 못한다. 오직 감정에 충실하기에 분노를 폭력으로 표출하는 것이다. 그들은 운동장에서 비둘기를 함부로 죽이거나 미술 시간에 준비물로 마련된 송곳을 재미 삼아 친구 허벅지에 푹 찔러 넣는다.

빌런이 성인 사이코패스라면 욕망대로 행동하다가는 사회로부터 제재를 당한다는 이성적 판단이 가능하고(비록 느끼지는 못할지언정) 악행의 통제가 가능하다. 하나 빌런이 아이라면 통제가 서툴다. 그래서 아동 사이코패스가 빌런인 서사에서 그 아이들은 악행을 저지르는 와중에 허점을 드러낸다. 이런 요소 때문에 많은 작품이 어린이의 허점을 보여준 다음 그 악당이 본래 미성숙한 존재임을 규명하고 왜 그런 짓을 저질렀는가 원인을 밝혀내는 구성을 띤다.

결론부터 말하면 아동 사이코패스가 빌런인 서사에서 이들이 악행을 저지르는 목적은 욕구 충족, 다시 말해 '아이로서 원하는 것을 얻기' 위해서이다. 원하는 것이 있다는 것은 아이다운 행동이지만 그렇다고 모든 아이가 하고 싶은 대로 하는 것은 아니다. 제재를 따른다. 그러나 아동 사이코패스는 방해되는 요소라면 잡초를 뽑아내듯 없애도 된다고 여긴다. 동물을 죽이고 동생을 죽이며 친구를 죽이고 부모를 죽인다. 자신의 욕구를 방해하는 요소이기에 그렇다.

얼굴은 어른의 그것인데 몸은 아이인 한 인간을 상상해

보자. 깜찍하고 잘 웃고 예의 바르며 묻는 말에도 또박또박 대답하며 어른을 만날 때에는 물방울무늬의 드레스 자락을 양손에 고이 펴 잡고 무도회에 온 숙녀처럼 예쁘게 인사하는 로다 펜마크는 아버지가 군인인 미국 중산층 가정에서 자란 아이다.

어느 날, 로다가 다니는 학교에서 사내아이가 물에 빠져 죽는 일이 일어난다. 엄마는 딸이 상처받은 것으로 여기고 학교에서 본 끔찍한 일을 머리에서 지우라고 부탁한다. 그러나 로다는 아무렇지 않게 사고 때문에 점심을 먹지 못했다며 땅콩 샌드위치가 먹고 싶다고 말한다. 친구의 죽음에 감정을 보이지 않는 로다는 사이코패스가 분명하다. 그런데 죽은 그 아이는 로다와 아주 관계가 없지 않았다. 로다가 1등을 노리던 글쓰기 대회에서 로다보다 더 나은 성적으로 메달을 받은 아이였다. 죽던 날 메달을 걸고 있었던 시신에는 메달이 없었다. 누군가가 그 메달을 가지고 간 것이 분명하다. 영화 〈나쁜 종자〉(1956)는 아동 사이코패스가 원하는 물건을 얻기 위해 사람을 죽이는 이야기이다.

펜마크 부인은 로다의 보석함에서 메달을 발견하고, 딸을 불러 추궁한다. 놀라고 슬픈 눈으로 딸의 알리바이를 캐묻는 엄마와 제 할 일 다 하면서 표정 하나 바꾸지 않고 대답하는 로다의 모습은 지극히 비교된다.

펜마크 부인은 로다에게 죽은 아이의 엄마가 얼마나 슬

플지, 그 부인에게 그토록 찾던 아들의 메달을 왜 돌려주지 않았는지를 묻지만 로다는 천진난만하게 죽은 아이는 자기 옷에 메달이 있는지 없는지도 모를 거라고 말한다. 펜마크 부인은 그제야 위층 할머니의 수상한 죽음마저도 딸의 짓임을 깨닫는다. 그랬다. 로다는 메달을 얻기 위해 반 친구를 죽이고 구슬을 얻기 위해 할머니를 계단에서 밀어버리는 아이이다. 그리고 전혀 죄의식을 느끼지 못한다. 로다는 태어날 때부터 죄의식이 없는 존재, 한마디로 나쁜 종자bad seed다.

아동 사이코패스 로다 펜마크의 목적은 가지고 싶은 물건을 손에 얻는 것이다. 메달을 주지 않았다고 친구를 징 박힌 신발로 때려죽였고 물고기 유리구슬을 얻기 위해 위층 할머니를 죽였다. 또 저지른 사건 소식이 구름처럼 퍼지는 것을 막기 위해 연쇄 살인을 저지른다. 게다가 사람이 불에 타 죽는데도 흥겹게 피아노를 치고 있다. 영화는 펜마크 부인이 딸을 자신에게 투영하는 이야기로, 그녀의 시점으로 진행된다. 결국 펜마크 부인은 딸 로다에게 치사량의 수면제를 먹이고 죽일 결심을 한다. 애교를 부리고, 슬픈 표정을 짓고, 잔인한 짓을 한 후에도 아무렇지 않게 사뿐사뿐 걸어 다니는 로다 펜마크의 모습은 피 한 방울 나지 않는 이 영화에서 그것보다 더 큰 공포를 불러일으킨다.

여기, 복잡한 살인을 설계하는 아동 사이코패스가 있다.

이 아이에 비하면 로다는 지극히 순수하다. 로다는 원하는 것을 얻기 위해 방해 요소를 제거하지만 이후 벌어지는 사건을 감당하지 못했다. 그러나 이 아이는 다르다. 그는 자신의 환경 조건을 인지하고 정밀한 계획으로 악행을 설계하는 지능적 아동 사이코패스이다. 영화 〈위험한 아이〉(1993)의 열 살 소년 헨리가 그 주인공이다.

열 살 마크는 엄마의 장례식을 치른 직후 삼촌의 집으로 왔다. 아버지가 2주 동안 도쿄에 가야 했기 때문이다. 삼촌의 집은 마크가 사는 애리조나와 달리 춥고 숲이 많은 바닷가에 있었다. 삼촌 부부에게는 아들 헨리와 딸 코니가 있었다. 헨리는 동갑내기 마크를 보자마자 오랜 친구처럼 얼싸안는다. 마크는 2주간 함께 놀 사촌 헨리가 있으니 무척 다행이다. 삼촌 월리스와 숙모 수전은 부모 이상으로 마크를 사랑했다. 이들 부부에게는 상처가 있다. 사실 헨리와 코니 아래로 아이가 하나 더 있었는데 사고로 욕조에서 죽었다. 셋이어야 할 아이가 둘이 되었고 다시 마크가 와서 셋으로 돌아왔다.

마크와 헨리는 숲을 뛰어다니며 공놀이를 하고 나무에도 오르면서 즐겁게 지낸다. 그런데 징조가 보인다. 나무에 오르던 중 가지가 부러지면서 마크가 매달리게 되자 먼저 올라간 헨리는 마크의 손을 잡아당기며 이렇게 말한다. "내가 손을 놓으면 넌 날 수 있니?" 이후 헨리의 장난은 점점 도를

헤어날 수 없는 어린 악의 공포

넘는다. 직접 만든 나사 총으로 개를 쏘아 죽여 우물에 빠뜨리고 허수아비를 다리 위에서 도로로 던져 연쇄 교통사고를 일으킨다.

마크는 데본포트 선생님에게 헨리의 실체에 관해 말하려한다. 선생님은 '이블evil'은 없다고 말한다. 누군가가 악행을 저지른다면 그것은 상처에서 기인한 것이라고 말한다.

> **마크:** 사람은 왜 악마가 된다고 생각하세요?
> **선생님:** 누군가를 이해하지 못하니까 그렇게 질문하는 거지. 그들 나름대로 이유가 있단다.
> **마크:** 이유 없이 누군가가 악마 짓을 한다면요?
> **선생님:** 나는 악마를 믿지 않는단다, 마크.

영화에서 데본포트 선생은 바보 어른을 상징한다. 그녀는 아이를 여리고 상처를 받는 존재로만 이해한다. 사회에서도 그렇다. 악이 존재한다는 것을 믿지 않고 자신의 나이와 지식만을 믿으며 자기보다 어린 사람을 우습게 아는 어른은 반드시 그들에게 당한다.

헨리의 광증은 이제 마크에게 집중된다. 마크가 헨리의 사악함을 온전히 인지했기에 그렇다. 헨리의 첫 번째 작업 대상은 엄마였다. 그는 부모에게 마크가 죽은 동생 리처드의 방을 사용하고 싶어 한다고 건의한다. 마크는 2주간 머무를 예정이었고, 헨리의 방을 함께 사용하고 있었다. 헨리는 식탁에서 불쑥 이런 말을 꺼낸다. "엄마, 마크가 혼자 있고 싶은가 봐요. 리처드의 방에서 지내고 싶대요."

마크의 숙모이자 헨리의 엄마 수전은 당황한다. 아직은 죽은 아이의 유품이 남아 있는 그 방을 온전히 두고 싶기 때문이다. 부부는 죽은 아이를 그만 잊어라, 아니 잊을 수 없다며 다투지만 정작 싸움이 있게 만든 헨리는 수프 접시를 휘저으며 먹기에 바쁘다.

헨리는 죽은 동생 리처드 방에서 혼자 울고 있는 엄마를 노려본다. 관객은 아직 욕조에서 죽었다는 갓난쟁이 리처드에게 무슨 일이 있었는지 모른다. 아마도 헨리의 짓임은 틀림없는 듯한데.

마크가 보는 앞에서 엄마를 가볍게 가지고 논 헨리는 이제 동생 코니를 위협한다. 마크는 하루하루가 조마조마하다. 이 작은 사이코패스가 집안사람을 전부 해칠 것 같기 때문이다. 결국, 헨리는 여동생 코니를 얼음 강에 빠뜨린다. 코니가 가라앉고 헨리는 그런 여동생과 작별하듯 바라본다. 다행히 코니는 구출되었지만 마크는 헨리가 점점 두렵기만 하다.

마크는 숙모 수전에게 헨리의 짓들을 전부 말한다. 막내 리처드가 죽은 것처럼 둘째 코니도 위험하다면서 더 늦기 전에 헨리가 어떤 아이인지 알아야 한다고 숙모를 다그친

헤어날 수 없는 어린 악의 공포

다. 숙모는 마크의 뺨을 친다. "이 녀석, 내 아들을 그런 식으로 말하지 마." 숙모의 손찌검에 놀라는 마크.

주인공이 악당을 응징할 단 한 번의 기회를 놓치면 두 배, 아니 세 배로 강한 역공을 당한다. 슬슬 헨리의 작업이 시작되고, 마크는 그의 계략에 걸려 삼촌 부부에게 미친 아이로 오해받는다. 특히 삼촌 윌리스의 눈에 마크는 엄마의 죽음에 큰 충격을 받아 미쳐버린 조카로 비친다.

헨리는 엄마의 사랑이 동생에게, 또는 마크에게 옮겨 가서 질투를 느끼고 악행을 저지른 것이 절대 아니다. 그는 전두엽이 손상되어 있는 사이코패스이기에 부모의 사랑을 갈구하지 않는다. 사이코패스는 사랑이라는 단어를 이해하지 못한다.

수전은 리처드가 죽기 전에 가지고 놀던 오리 장난감을 헨리가 자신의 것이라고 박박 우기는 모습에 놀란다. 그리고 리처드를 죽인 범인이 큰아들 헨리임을 직감한다. 그렇다. 헨리가 동생 리처드를 죽인 이유는 자신도 엄마의 손길(사랑이 아니고 손길이다)이 필요했기 때문이다. 생존 법칙이 작용한 것이다.

동생을 처치한 헨리는 이후 치밀하게 사건을 은폐했다. 겁이 나서가 아니다. 혼자 버려지고 범인이 되고 촉법소년이라고 낙인찍히면 더는 사이코패스로서 즐기는 자신의 삶이 무너지기 때문이다.

영화 〈위험한 아이〉는 아동 사이코패스가 원하는
것을 얻기 위해 노력하는 내용을 보여준다.

결국, 헨리는 자신의 실체를 알아본 엄마를 절벽에서 밀어버린다. 이 여성을 오래오래 이용하다가 죽여야 했지만, 알아본 이상 어쩔 수 없다. 헨리의 이런 행동은 뒤에 언급할 '놀이하는 괴물' 아동인 데이미언 도온이나 재키 해터와는 차이가 나는 점이다. 필요한 것을 얻기 위해 그 어떤 것도 제거할 수 있는 것. 사이코패스의 특징이다.

'사이코패스' 어린 악은 악행의 이유가 명백하게 존재한다. 그들은 자유로운 삶에 방해가 된다고 판단하면 가차 없이 악행을 벌인다. '불편하면 죽인다. 불편하지 않으면 죽이지 않는다.' 이런 대뇌의 행동 반응 공식이 분명하게 성립한다. 인간의 불행에 대한 감정, 측은지심이 존재하지 않는다. 아이여서 더 그렇다.

헤어날 수 없는 어린 악의 공포

불행한 아이들, 방어 기제

사이코패스 어린 악과 달리 방어 기제 속성의 어린 악은 몹시 인간적이다. 이들은 무릇 정상이다. 전두엽 장애도 없고 엉뚱한 생각을 하거나 무언가에 심취해 있지도 않다. 이들은 사랑을 알고 인간관계도 이해하며 양심도 존재한다. 이들이야말로 루소가 말한 '고결한 야만인'의 표본이다. 이들의 약점은 오직 환경이다. 불행하게도 이들은 원하는 환경을 얻지 못했다. 몹시 영리하며 인지 능력과 적응력도 높기에 자신이 불리한 환경에 서 있는 것을 잘 안다. 이들은 불행한 자신의 처지를 극복하기 위해 시리도록 차가운 이성을 발휘한다. 어른 못지않은 시기심과 성취욕을 보유하고 있으며 강한 생존력을 발휘한다. 원하는 것을 위해 악행을 저지른다는 점에서 사이코패스 어린 악과 같지만 이들은 감정과 정서를 전부 이해한다는 것이 다르다.

세 번째 아이를 유산하고 우울증에 빠져 있던 존과 케이트 부부는 성당 보육원 2층에서 혼자 그림을 그리고 있는 에스더를 발견한다. 부부가 에스더에 관해 묻자 수녀는 러시아에서 왔지만 얌전하고 착하고 조숙한 아이라고 말한다. 손목에 묶은 리본을 절대로 풀지 않는 것 외에 에스더는 수녀의 말처럼 착하고 고운 아이다. 에스더는 한번 입양된 적이 있지만 그 가족이 화재로 죽어 다시 보육원으로 돌아온 상태였다. 부부는 즉각 에스더를 입양하기로 결정한다. 부부를 따라가는 에스더를 바라보는 수녀. 머금은 미소에는 살짝 걱정스러움이 스며 있다.

성직자는 우리에게 무언가를 주는 존재이다. 신념, 신의 사랑, 심적 안정, 세례, 때로는 돈. 그러나 간혹 나쁜 것을 주기도 한다. 거짓말, 악, 악마 등. 이것은 비밀스럽다. 인간은 성직자에게 평안을 얻고 간다지만 그 속에는 사악한 것이 깃들어 있을지도 모른다. 〈오멘〉에서 도온 대사의 아기와 자칼의 아기를 바꿔치기한 것도 신부였다. 〈사운드 오브 뮤직〉(1965)에서 견습 수녀가 되어야 할 마리아를 트랩 가문에 보낸 것도 원장 수녀이다. 원장 수녀는 전령관의 역할이지만 마리아의 관점에서 보면 신을 버리게 한 장본인이다. 자고로 이야기에서 주인공은 성직자가 주는 것은 받지 말아야 한다. 그렇게 하지 않지만 말이다. 많은 작품에서 성직자는 악의 대리인일 가능성이 높다. 성직자와 신을 동일하게 생각하면 안 된다. 신은 전지전능하고 성직자는 인간이다.

고아원의 수녀 역시 그랬다. 수녀로부터 에스더를 건네받은 그들 부부는 이제 묘한 사건을 겪게 된다. 에스더는 이상하다. 비밀이 많은 아이다. 딸각 방문을 잠그는가 하면 케이트에게 도레미를 겨우 배웠을 뿐인데 며칠 만에 피아노 건반을 수준급으로 치기도 한다.

헤어날 수 없는 어린 악의 공포

케이트: 피아노를 못 친다고 하지 않았어?

에스더: 그런 말 한 적 없는데요.

케이트: 아니야. 그랬어.

에스더: 그냥 아줌마가 가르쳐준다고 해서 좋다고만 했죠.

케이트: 그럼 못 치는 척한 건 뭔데?

에스더: 날 가르치는 아줌마를 행복하게 만들고 싶어서요. 아들은 피아노에 관심 없고 따님은 귀가 먹었잖아요. 그러니 제가 피아노를 배울 수밖에요.

보육원에서 지냈던 소녀가 한 가정에 흡수되기란 쉽지 않다. 케이트는 그걸 잘 알기에 누구보다 에스더를 가족처럼 대했다. 그런데 점점 에스더의 행동이 마뜩잖고, 집안에는 분란이 계속된다. 옆집 아이의 다리가 부러지고 케이트와 존 사이에 부부 싸움이 잦아진다. 그 한가운데에 늘 에스더가 있었다. 케이트는 아들 말(아들 대니얼은 에스더가 괴물이라고 말했다)이 점점 사실임을 감지한다. 에스더 주변, 아니자기 가족 주변에서 일어나는 불미스러운 사건은 전부 우연이 아니라 에스더 짓일지도 모른다.

어느 날 케이트와 존에게 수녀가 찾아온다. 수녀는 에스더의 기록에 수상한 점이 많다고 말한다. 잘못된 아이를 넘겨주었음을 시인한 것이다. 부부는 아직은 큰 문제가 없으니 그냥 데리고 있겠다고 했고 수녀는 돌아가는 길에 에스더에게 죽임을 당한다. 어린 악은 신의 대리자를 응징했다. 많은 작품에서 성직자가 가식적이라면 의사나 박사는 멍청하다. 에스더를 진찰한 정신과 의사는 에스더가 정상이라고 진단하고 오히려 케이트에게 문제가 있다고 지적한다. 이제 멍청한 어른은 속을 준비가 되었고 영악한 어린 악은 날개를 펼 준비가 되었다.

에스더는 가족 구성원의 약점을 하나하나 드러내며 집을 장악해간다. 언어 장애가 있는 막내딸 맥스는 에스더의 모든 악행을 보았지만 증언할 수 없다. 아들 대니얼은 에스더에게 심각한 협박을 받고 입을 닫았다. 아무도 케이트의 말을 믿어주지 않는다. 이제 에스더에게 호감이 남아 있는 사람은 남편 존뿐이다. 에스더는 짙은 화장을 하고 양아버지 존에게 다가가 슬그머니 안긴다. 그랬다. 에스더는 아이가 아니라 어른이었다. 에스더의 최종 목적은 그 가정의 가장을 자신의 것으로 만들어 평범한 여성으로 사는 것이었다. 그동안 여러 가정을 거쳐왔고 그것이 안 되었기에 구성원 전체를 몰살했다. 공식적으로 밝혀진 살인만 일곱 건이었다. 결국, 에스더는 주인공에게 응징되고, 격투 끝에 저 깊고 어두운 얼음물 속으로 빨려 들어간다. 마치 악마가 자신이 있던 곳으로 되돌아가듯.

잘 만들어진 하우스 스릴러 〈오펀: 천사의 비밀〉(2009)은 아홉 살 여자아이의 악을 치밀하게 그려내고 있다. 외지인

　　　　　헤어날 수 없는 어린 악의 공포

이자 어린아이가 들어오면서 가정이 파괴되는 모습이 무섭도록 잔인하게 펼쳐진다. 여기서 어린 악 에스더의 악행은 방어 기제이다. 영악한 어린이(실은 어른이지만)는 생존을 위해 악을 실행한다. 반전의 전모가 드러났을 때 방어 기제의 목적성은 더욱 분명해진다.

『파리대왕』(1954) 마지막 장면은 생존을 위해 서로를 잔인하게 죽이던 아이들이 갈등이 해소되자 본래의 모습으로 돌아간다. 무서운 집념과 광기를 보이던 랠프는 상륙한 해군을 보자 해변을 한번 돌아본다. 신비로운 마성의 섬이 순간, 시든 나뭇가지처럼 의미 없는 섬으로 보인다. 랠프는 주룩 눈물을 흘린다. 그간 소년들을 이끌고 이 섬의 대왕 노릇을 하던 랠프는 불길에 휩싸인 해변에서 목 놓아 운다. 다른 소년들도 엉엉 운다. 섬에 갇혀 있는 동안 잔인했고 처절했고 지혜로웠으며 회합을 소집하며 서로를 몰아냈고 패를 갈라 짐승처럼 죽이고 달렸던 악의 현신들이 어른을 보자마자 다시 예전의 소심한 아이로 돌아온 것이다. 그들은 어김없는 만 열두 살에서 몇 달이 더 된, 아직 사춘기를 맞이하지 않은 아이들이었다.

상륙한 장교는 아이들이 섬에서 무슨 짓을 저질렀는지 모를 것이다. 소년들은 인간이 사회에서 떨어진 순간 어떻게 본성을 드러내는지를 보여준다. 소년들은 살기 위해 악을 이용했다. 척박한 환경이 그들을 그렇게 만들었다. 그들

릴프와 아이들은 순양함을 타고 온 어른들을
보자 다시 제 나이 또래의 아이로 돌아간다.
어떤 어린 악은 방어 기제일지도 모른다.

은 주어진 환경을 깨닫는 순간 생존하기 위해 악을 드러냈
다. 방어 기제는 생존하기 위해 만들어진 것이다. 방어 기제
는 본능이다. 그렇다면 악은 본능일지도 모른다.

흥분을 위해 그래야만 하는 아이들, 놀이하는 괴물

놀이로서 악을 행하는 자들이다. 이들은 트라우마를 가
지지도, 행위에 죄책감을 느끼지도, 반사회적 인격 장애를
앓고 있지도 않다. 오직 악을 행하기 위해 태어났다. 악마의
어린 시절이다. 그들의 악행은 유희와 놀이이며, 오로지 즐
겁기 위해 사람을 죽인다.

<오멘>의 데이미언은 적그리스도이며 악마의 아들이다.
도온 대사의 아들 데이미언은 악 그 자체를 행하려 태어난

헤어날 수 없는 어린 악의 공포

존재이다. 아이는 죄책감 없이 악을 실행한다. 가을 잎이 떨어지듯 사람이 죽어도 눈 하나 깜짝하지 않는다.

데이미언의 생일, 정원에 아이와 어른이 한창 파티를 벌일 때 멀리서 누군가가 데이미언을 부른다. 모두 놀라 그쪽을 보니 건물 옥상이다. 지붕 용마루에는 젊은 보모가 목에 줄을 감고 서 있다. "데이미언, 생일을 정말 축하해. 너에게 놀라운 걸 보여주려고 하는 거야. 네가 즐거워했으면 좋겠어." 보모는 그렇게 외친 후 눈 깜짝할 사이에 허공에 몸을 날린다. 건물 5층 창 언저리에서 목이 부러진 채 줄에 매달려 대롱거리는 보모의 몸. 사람들은 경악하지만, 오직 데이미언만 히죽 웃는다. 보모의 목숨은 자신의 즐거움을 위해 쓰였다.

악마의 자식, 이들은 선택된 아이들이다. 이들에게 악을 행하는 이유를 물으면 안 된다. 이들은 성인보다 강력하며 오직 악으로 똘똘 뭉친 존재다. 이들은 성인을 지배한다. 다만 그들은 성년이 될 때까지 자신을 추종하는 성인이 필요하다.

또 하나의 작품이 있다. 이 작품은 세계 3대 추리 소설* 중 하나로, 아직 이 작품을 능가하는 추리 소설은 없다는 평을 얻고 있다. 바로 바너비 로스,** 아니 엘러리 퀸이 1932

❖ 엘러리 퀸의 『Y의 비극』, 윌리엄 아이리시의 『환상의 여인』,
애거사 크리스티의 『그리고 아무도 없었다』.

년에 발표한 『Y의 비극』이 그것이다. 이 작품은 출간 직후 그야말로 전 세계에 충격을 안겨주었다. 추리 소설 마니아는 물론이고 뉴욕의 신문들도 동서고금의 작품 중 최고의 명작이라고 치켜세웠다. (만약 결말을 모른다면 다음 소제목으로 넘어가길 바란다.)

범인은 13세 소년 재키 해터이다. 은막의 탐정 드루리 레인은 이 작품에서 몹시 고전한다. 사건의 정황을 아무리 살펴도 범인을 유추할 수 없었기 때문이다. 해터가※에서 기괴한 살인 시도 행각을 벌이고 노부인 에밀리 해터를 죽인 범인은 이 가문의 구성원일 수밖에 없었다.

유일하게 범인의 얼굴을 만진 루이자는 시각, 청각 장애인이었다. 루이자의 증언에 따르면 범인은 뺨이 부드러웠고 몸에서 바닐라 냄새가 난다고 했다. 경찰과 레인이 해터 저택에서 여러 사람을 만나고 추리하는 와중에도 그 집의 아이들, 열세 살 재키와 일곱 살 빌리는 복도와 방을 뛰어다니며 정신을 산만하게 한다.

엘러리 퀸의 소설이 늘 그렇듯이 해터가에도 미치광이 독재자와 그에게 시달리는 미치광이 식구들이 있다. 이 집의 주인이며 독재자 에밀리, 그녀에게 꼼짝도 못 하고 살았던 남편 요크, 장애가 있는 그녀의 첫째 딸 루이자, 수상해 보이

❖❖ 엘러리 퀸의 작가 만프레드 리와 프레더릭 다네이는 사촌 간이다. 이들은 엘러리 퀸이라는 필명으로 작품을 출간했지만 네 편의 비극 시리즈(『X의 비극』, 『Y의 비극』, 『Z의 비극』, 『드루리 레인 최후의 사건』)는 바너비 로스라는 이름을 사용했다.

헤어날 수 없는 어린 악의 공포

는 가정 교사, 종일 시만 쓰는 둘째 딸 바버라, 개망나니 막내딸 질, 폭력적이고 무능한 아들 콘래드, 늘 겁에 질려 신경증에 걸린 듯한 얼굴로 다니는 콘래드의 아내 마샤, 그리고 그들의 정신 산만한 두 아이 재키와 빌리. 기타 저택에 기생하는 자들. 이들은 전부 정신 질환을 앓고 있는 데다 저만의 기묘한 사정들을 지니고 있다. 결국, 드루리 레인은 요크 해터의 추리 소설 원고를 읽으며 그것을 그대로 따라 한 요크 해터의 열세 살짜리 손자 재키가 범인임을 깨닫는다.

아내이자 그 집의 왕인 에밀리에게 평생 수모를 당한 요크 해터(그는 이미 죽었다)에게는 차마 발표하지 못한 소설 원고가 있었다. 자신이 범인이 되어 아내를 죽이는 추리 소설이었다. 평생 아내에게 잡혀 산 요크 해터가 비현실 공간에서나마 한을 푸는, 어디까지나 대리 만족의 성격을 지닌 소설이다. 그는 소설에서라도 아내를 죽이고 자유를 얻고 싶었다.

요크 해터가 자살한 후 소설 원고는 손자 재키의 손에 들어갔다. 재키는 할아버지가 쓴 줄거리를 그대로 실행한다. 원고에 따라 미끼로 설계된 장애인 고모 루이자의 달걀 술에 독을 타고 만돌린으로 할머니 에밀리를 죽인다.

은퇴한 청각 장애인 연극배우이자 탐정 드루리 레인은 그 모든 살인의 단서가 꼬마에게 있다는 사실을 알고 그의 악행을 저지하려고 노력한다.

죽은 요크 해터의 소설 원고 내용은 범인(소설 속 범인이자 주인공은 요크 해터 자신이다)이 속임수를 쓰는 것으로 나온다. 원고 속 범인은 아내 에밀리가 아닌 큰딸 루이자를 노리고 있는 것처럼 상황을 만들어 경찰 수사를 방해하고 있다. 범인은 루이자를 노리는 것처럼 보이려고 루이자의 버터밀크 잔에 독을 넣지만 그것을 실행하지는 않는다. 그것은 경찰에 혼선을 주기 위한 행위일 뿐이다. 그러나 할아버지의 원고를 읽고 범행을 재현하는 재키는 큰고모 루이자의 버터밀크 잔에 치사량의 독을 타놓고 숨어서 지켜보고 있다. 재키는 루이자가 와서 버터밀크를 전부 마시기를 바란다. 이 꼬마는 소설 원고의 지시를 어기기 시작한 것이다. 루이자는 다행히 레인의 기지로 살았다. 루이자가 죽지 않자 몹시 실망하는 재키의 표정을 보며 소스라치는 드루리 레인. 저 아이는 악마다. 근육질의 노배우이자 명탐정이고 추론의 대가인 천하의 드루리 레인도 손이 벌벌 떨릴 지경이다.

훗날 레인은 재키를 '살인의 쾌감을 차례차례 맛보았기 때문에 이제는 불타오르는 충동을 억제하지 못했을 것'이라고 설명한다. 그 아이는 해커 집안의 나쁜 피를 고스란히 이어받았다. 그저 장난으로 할아버지의 원고를 읽고 따라 해본 것이 아니었다.

드루리 레인은 경찰에게 재키가 범인임을 밝히기를 주저한다. 재키가 더는 제멋대로 행동하지 않고 살인을 멈추었

헤어날 수 없는 어린 악의 공포

다면 자신의 수사가 실패했다고 천명하고 해터가 살인 사건의 범인을 찾아낼 수 없었다고 말할 참이었다. 열세 살 아이에게 죄를 물을 수 없다고 생각했기 때문이다.

그러나 재키는 그러지 않았다. 재키는 살인 욕망에 사로잡혀 누군가를 계속 죽이려 했다. 처음에는 할아버지의 원고를 따라 하려는 장난스러운 일이었지만 점점 마음 깊숙이 숨어 있던 악마의 본색이 드러난 것이다.

재키는 독이 든 우유를 마시고 죽는다. 드루리 레인을 제외한 모든 사람, 해터 식구들과 경찰들은 진상을 알지 못한 채 범인이 어린 재키마저 죽였다며 난리를 친다. 레인은 조용히 사건에서 손을 뗀다. 재키의 죽음 이후 더는 살인이 일어나지 않았고, 범인은 잡히지 않은 채 수사는 종결된다.

재키가 죽던 날 레인은 눈시울을 적시면서 이렇게 말한다. "……나는 변명할 수 없을 만큼 끔찍한 실수를 저질렀습니다. 저 소년의 죽음은 전적으로 내 책임입니다. 오직 내 책임입니다……" 독자는 이 말이 마지막까지 범인을 찾지 못한 레인이 스스로를 책망하는 말로 이해하지만 실은 아니었다. 은퇴한 노년의 배우, 드루리 레인이 악행을 제어할 수 없는 어린 악마 재키를 죽인 것이다.

레인은 에필로그에서 경감과 검사에게 이렇게 말한다. "그 아이는 생존할 가치가 없는 존재였습니다."

아이는 반드시 허점을 남긴다

그럼에도 재키는 어린아이였다. 소설 원고는 성인인 할아버지를 범인으로 상정하고 쓰인 것이다. 소설을 실제로 적용할 때 생략해도 될 행동까지 재키는 놓치지 않고 따라 했으며 심지어 할아버지가 묘사한 애매한 문구를 자의적으로 해석하기도 했다. 드루리 레인은 경감에게 후술하기를 '재키는 어린아이다운 면모를 너무 드러냈다'고 말한다.

어린 악을 사용하려는 작가가 기억해야 할 점이 이제 드러났다. 그것은 사이코패스일지라도 아이들은 반드시 허점을 남긴다는 것이다. 미성숙하기에 그렇다. 아이들은 원하는 것에만 집중하고 그것을 얻기 위해 행동한다. 따라서 완벽하게 움직일 수 없고 손에 넣은 후에도 치밀하게 뒷일을 준비하지 못한다. 마치 잡은 쥐를 입에 문 고양이가 고개를 드니 온 방이 어질러져 있는 것과 같다.

어린 악에 대항하는 주인공은 이 점을 노리고 들어가야 한다. 그 악이 흘려놓은 단서는 의외로 간단하거나 어처구니가 없어서 오히려 줍기가 힘들다. 드루리 레인이 그랬다. 주인공은 단서 하나하나의 의미를 있는 그대로 보아야 한다. 또 한 가지, 아이는 힘이 약하다. 클라이맥스에서 주인공이 사이코패스 어린 악과 조우했을 때 어쩔 수 없이 힘을 사용해야 한다. 어린 악은 클라이맥스에서 엄청난 물리력을 시도하기 때문이다(불을 지르거나 건물을 무너지게 하거나 높은 곳에

헤어날 수 없는 어린 악의 공포

서 누군가를 대놓고 밀어뜨린다). 그러지 않으면 어린 악을 이길수 없다. <위험한 아이>에서도 엄마는 헨리를 물리적 힘으로처단한다.

아동 빌런은 대부분 응징당한다. 주로 그들을 만든 부모가 그 역할을 담당한다. 재키는 레인이 응징했지만 로다도헨리도 데이미언도 전부 부모가 응징하려 했다. 성공과 실패 여부는 서사에 따라 다르다(성공할 수도 있고 실패할 수도 있다). 누구보다 아이를 생산한 부모가 그 아이를 제거할 소명을 받는다. 이는 아이의 잘못에 관한 책임은 부모가 져야 한다는 사회적인 의미가 숨어 있기도 하다.

울프 릴라 감독의 영국 영화 <저주받은 도시>(1960)에서도 위치우드 마을에서 한날한시에 태어난 열두 명의 괴물아이들을 죽이는 것은 그들 중 한 명의 아버지인 젤러비 고든 박사이다. 그는 아이들이 더는 잔인한 행각을 벌이지 못하도록 폭탄을 들고 그들이 머무는 숙소로 간다. 아이들은사람의 마음을 꿰뚫어 보기에 절대로 속일 수 없다. 고든 박사는 반복되는 붉은 벽돌을 생각하며 자신의 마음을 지켜보는 아이들의 시선을 속이며 시한폭탄의 폭발 시간이 다가오길 기다린다. 아이들은 박사의 마음을 들여다보려 하고 박사는 정신을 바짝 다잡으며 마음을 들키지 않으려 노력한다. 박사는 아이들을 한곳에 모은 장본인이었다. 그는 아들을 포함한 그 악들을 군부와 국가의 힘을 빌리지 않고

어린 악들은 대부분 부모에게 응징된다. 사실
고든 박사의 아들 데이비드는 그의 자식이 아니다.
위치우드 마을의 아이 열두 명은 전부 아버지가 없이
태어났다. 마을 구성원들이 몇 시간 동안 기절하는
기묘한 일이 있고 난 후, 가임기 여성에게 임신 징조가
생겼고 그렇게 태어난 아이가 열두 명이었다.

직접 제거하려 한다.

낳은 정을 억누르고 제 손으로 악을 땅속으로 돌려보내는 고통이 수반된다. 진짜 희생이다. 그래서 어린 악을 제거할 때는 주로 부모 손으로 행한다.

아동 사이코패스가 빌런인 서사를 구성할 때는 애정을 요구하는 동기는 배제하자. 그들은 절대로 애정을 얻기 위해 악행을 벌이지 않는다. 어린 악들은 사랑의 의미를 모른다. 헨리는 자신의 필요 때문에 수전이 옆에 있기를 바랐을 뿐, 엄마의 사랑이 필요 없는 아이였다. 아직 어린 상태이기에 엄마인 수전이 자신에게 충실하기를 바랐고, 그것을 위

헤어날 수 없는 어린 악의 공포

해 동생을 죽였다. 그건 마크가 찾아오면서 헨리의 악행이 다시 시작되었다는 것으로 증명된다. 아마도 더는 엄마가 필요 없을 시점이 오면 헨리는 엄마도 죽였을 것이다. 기억 하라. 어린 악은 최고의 이기주의자이다.

✤ **케빈에 대하여** (2003년, 소설)

지은이: 라이오넬 슈라이버

갈등 구도: 엄마 에바 vs 아들 케빈

원치 않은 아이 케빈을 출산한 에바는 육아가 여러모로 불편하다. 케빈은 자신의 꿈을 앗아간 존재이지만 한편으로는 누구보다 사랑하는 자식이기도 하다. 그런 케빈은 감정을 느끼지 못하는 소시오패스다.

"난 네가 태어나기 전에 더 행복했어."

에바는 케빈에게 그렇게 말한다. 케빈은 에바가 동생 샐리아를 임신하자 본격적으로 본색을 드러낸다. 스스로 팔을 부러뜨리고 오물을 처리하지 않는 등 에바를 조금씩 괴롭히다가 급기야 동생 샐리아를 위협한다. 사랑받지 못하는 아이와 원치 않은 임신과 육아로 삶을 빼앗긴 엄마 사이에 맴도는 긴장감은 극에 달하고, 결국 케빈은 석궁으로 학교 아이들을 무참하게 죽인다. 소시오패스이지만 엄마 사랑을 갈구한다는 측면에서 16세 케빈은 방어 기제의 악을 내보인다. 고로 케빈은 완전무결한 어린 악은 아니다.

감독: 앨프리드 솔

갈등 구도: 톰 신부, 엄마 캐서린, 주변인 vs 앨리스 그리고?

요정 같은 외모와 더불어 애교가 많은 성격 덕분에 캐런은 부모님과 주변 어른의 사랑을 독차지한다. 톰 신부는 캐런이 처음으로 성당에서 영성체를 받는 날 그녀에게 십자가를 선물한다. 이 장면을 못마땅해하는 표정으로 보는 이가 있으니, 바로 캐런의 언니 앨리스이다. 캐런은 이날 노란색 우비를 입은 앨리스에게 죽임을 당한다.

평소 엄마의 애정이 온통 예쁜 캐런을 향했기에 못생긴 앨리스는 늘 외로웠다. 경찰과 이모, 주변인들은 캐런 살해 용의자로 점점 앨리스를 의심한다. 용의자가 된 앨리스는 노란 우비를 입고 점점 더 당돌하게 돌아다닌다. 역시 부모에게 사랑받지 못한 아이의 내면이 악마로 변해가는 이야기이다. 동생을 질투하고 주변인들을 살해하는 앨리스의 모습은 방어 기제 어린 악으로 설명된다. 그 밖에도 범인은 또 있지만 앨리스는 작품 속에서 분명한 빌런으로서 기능한다. 결론에서 드러나는 완전히 악에 눈뜬 앨리스의 모습은 어린 악으로서의 면모를 여실히 보여준다.

뱀파이어 소녀를 사랑하는 소년의 이야기. 깊은 겨울밤 옆집으로 이사 온 수상한 여자아이 엘리는 밤에만 놀이터에 나온다. 왕따 소년 오스카르는 외로운 엘리와 친구가 되지만 곧 그녀가 뱀파이어임을 깨닫는다. 엘리는 오스카르를 위해 아이들을 죽이고 오스카르 역시 엘리의 정체가 드러나지 않도록 교묘하게 돕는다. 마을에는 엘리가 저지르는 기묘한 살인들이 넘쳐난다.

엘리의 보호자 호칸 역시 어렸을 때부터 엘리를 사랑한 아이였고 그녀에게 피를 공급하고 있었다. 늙지 않는 존재인 엘리는 늘 피를 공급하는 조력자가 필요했고 언젠가는 그를 떠나보내야 한다. 엘리는 오스카르를 그런 대상으로 만들지 않으려 하지만 결국 오스카르는 호칸처럼 엘리와 영원히 살기 위해 떠난다. 열두 살 엘리는 뱀파이어지만 어린아이의 순수함과 악을 동시에 가진 어린 악이다. 또 성인의 모습이 아니기에 분명한 약점이 존재한다.

어린 빌런을 설정할 때 고려해야 할 체크 리스트

☐ 또래 아이와 다른 점은 무엇인가?

☐ 가장 싫어하는 것은 무엇인가?

☐ 약점은 무엇인가?

☐ 빌런이 추구하는 목표는 무엇인가?

☐ 빌런은 성인을 어떻게 바라보는가?

☐ 사회의 부조리를 일찌감치 인지하는가?

☐ 빌런의 본심을 처음으로 알아본 성인은 어떻게 행동하는가?

☐ 빌런은 특기가 있는가? 있다면 어떻게 포장하고 숨기는가?

☐ 성인 주인공과의 결투에서 어떻게 승리 또는 패배하는가?

☐ 빌런은 사랑을 갈구하는가?

☐ 빌런을 바라보는 부모(보호자)의 태도는 어떠한가?

길항 작용:
제독제除毒劑로서의
빌런

길항 작용antagonism이란 어떤 현상에 두 요인이 동시에 작용할 때 서로가 내는 효과로 인해 각자의 효과가 억제되어 항상성을 유지하는 상쇄 작용을 말한다. 길항 작용은 견제의 작용이기도 하고 조화의 작용이기도 하다. 특정한 요소의 독점을 방지함으로써 우열성을 허용하지 않는 자연의 법칙이다. 교감 신경과 부교감 신경이 서로 길항 작용을 하기에 우리 몸은 너무 이완하지도 너무 긴장하지도 않는 평온 상태가 유지된다.

주인공과 빌런도 그러하다. 스토리 감상자들은 이야기의 결과가 결국 어떻게 될 것인지 뻔히 안다. 승리의 여신이 링 위에서 주인공과 빌런을 세워놓고 카운트를 매기는 시늉을 하겠지만 결국 주인공의 손을 들어준다는 것을 알고 있다. 그들은 속으면서도 즐기는 것이다. 두 요소가 서로를 어떻게 견제하는지, 서로를 어떤 식으로 몰아붙이고 엎치락뒤치락 싸우는지를 지켜보는 것이다. 감상자들은 주인공이 무적이 되어 자기 앞을 가로막는 빌런을 단번에 때려눕히는 것은 너무도 많이 보아왔다. 빌런이 골리앗처럼 일방적이다가 주인공의 카운터펀치 한 방에 생각지 못하게 푹 주저앉는 것도 익숙해 시시하다. 감상자들은 주인공과 빌런이 치열하게 견제하고 최선을 다하는 모습을 보기를 원한다.

그간 콘텐츠 창작자들은 너무 주인공만 편애했다. 빌런이 왜 그런 짓을 할 수밖에 없었는지, 빌런이 왜 주인공을 시기하는지, 빌런이 왜 그런 식의 악행을 저지르는지 깊게 고민하지 못했다. 선이 선으로서 인지되기 위해서는 악이 필요하다. 악을 겪어야 선을 이해한다. 악은 선을 인식시킨다. 주인공은 악당을 만나고 자신에게 그와 같은 나쁜 기운이 있음을 깨닫고 선을 추구하게 된다. 독을 먹고 독성을 기르는 것과 같다. 제독제로서 악은 주인공을 정화한다.

조지프 캠벨이 쓴 『영웅의 여정』(2003)에서 말하는 열두 번째 단계는 바로 엘릭시르, 영약을 가지고 귀환하는 주인공의 이야기이다. 영약은 이야기의 '주제'이다. 그곳에 가지 못한 사람들은 여정에서 돌아온 영웅에게 엘릭시르를 내놓으라고 요구하는데 이때 영웅은 말뿐인 엘릭시르를 내보이면 안 된다. 악당의 시체를 내보이며 자신이 그곳에 다녀왔음을 증명한다. 영웅은 악당의 시체(부서진 악당의 투구, 악당의 가죽, 영웅의 상처, 보물, 지도, 획득한 물질)를 직접 보이면서 돈, 명성, 사랑, 용기, 희망 등의 관념적인 엘릭시르, 즉 '함께 나눌 무언가'를 전파하는 것이다. 이때 악당은 장엄한 요소가 된다. 가지 못한 이들은 영웅이 가지고 온 악당의 시체를 마을의 가장 신성한 곳에 보관하며 두고두고 영웅 이야기를 반추한다. 악당은 주인공이 진정한 영웅이 되었음을 증명하는 존재이다. 그래서 빌런, 적대자, 주적, 악당 등으로 일컬어지는, 주인공과 맞서는 요소는 주인공을 영웅으로 낳는 어머니와 같다. 주인공은 빌런이 잘 차려놓은 잔칫상에 앉아서 실컷 음식을 먹는 존재일 뿐이다. 주인공은 빌런이 구불구불 닦아놓은 도로를 요리조리 달리는 운전자일 뿐이다. 주인공은 빌런이 차곡차곡 쌓아놓은 미로를 하나하나 탐색하는 탐험가일 뿐이다. 주인공은 빌런이 틀어주는 현란한 음악에 맞춰 춤을 추는 무희일 뿐이다. 주인공에게 필요한 것은 오직 용기와 열정뿐. 다른 것은 빌런이 다 갖춰준다고 해도 과언이 아니다.

　스토리 창작자는 주인공보다 빌런을 더 사랑해야 한다. 창작자들은 그간 빌런을 너무 방치해왔다. 그래서 우리의 빌런들은 서럽고 처절하다. 온갖 고생을 다 하고 이야기가 끝나면 무대 뒤편에 앉아 더운 가죽옷을 벗고 홀로 땀을 닦고 있지만 누구도 다가와 시원한 물 한잔 건네지 않는다. 스토리 감상자들이 승리한 주인공에게 환호의 꽃다발을 주는 것은 당연하다. 그러나 스토리 창작자들은 무대 뒤에서 녹초가 되어 앉아 있는 빌런들에게 다가가 고맙다며 손을 내밀어야 한다. 스토리 창작자들이나 빌런 둘 다 주인공을 주인공답게 만들기 위해 노력했다는 공통점이 있다.

이 책은 한국콘텐츠진흥원, 국민대학교 게임교육원, 계원예술대학교에서 10년간 〈주적론〉이라는 제목으로 강의한 내 개인 노트를 정리한 것이다. 빌런이 가진 요소를 키워드로 분석하고 키워드가 주장하는 명제를 증명하기 위해 영화, 소설, 게임, 희곡 등의 작품을 풀어서 서술했다.

특히 제공하는 예시가 길고 다소 서사적인데 그것은 여타의 작법서에서 보이는, 주장을 뒷받침하는 데 사용하는 예시들이 오직 서술자만 아는 작품명을 나열하거나 독자가 미처 알지 못하는 예시의 단락만 제공해 읽는 이들이 감을 잡지 못하고 예시들이 주는 깊은 맛을 흘려버리게 되는 것을 경계했기 때문이다.

이 책은 예시로 든 창작물을 독자가 굳이 일일이 찾아보지 않더라도 내용 속에서 직접 영화를 보고 책을 읽은 것처럼 느낄 수 있도록 깊게 풀어놓고 설명했다. 그리고 키워드 단락의 끝에는 다른 예시 작품들을 명기했다.

〈주적론〉이라는 이 독특한 주제의 강의 노트가 『스토리 창작자를 위한 빌런 작법서』로 거듭나는 데에는 요다출판사 한기호 소장님의 결연한 뜻이 있었다. 그분은 한국 서브컬처 장르 콘텐츠의 토양을 키우기 위해서 그간 누구도 관심 가지지 않았던 한국 장르 작가의 작품 발굴과 서브컬처 작법서 출간에 큰 뜻을 두고 있었다. 이 지면을 빌려 존경과 감사의 말씀을 드린다. 아울러 얼기설기 제멋대로이고 오류투성이인 원고를 치밀하게 다듬고 보완해주신 나의 영원한 편집자 도은숙 님 그리고 이 책을 함께 공들여 편집해주신 유태선 편집자님께 깊은 우정과 사랑과 믿음을 보낸다. 요다 출판사의 편집팀 분들께도 감사한 마음이 적지 않다. 이 책의 반은 그들의 노력임을 잊지 않고 있다. 작법서라는 이름으로 창작자들에게 섣부른 혼란을 주는 건 아닐까 두려웠다. 작법서를 읽는다 해서 뚝딱 작품을 만들 수 있다고 믿지 않는다. 다만 창작자가 치열하게 고민하다가 무언가에 막혀 잠시 멍해질 때 이 책이 작은 스위치 역할을 하면 좋겠다. 이 책이 만들어지며 얼마나 많은 나무가 베어졌을까, 내가 베어낸 나무에 빚지지 않기를 간절히 바라며.

2020년 가을,

통의동 백송터에서

차무진

에필로그

작품명

ㄱ

『검은 고독 흰 고독』   340
『경제와 사회』   254
〈곡성〉   52, 59, 61
〈관상〉   164
〈굿 윌 헌팅〉   198
〈기동전사 건담 THE ORIGIN〉   33
『기생수』   371

ㄴ

〈나쁜 종자〉   391
〈남극일기〉   124
〈내 남자의 여자〉   193
『노인을 위한 나라는 없다』   76
〈노잉〉   375, 376

ㄷ

〈다크 나이트〉   38, 42
〈단테스 피크〉   330, 331
〈달콤한 인생〉   107
『당신의 그림자가 울고 있다』   232
〈대부〉   234
〈데미지〉   189
『도덕경』   325, 327
「도매가로 기억을 팝니다」   301
〈딥 임팩트〉   345, 346

ㄹ

〈라이온 킹〉   280
『레드 드래곤』   23, 24, 25
〈레옹〉   117
〈렛 미 인〉   415

『리바이어던』   98
『리큐에게 물어라』   97

ㅁ

〈마마〉   66
〈매디슨 카운티의 다리〉   142
〈매트릭스〉   148
『멋진 신세계』   149
『모로 박사의 섬』   237
『모비 딕』   97, 116
〈몬스터 주식회사〉   290
『미성년』   176
〈미스트〉   377
〈미저리〉   300, 307

ㅂ

〈바스터즈: 거친 녀석들〉   265, 267, 268
〈바이오쇼크〉   82, 83, 84
〈바이오하자드〉   349, 350
〈반도〉   350
『배트맨: 킬링 조크』   42
『범죄인론』   73
『베니스의 상인』   99
『베르세르크』   106
〈베이츠 모텔〉   32
〈블랙 스완〉   248
『블러드 차일드』   371, 372
〈뿌리깊은 나무〉   287

ㅅ

『사기』   213, 214
〈사냥꾼의 밤〉   271
〈사도〉   215
『사랑의 해부학』   134

〈사운드 오브 뮤직〉 399

『삼국지』 233, 284

『세계 대전 Z』 351

〈셰인〉 241

〈스카이림〉 111

〈스카페이스〉 240

〈스켈리톤 키〉 67

〈스타워즈 에피소드 4: 새로운 희망〉
  153, 155, 156

〈스타크래프트〉 10, 11

〈스타트렉〉 374

〈스토커〉 87

『시학』 11, 206

『신들의 봉우리』 340, 342, 343

ㅇ

〈아마겟돈〉 346

〈아마데우스〉 101, 104

〈아무도 모른다〉 223

『아이거 빙벽』 340

『아함경』 38

〈악마는 프라다를 입는다〉 270

〈악마의 씨〉 68

〈암살 교실〉 47

『양들의 침묵』 17, 23, 24, 25, 26

〈언페이스풀〉 146

〈에덴의 동쪽〉 174

〈에베레스트〉 332

〈에이 아이〉 175

〈에이리언〉 370, 372

〈엑소시스트〉 239

〈엔젤 하트〉 61, 63, 64

『엿보는 자들의 밤』 239

『영웅의 여정』 418

「오디세이아」 222, 223

〈오멘〉 58, 399, 403

「오셀로」 107

〈오펀: 천사의 비밀〉 401

「욥기」 97, 202, 203

〈우주 전쟁〉 379

「우주에서 온 색채」 366

〈원더 우먼〉 299

〈원초적 본능〉 300, 312, 313, 316

〈위플래쉬〉 46

〈위험한 아이〉 393

〈유주얼 서스펙트〉 192

『인 더 백』 210

『일본사』 91

ㅈ

〈장고: 분노의 추적자〉 119

〈장화, 홍련〉 32

〈저주받은 도시〉 410

〈적과의 동침〉 183

〈조커〉 200, 207, 208, 244

『중력 삐에로』 216, 217

ㅊ

『차일드 44』 133

〈천지 창조〉 202

〈친구〉 291

〈칠드런 오브 맨〉 130, 132

ㅋ

『카라마조프 가의 형제들』 86

〈카사블랑카〉 244

『카인』 203

〈카인과 아벨의 희생〉 205

〈커뮤니언〉 414
〈컨택트〉 378
『케빈에 대하여』 413
〈코어〉 354
〈클로버필드 10번지〉 380
〈킬링 이브〉 319
〈킹덤 오브 헤븐〉 257, 261, 264

ㅌ

〈타이타닉〉 355
〈태양은 가득히〉 238
〈터미네이터〉 352
〈토르: 라그나로크〉 318
〈토탈 리콜〉 301, 303
〈투모로우〉 355

ㅍ

〈파 크라이 3〉 111, 113, 114
『파리대왕』 402
『파이 이야기』 247
〈포세이돈 어드벤처〉 353
〈폴링 엔젤〉 61
〈프로메테우스〉 370
『핏빛 자오선』 272

ㅎ

〈하녀〉 300
〈하이 눈〉 241
〈한니발〉 29
『햄릿』 281
『희박한 공기 속으로』 331
『히말라야의 아들』 340

숫자와 영문

『1984』 130
『Y의 비극』 404, 405

기타

갈등의 총체 7
그림자 자각 185
그림자 작업 232
길항 작용 417
데우스 엑스 마키나 206
동질성 18, 19, 22, 25, 26, 31
반동 인물 233, 249
반영웅 175, 197, 198, 199, 238, 239,
　　240, 243, 244
빌라누스 7, 8
사이코패스 30, 74, 87, 112, 182, 183,
　　304, 309, 310, 320, 388, 389, 390,
　　391, 392, 393, 395, 396, 397, 398,
　　409, 411
순수 악 385, 386
스토리텔링 31, 100
안타고니스트 9, 233
안티히어로 241
영웅의 여정 289
오컬티즘 51, 56, 61
오토네크로필리아 19
은비학 51
의식의 연출 114
절대 악 30, 51, 52, 234, 385, 386
주동 인물 233
주적 9, 12, 29, 53, 55, 371, 419
클래식 히어로 241
페리페테이아 11